THE INDEPENDENT BOOKWORM

Blauer Nebel

31 Kurzgeschichten
Spendenanthologie für die
Tieroase Sandhausen-Bruchhausen
Band 1

Hrsg.: Patrick Woywod

Blauer Nebel, 31 Kurzgeschichten, Spendenanthologie für die Tier-oase Sandhausen, Band 1
erschienen im Independent Bookworm Verlag, USA und D
Dieses Buch ist auch als eBook erhältlich.

Lektorat: Dr. Katharina Kolata
Korrektorat: Juno Dean
printed on demand, Independent Bookworm

ISBN-13 978-3-95681-245-3 -PB
ISBN-13 978-3-95681-246-0 -HC

Weitere Information finden Sie auf der Verlagswebsite:
http://www.IndependentBookworm.de

Inhaltsverzeichnis

Sie wollen das Hörbuch? Folgen Sie diesem Link oder dem QR-code:

https://www.audioparadies-verlag.de/hoerbuecher/blauer-nebel

Einen lieben Dank

an Sie, liebe Leserin, lieber Leser. Ihre Hilfe macht es möglich, die Tieroase in Sandhausen zu unterstützen. Jeder Cent, der mit diesem Buch eingenommen wird, geht direkt an den Gnadenhof.

Ihre Freude am Lesen hilft den Tieren. Bitte sagen Sie all Ihren Freunden Bescheid, damit sie uns ebenfalls unterstützen. Wenn Sie noch mehr tun wollen, können Sie auch direkt an den Gnadenhof spenden:

Christianes Tieroase, Volksbank Kurpfalz eG,
IBAN: DE98 6709 2300 0034 1394 31

Vorwort des Herausgebers

Dieses Buch ist vor allem deshalb entstanden, weil ich nach einem Weg gesucht habe, um einen Gnadenhof zu unterstützen. Ich helfe dem Hof in Sandhausen-Bruchhausen schon seit langem, so gut ich es mit meinen Mitteln kann. Auf dem Gnadenhof gibt es Ziegen, Pferde, Esel, Hühner und Hasen.

Daniela ist eine gute Bekannte der Besitzerin, geht jeden Tag zum Hof und versorgt die Tiere vor Ort. Als sie mir erzählte, dass die Besitzerin des Gnadenhofs schwer erkrankt sei, dachte ich, ich muss ihr helfen. Ich betreibe Foodsharing, und so bekommen die Tiere Salat, Äpfel, Karotten und Fenchel. Bei einem Flohmarkt zu Gunsten des Gnadenhofs konnten wir 110 Euro einnehmen, doch das reicht natürlich nicht.

Ich habe viel darüber nachgedacht, was ich tun könnte. Ob ich vielleicht mit dem, was mich am meisten begeistert, etwas anfangen könnte. Das sind Bücher! Eine Anthologie, von mir, wäre das wohl möglich? Ich habe kaum Geld und kenne mich mit so etwas nicht aus.

Doch die Idee ließ mir keine Ruhe. Ich habe Kontakt zu Autorinnen und Autoren, kenne fast alle aber nur über die sozialen Medien. Sollte ich da einfach fragen, wer mitmachen würde? Das Ergebnis liegt nun hier vor mir! Ich bin so glücklich und kann es immer noch nicht fassen!

Vielen Dank an alle, die mich so großzügig unterstützt haben! Mit ihren Geschichten, dem Cover und beim Druck und beim Einsprechen als Hörbuch – bei der Verwirklichung meines Traums!

Dieses Buch ist ein reines Benefiz-Projekt. Die Einnahmen gehen zu 100 Prozent an den Gnadenhof »Tieroase« in Sandhausen-Bruchhausen.

Ich danke euch allen,

Patrick Woywod

Die Gründe der Autorinnen und Autoren

Doch was bringt notorisch unterbezahlte und ständig um ihre Existenz kämpfende Schriftsteller dazu, aus freien Stücken auf jegliches Honorar zu verzichten und viel Zeit und auch Arbeit für einen völlig Fremden zu investieren? Ich füge hier einige Zitate meiner Kollegen ein, die sie Patrick auf seine Frage hin geschrieben haben, warum wir ihm helfen würden:

Deine Begeisterung für Bücher und deine außergewöhnliche Energie ... Dein Glaube an Fairness und diese unabgestumpfte Leidenschaft für so ein Projekt, dein Traum von diesem Buch, der alle möglichen Grenzen überwindet. Das ist eine riesige Abwechslung zum normalen Autorenalltag, in dem es nicht nur die wundervolle Interaktion mit Fans und schöne Kooperationen mit anderen Autoren und Locations für Lesungen gibt, sondern vor allem knallhartes Business. Du bist da einfach eine echte Erfrischung dazwischen. Man wünscht sich einfach, dass du dieses Buch am Ende in der Hand hältst und deinen Freunden davon erzählst.

– Christiane Landgraf –

Um dein tolles Projekt zu unterstützen und dir eine Freude zu machen :-)

–Sandra Denkmann –

Ich mache bei dem Projekt gern mit: Weil du mich darum gebeten hast, weil ich dich mag, weil es eine Gelegenheit ist, eine alte, mittlerweile längst vergriffene Story neu zu überarbeiten und neu herauszubringen. Weil wir damit einen Gnadenhof für Tiere unterstützen, und die haben jede Unterstützung bitter nötig.

– Andreas Gruber –

Ich kenne dich nicht, aber anders: Du bist ein »Guter« :-)

– Ina May –

Weil ich deine Anthologie unterstützen will und weil es obendrein für einen guten Zweck ist.

– Nicole Stranzl –

Wenn ich so nett gefragt werde und eine echte Chance bekomme, einem verwaisten Hausschwein oder einem altersschwachen Huhn zu helfen, dann bin ich natürlich gerne dabei.

– Beatrice Sonntag –

Ein tolles und wertvolles Projekt, das du da auf die Beine stellst !!

– Alex Roller –

Weil du gefragt hast und ich mich darüber gefreut habe, weil ich gerne helfe und natürlich weil es für mich als unbekannter Neuling auch eine schöne Chance ist.

– Andrea Rosenhahn –

Ich mache viel ehrenamtlich und mag gerne Tiere.

– Maike Johnke –

Weil ich sehe, mit wie viel Herzblut du bei der Sache bist. Das begeistert mich und dadurch habe ich auch Spaß am Projekt.

– Katharina Gerlach –

Weil ich Gnadenhöfe wichtig finde und alle unterstützen möchte, die sich dafür engagieren.

– Viola Eigenbrodt –

Für Tiere bin ich immer dabei :)

– Alina Jipp –

Ich liebe Tiere und finde es gut, den Gnadenhof zu unterstützen.

– Isa Klink –

Eine sehr gute Sache, die du da anpackst! Wir haben selber Haustiere und ich stelle es mir unerträglich vor, wenn Tiere leiden müssen. Und wenn sie im letzten Lebensabschnitt eine Bleibe finden, wo man sich liebevoll kümmert, ist das toll.

– Astrid Plötner –

Aus Liebe zu den Tieren... ich hab auch an zwei weiteren Anthologien mitgemacht, deren Gewinn in den Tierschutz fließt... das ist doch auch dein Ziel, oder?

– Sandra Altmann –

Weil es um Tiere geht, die Hilfe brauchen.

– Tanja Wenz –

Ich mache mit, weil ich es liebe, mit meinen Worten etwas zu bewegen Für einen guten Zweck zu schreiben (besonders für Tiere!), und das an der Seite von vielen tollen Autor:innen, macht mich glücklich.

– Annika Schüttler –

Wir als Hörbuchverlag von audioparadies, unterstützen dein Vorhaben, weil wir Tiere lieben und hier eine gute Sache unterstützt wird.

– Désirée Singson –

Ich freue mich dieses tolle Projekt unterstützen zu können und ich helfe weil ich gerne etwas zurückgeben möchte. Das Schicksal von den Tieren der Tieroase und von Christiane Prokop haben mich berührt. Ich hoffe wir alle können mit diesen vielseitigen, wunderbaren Geschichten in diesem Hörbuch auch noch viele andere Menschen berühren, die dann ebenfalls mit Freude helfen die Tieroase zu retten.

– Jill Leobold –

Ich finde das Gnadenhofprojekt großartig, und dein Engagement.

– Martina Kienitz –

Der Zweck dieses Projekts gefällt mir.

– Edith Polkehn –

Es kommt für mich auf die Intention dahinter an und ich möchte, dass das Buch und Hörbuch erfolgreich wird um den Gnadenhof und die Betreiberin zu unterstützen, nicht um Ruhm zu ernten.

Ich bewundere deinen Einsatz und danke dir dafür. Wir können mit unsrem Zeiteinsatz helfen die Welt ein bisschen besser zu machen. Das unterstütze ich sehr sehr gerne.

– Tanja Dornweiler –

Weil ich ein Tierliebhaber bin, selbst mit Tieren gearbeitet habe, die Haltungs- und industriellen Zuchtmethoden ablehne, einen in die Jahre gekommenen Hund habe, Vegetarier bin seif diesem Jahr und weil ich es grundsätzlich für ein schöne Sache halte, in die Du Dein Herzblut gesteckt hast. Ich war anfänglich nur so vorsichtig, weil ich hier im Internet schon zu viel Fake erlebt habe und nie sicher bin, ob das gerade echt ist. Aber nachdem Laura Windmann, unabhängig von mir, auch mitmachte und mir das erzählte, dachte ich mir: »Ok, das ist echt.«

– Susanne Timm –

Damit die Tiere ihr friedliches und ruhiges letztes Zuhause behalten können, und die lieben und aufopferungsvollen Menschen, die sich darum kümmern, es weiterhin stemmen können.

Ich bin mit Leib und Seele Sprecherin und bin dabei mir einen Namen zu machen. Dabei unterstütze ich sehr gerne auch diverse Projekte. Man weiß ja nie, ob sich im Nachgang nicht noch weitere Zusammenarbeiten ergeben weil ich an der Hörbuchproduktion beteiligt war.

– Anna Theres Priemer –

Danke für deine Anfrage und das Engagement. Ich unterstütze gerne den Gnadenhof, damit die Tiere ihr friedliches und ruhiges letztes Zuhause behalten können, und die lieben und aufopferungsvollen Menschen, die sich darum kümmern, es weiterhin stemmen können.

– Ingrid Schmitz –

Weil ich es eine sehr gelungene Idee finde den Gnadenhof so zu unterstützen. Ich finde das Projekt und die Idee, so viele Autoren und Sprecher zu aktivieren für die gute Sache, sehr gelungen. Gemeinsam kann man Vieles erreichen!

– Judith Lopez de Castro –

Weil Tierschutzprojekte immer Unterstützung verdienen.

– Andrea Hermann –

Ich besitze selbst vier Tiere, und alle kommen aus dem Tierschutz bzw. wurden gerettet. Leider wird auch hier oft nicht auf das Tierwohl geachtet. Immer wieder lese ich Horrormeldungen aus Tierheimen. Die Anthologie ist eine wunderbare Idee, hier Not zu lindern. Ich bin sehr gerne dabei.

– Marie Bastide –

Du bist ein wunderbarer Mensch, der in erster Linie nicht an sich, sondern an die Tiere und die dazugehörige Tieroase denkt. Du bist selbstlos, hilfreich und sehr engagiert, ohne an dich und einen Vorteil zu denken. Du bist für die Tiere und deren Betreuerin ein wahrer Engel. Wie sollte ich dies nicht unterstützen!

Ich hoffe, dass ihr richtig viel Erfolg mit der Spendenanthologie »Blauer Nebel« habt: denn du bist einer der Engel, die diese Spendenanthologie erst möglich gemacht hat!

Wenn jeder auch nur ein Buch kauft, um es selbst zu lesen oder vielleicht zu verschenken, ist der Weiterbestand der Tieroase auf lange Sicht gesichert.

– Heike Meckelmann/Autorin –

Du hast was Tolles ins Leben gerufen Patrick, das unterstütze ich gerne. Weißt Du: ich hatte auch schon Phasen im Leben, in denen ich ALLE Unterstützung brauchte und sie auch bekommen habe. Das geb ich an anderer Stelle jetzt einfach wieder zurück. Und ich bin sehr dankbar darüber.

– Anette Pfau –

Ein einzelner kann viel bewegen. Davon war ich immer überzeugt. Wünschen wir denjenigen die Träume haben, den Mut, ihre Träume wahr werden zu lassen –und sie aus dem blauen Nebel des Vergessens zu befreien.

– Carola Christiansen –

Weihnachtshelfer auf vier Pfoten

Andrea Rosenhahn

Weihnachten, so sagte man einst, sei die Zeit der Wunder. Aber an Wunder glaubten heute nur noch Kinder. Dabei könnte Daniela gerade jetzt wirklich ein solches Wunder gebrauchen.

Mit traurigem Blick schaute sie rüber zum Haupthaus, als hoffe sie, dort einen Stern oder ein Leuchten zu sehen, das ein Wunder verkündete, ganz so, wie es in den alten Geschichten geschrieben stand. Doch da war nur eine dicke, schwarze Regenwolke und so seufzte sie resigniert und betrat den Ziegenstall. Sofort sprangen drei der vier Tiere auf und versammelten sich vor ihr. Wenn ein Mensch hier herein kam, dann bedeutete das oft Futter, dass wussten sie.

Daniela lächelte gequält. »Hier ihr Lieben, ein paar Leckereien für euch.« Sie hielt den Ziegen ein paar Möhren hin. In aller Ruhe knabberten die Tiere das leckere Gemüse aus ihrer Hand. Als alles vertilgt war, setzte sich Daniela auf einen kleinen Hocker, streichelte ihre gehörnten Freunde und diese ließen es sich von ihrer Wohltäterin gern gefallen.

»Ihr seid so liebe Tiere. Ich kann nicht zulassen, dass…« Ein verzweifeltes Schluchzen entrang sich ihrer Kehle und ein paar Tränen kullerten ihre Wange hinab.

Sofort gingen in der anderen Ecke des Stalls zwei Ohren in die Höhe. Es waren Babettes Ohren und obwohl sie eine Ziege war, klang ein Schluchzen auch für sie nicht gut. So schnell es noch möglich war, denn immerhin war sie schon stolze dreizehn Jahre alt, war Babette auf den Beinen und kam zu Daniela hinüber. Die anderen Ziegen waren indes wieder in ihre Ecken zurückgekehrt.

»Daniela, was ist los mit dir?«, fragte sie und legte den Kopf schief, als sie schließlich vor ihr stand. Aber Daniela hörte nur ein meck,

meck, meck, denn zum Leidwesen der Tiere verstanden die Menschen nun mal kein Ziegisch. Darum stupste sie die Wohltäterin sanft an und versuchte mit einem ziegischen »Los, erzähl mal« die Ursache von Danielas Problem herauszufinden.

»Na, möchtest du auch gestreichelt werden?«, fragte Daniela und rang sich ein schiefes Lächeln ab. Babette stupste sie noch einmal an und gab sich alle Mühe, neugierig zu schauen, damit der Mensch ihr vielleicht mehr erzählte. Doch auch einige »Meck, meck« später war Babette nicht schlauer, dafür aber um ein paar Streicheleinheiten reicher.

Danielas Tränen beschäftigten sie noch die ganze Nacht, an ruhigen Schlaf war kaum zu denken und so beschloss sie, den Hofhund Hektor um Hilfe zu bitten. Er lag oft in der Küche im Haupthaus und wenn einer wusste, was die Menschen miteinander redeten, dann sicher er. Mit steifen Beinen rappelte sie sich also am Morgen auf und stakste durch den ersten Schnee hinüber zu Hektor, der gerade seinen Morgenspaziergang machte.

»He Hektor, guten Morgen!«, grüßte sie ihn. Als Hektor den Kopf hob, da wusste sie, sie war auf dem richtigen Weg. Hektor nämlich sah noch viel trauriger aus als Daniela am Tag davor. »Los«, drängte sie, »Was geht hier vor?«

»Ach«, stöhnte der Hund, »weg müssen wir von unserem Zuhause. Das Frauchen hat's gesagt. Wenn sie nicht bald das Geld bekommt,

um die Schulden zu zahlen, muss sie den Hof schließen und verkaufen und uns weggeben.«

»Nein!«, rief Babette entsetzt, »Hektor, das ist ja schrecklich.«

»Ich weiß«, heulte Hektor los, »Aber Frauchen ist krank, sie kann nicht mehr arbeiten und ist verzweifelt. Die Menschen, die sie braucht, die helfen nicht. Und alle anderen kämpfen, aber sie wissen nicht mehr ein und aus. Ohne das Geld sind wir verloren.« Er senkte den Kopf und schniefte.

Babette hatte mit wild klopfendem Herzen zugehört und als Hektor den Kopf hängen ließ, kullerten auch ihr ein paar Tränen hinab. Betrübt trottete sie schließlich zurück in den Stall und verbrachte den Rest des Tages mit Nachdenken. Sie wollte nicht glauben, dass es keine Lösung geben sollte.

Nun traf es sich, dass einige Kinder den Hof in den folgenden Tagen besuchten. Patrick, einer der vielen freiwilligen Helfer, führte sie herum und zeigte der aufgeregt plappernden Kinderschar die Tiere. Nachdem die Kinder die Tiere füttern und streicheln konnten, verweilten sie noch eine Weile bei den Ziegen. Diese hatten die Herzen der Kinder im Sturm erobert und so beschloss Patrick, sich mit den Kindern bei Plätzchen und Tee auf das weiche, duftende Heu im Ziegenstall zu setzen, so dass die Kinder mit den Ziegen noch etwas kuscheln konn-

ten und ihnen dabei die Geschichte von den Bremer Stadtmusikanten vorzulesen. Immerhin ging es den Tieren darin genauso wie den Tieren in der Tieroase und was wäre die Vorweihnachtszeit ohne Märchen?

Nicht nur die Kinder lauschten gebannt, auch Babette hatte wieder beide Ohren gespitzt und als Patrick und die Kinder aufbrachen, da hatte sie eine Idee, wie sie der Oase helfen könnte.

Noch am selben Nachmittag liefen sie und Hektor von einem Stall zum anderen und luden alle Tiere in einer wichtigen Angelegenheit zu einem mitternächtlichen Treffen ein.

In dieser Nacht wurde die Scheune auf dem Hof sehr voll. Sogar die Mäuse vom nahegelegenen Feld waren gekommen, um sich diese wichtige Angelegenheit anzuhören. Alle waren sehr neugierig und gespannt, was Babette und Hektor so Bedeutsames zu erzählen hatten.

»Meine lieben Oasenbewohner«, begann Hektor schließlich, »Unsere Christiane braucht unsere Hilfe. Sie benötigt Geld, um die Tieroase weiter betreiben zu können. Ohne dieses Geld, wird der Hof geschlossen und wir verlieren unser Zuhause.«

»Oh nein!«, riefen die Hasen im Chor und duckten sich ängstlich auf den Scheunenboden.

»Nicht zu glauben«, entsetzten sich die Hühner und plusterten sich entrüstet auf.

»Ich will nicht zum Schlachter!«, schrie Pferd Muldebär und hätten ihn seine Freunde nicht aufgehalten, wäre er noch in diesem Moment, trotz Schnee und klirrender Kälte, auf und davon gerannt. So sehr fürchtete er sich.

»Im Tierheim gibt es keinen Platz zum Rennen und Toben«, murrte Kater Karlchen, »Ich will hier nicht weg.«

Dem folgte zustimmendes Gemurmel.

»Und darum müssen wir etwas tun!«, rief Babette jetzt so laut sie konnte und schaute alle Tiere ernst an. Dann aber wurde ihr Blick etwas weicher und sie erzählte: »Patrick hat heute den Kindern das Märchen von den Bremer Stadtmusikanten vorgelesen. Ihr kennt doch die Geschichte? Nun, warum versuchen wir es nicht genauso?

Wir gehen nach Sandhausen und geben auf dem Weihnachtsmarkt ein Tierkonzert. Und das Geld schenken wir Christiane.«

Für einen Moment war es mucksmäuschenstill in der Scheune. Dann aber brach ein lautes Gelächter los.

»Das kann nicht dein Ernst sein«, prusteten die Hühner und fielen vor lauter Lachen von dem niedrigen Holzstapel, auf dem sie gesessen hatten.

»Als ob die Menschen heute für so etwas noch Geld geben würden, so verwöhnt wie sie sind.«, belehrten die Ziegen und hielten sich die Bäuche vor Lachen.

»Vorher fangen sie uns wieder ein«, rief Pferd Freitag und schüttelte den Kopf.

Babette schaute enttäuscht und hilfesuchend zu Hektor.

»Ruhe«, bellte Hektor schließlich laut und mit warnendem Blick und das Gelächter erstarb. Er knurrte: »Babette hat sich Mühe gegeben, eine Lösung zu finden. Darüber sollte man nicht lachen. Wir haben euch zusammengerufen in der Hoffnung, dass ihr vielleicht ein paar Ideen habt, die uns allen helfen. Also, wer hat einen Vorschlag, wie wir das Geld auftreiben könnten?«

Einen Moment war es wieder ganz still, doch dann meldete sich Watkins, eines der braunen Pferde, zu Wort: »Vielleicht könnten wir wieder Kindern das Reiten lehren. Auch wenn ich schon alt bin, ein leichtes Kind könnte ich sicher noch tragen.«

»Und wir fragen einen Schäfer, ob wir nicht seine Schafe hüten können. Die sind auch bei Schnee draußen.«, überlegten Tinka und Marie, die beiden Hündinnen.

»Wie wäre es mit einer Zirkusvorstellung«, rief da jetzt ein Mäuschen, welches auf einem der Balken der Scheunenwand saß. »Wir können lustige Kunststücke und wagemutige Sprünge vorführen.«

»Wir auch«, stimmten da die Ziegen mit ein, lag das Klettern und waagemutig sein doch in ihrer Natur.

»Am anderen Ende des Hofes steht ein Schlitten«, meinte das graue, gescheckte Pferd Schnuppelchen, »Den könnte ich ziehen, mit einem Kind darauf. Dann machen wir eine Pferdeschlittenfahrt.«

»Meine Damen und ich können versuchen mehr Eier zu legen.«, meldete sich eine der Hennen zu Wort.

»Prima«, lobte Hektor und auch Babette strahlte, »Das sind alles gute Ideen. Jeder hilft ein bisschen, dann können wir gemeinsam viel erreichen.«

Diesen Worten stimmten alle zu und so beschlossen die Tiere, ihre Ideen gleich am nächsten Tag in die Tat umzusetzen. Aber oh weh, so leicht wie es gesagt war, war es dann leider doch nicht.

Der viele Schnee lockte die Kinder zwar zum Schlittenfahren, aber nicht auf den Hof zum Reiten. Außerdem fand sich für den Schlitten in dem dichten Schneetreiben keine Leine. Die Schafe des Schäfers blieben im Stall, auch wenn ihr dickes Fell sie gut gewärmt hätte.

Die Eier nahmen Patrick und Daniela mit ins Haupthaus und Hektor konnte ihnen zwar den Plan vom Verkauf deutlich machen, aber die Menschen wollten ihre Schützlinge nicht mehr unnötig belasten.

Nur die Mäuse, die übten fleißig in ihrem Bau, denn dort konnte sie niemand sehen und die Kälte sie nicht beißen. Aber die Ziegen, die passten dort nicht mit hinein und bis die Vorstellung dann perfekt wäre, ja, das würde wohl noch etwas dauern.

Die Tage vergingen und das Weihnachtsfest rückte immer näher. Doch zum Feiern und Fröhlich sein, war es weder Christiane noch Daniela und Patrick zumute. Immer mehr Rechnungen türmten sich auf und weil Hektor die sorgenvollen Gesichter seiner Menschen nicht mehr sehen konnte, ohne selbst verrückt zu werden, verbrachte er viel Zeit im Ziegenstall bei Babette.

Grübelnd schauten Babette und Hektor ein paar Tage später aus eben jenem Stall heraus und überlegten sich einen neuen Plan. Aber so recht wollte ihnen nichts einfallen und so verabschiedete sich Hektor nach dem Mittagessen und trottete hinüber zum Haupthaus, um nach dem Rechten zu schauen. Dabei wurde er des schwarzen Autos gewahr, dass direkt daneben stand. Nicht weit davon entfernt war ein Mann und vor ihm Christiane. Die Hände hatte der Fremde wegen der Kälte in den Manteltaschen vergraben.

»Es tut uns leid, wir sind an unsere Vorgaben gebunden.«, hörte Hektor, der jetzt nicht mehr weit vom Haus entfernt war und immer noch gute Ohren hatte, ihn sagen. »Ich wünsche Ihnen trotzdem noch einen schönen Tag.« Dann schüttelte er Christiane die Hand und wandte sich zum Gehen. Christiane schloss kopfschüttelnd die Tür und der Fremde suchte in einer seiner Taschen nach dem Autoschlüssel. Schließlich hatte er ihn gefunden. Er zog ihn heraus, schloss das Auto auf, setzte sich hinein und fuhr davon.

Hektor erreichte das Haus kurz darauf und hatte schon die erste Pfote in Richtung Tür gesetzt, da hörte er im aufkommenden Wind ein Geräusch. Es klang aufgeregt, wild, widerspenstig. Er drehte den Kopf, um zu sehen was es war und sah einen Zettel, nicht weit entfernt, im Schnee stecken. Darauf waren viele kleine, rote Kästchen mit Zahlen, manche von ihnen mit einem Kreuz versehen. Aufgeregt begann Hektors Herz in seiner Brust zu hüpfen. Er wusste genau was das war. Noch immer zerrte der Wind an dem Zettel. Schüttelte ihn hin und her und löste ihn allmählich aus seinem weißen Gefängnis. Schnell machte Hektor einen Satz und fing das Papier ein, gerade als eine weitere Windböe den Zettel traf und ihn beinahe davon trug.

Hektor starrte das Papier zwischen seinen Pfoten an. Wer hatte es nur verloren? Vielleicht der Fremde mit dem schwarzen Auto? Er wusste es nicht. Aber eine Stimme in seinem Kopf sagte ihm, wenn er es schaffen würde den Zettel dorthin zu bringen, wo er hingehörte, wären Christiane und der Hof gerettet. Doch wo eine Stimme der Hoffnung, ist auch eine Stimme des Zweifels. Wer hat ihn verloren? Er gehört uns doch gar nicht? Was, wenn der Besitzer ihn wieder haben will?

Und was, wenn er ihn nicht vermisst? Meldete sich nun die Stimme der Hoffnung zu Wort. Es ist Weihnachten, da passieren Wunder, ich bin ganz sicher!

Beide hatten sie Recht, das wusste Hektor, aber wer nicht wagt, der nicht gewinnt. Er musste es versuchen. Behutsam, aber fest genug, dass der Wind ihn nicht stehlen konnte, nahm Hektor den Zettel zwischen die Zähne und lief so schnell er konnte hinüber zu Babette.

»Babette schau!«, rief er glücklich, als er den Stall betreten hatte und hielt seiner Freundin den Zettel vor die Nase. »Jetzt können wir den Hof retten. Und Christiane.«

Babette blinzelte. »Was ist das?«

»Ein Lottoschein!«

»Ein Was?«

»Ein Lottoschein«, wiederholte Hektor und strahlte. »Damit gewinnen Menschen jede Woche Geld. Viel Geld. Und dann sind sie glücklich. Ich hab das mal im Fernsehen gesehen.«

Babette blinzelte noch einmal. »Und du denkst das klappt?«

»Nun, naja ... ich ... weiß es nicht«, stammelte Hektor, »aber versuchen können wir es. Übermorgen ist Samstag, da werden die Lottozahlen gezogen und es ist auch Weihnachten und da heißt es, werden Wunder wahr. Und wir brauchen ein Wunder.« Hektors Stimme überschlug sich jetzt beinahe. Die Stimme der Hoffnung aber zeigte ihm einen Daumen nach oben in seinem Kopf und Hektor grinste.

Dieses Grinsen sah auch Babette. »Ok, machen wir's. Wenn alles andere schon nicht klappt, vielleicht ja dann das.«

Und so riefen sie mit neuem Mut erneut ein Treffen der Hoftiere am späten Abend ein. Sie zeigten ihnen den Lottoschein, erklärten die Sache mit dem Geld und suchten Freiwillige, die sie auf ihrem Weg in die Stadt unterstützen würden. Denn für acht kurze, alte Beine wäre dieser nicht nur lang, sondern mit dem vielen Schnee auch ganz schön beschwerlich.

Ähnlich fühlten die Hasen: »Gerne würden wir helfen, aber mit jedem Sprung würden wir tief im Schnee einsinken. Wir fänden den Weg nicht mehr.«

Daraufhin meinten die Katzen: »Der Schnee ist kalt, uns würden die Pfoten abfrieren.«

Cindy, die Pferdedame, jammerte: »Wie der Esel der Bremer Stadtmusikanten würde ich euch gerne meinen Rücken leihen, aber das Wetter macht mir zu schaffen. Ich habe Rückenschmerzen und wäre euch schnell keine Hilfe mehr.«

Schnuppelchen und Watkins, die beiden Pferde, sahen sich an. Sie verstanden Cindy nur zu gut. »Watkins und ich möchten euch helfen. Vielleicht findet sich ein kleines Tier, das den Lottoschein trägt. Denn das hätte auf einem Pferderücken Platz und wäre den weiten Weg nicht zu schwer.«

»Hier«, meldeten sich da eine kleine Hand, ein Flügel und eine Pfote gleichzeitig.

Schnuppelchen, Watkins, Babette und Hektor sahen zu den dreien hinunter.

»Ich trage den Schein.«, sagte die Maus.

»Ich wärme die Maus mit meinem dicken Fell.«, erklärte der Hase.

»Und ich sitze hoch auf dem Pferdekopf und schaue nach dem Weg, damit ihr ihn im Schnee nicht verliert.«, fügte der Hahn hinzu.

»Wunderbar!«, erwiderte Babette, »Schnuppelchen und Watkins, einverstanden?«

Die Pferde nickten.

So war es beschlossen und am darauffolgenden Tag, machten sich die Ziege Babette, der Hund Hektor, die Pferde Schnuppelchen und Watkins, die Maus Zähnchen, der Hase Tom und der Hahn Horst so unauffällig wie möglich auf den Weg nach Sandhausen. Da sie nicht auf der Straße laufen konnten, ohne gesehen zu werden, nahmen sie den Weg über die Wiesen, die neben dem Leimener Weg und den von dort abzweigenden Dorf- und Kreisstraßen verliefen. Es war ein

Glück für die mutigen Weihnachtswunderhelfer das sie Horst dabei hatten, denn der Schnee war jetzt tatsächlich stellenweise sehr hoch und von unten kaum zu überblicken.

»Jetzt geradeaus«, sagte Horst, als sie den Leimener Weg überquert hatten und die Füße auf die Schneebedeckte Wiese setzten. Schritt für Schritt, einen Fuß nach dem anderen, kämpften sich die sieben Freunde vorwärts. Sie erreichten die Bruchhausener Ortsstraße. Der Winterdienst war fleißig gewesen und hatte schon den ersten Schnee zu Bergen am Straßenrand aufgeschoben, doch es hatte noch einmal so geschneit, dass die Straße bereits wieder weiß war.

»Oje«, meinte Watkins, »ob wir da drüber kommen? Der Schneeberg reicht mir fast bis zur Schulter.«

»Warte, ich habe eine Idee«, sagte Schnuppelchen, »Ich bahne uns einen Weg und du folgst mir. Horst, könntest du kurz zu Watkins fliegen?«

Horst tat wie ihm geheißen und Schnuppelchen drehte sich um. Mit beiden Hufen schlug er aus. Das machte er immer und immer wieder und hatte schon bald einen Weg durch den Schneeberg getreten.

»Genial.«, lobte Zähnchen, »Darauf wäre ich nicht gekommen.«

Schnuppelchen, ein bisschen außer Atem, grinste und ging voran.

»Vorsichtig jetzt!«, mahnte Hektor, als er die erste Pfote auf die Straße gesetzt hatte, »Manchmal ist Eis unter dem Schnee.«

Die Freunde folgten Schnuppelchen und Hektor, so vorsichtig sie konnten. Mit langsamen Schritten überquerten sie die Dorfstraße.

»Hoffentlich kommt jetzt kein Auto.«, flüsterte Tom ängstlich, während er sich mit kleinen Hopplern vorwärts kämpfte. Auch Zähnchen ging ganz vorsichtig auf seinen beiden Füßchen, während er den Lottoschein mit beiden Händen fest umklammert hielt.

Auf der anderen Seite wollte Schnuppelchen es wieder genauso machen und mit seinen Hufen einen Weg für die Freunde bahnen, doch Watkins sagte: »Lass mich machen, du bist ja noch ganz außer Atem.«

Schnuppelchen nickte dankbar und Watkins begann den Weg frei zu treten. Doch Hektor hatte Recht, denn unter dem Schnee war tatsächlich Eis und ausgerechnet, einen Tritt von seinem Ziel entfernt, fand Watkins genau diese eine Stelle. Gerade hatte er die Beine in der Luft ... da rutschte er weg.

»Oh nein!«, rief er aus und versuchte mit dem anderen Bein Halt zu finden, doch er schaffte es nicht und landete unsanft auf der Straße.

»Watkins!«, riefen die Freunde wie aus einem Munde und eilten herbei, um ihrem Freund zu helfen.

Dieser stöhnte auf. »Meine Schulter, au!«

Schnuppelchen, Hektor und Babette eilten an Watkins Seite und schoben ein wenig, damit der Weg nicht so weit wäre, während Watkins sich mühsam wieder auf die Beine kämpfte.

»Au, meine Schulter.«, wiederholte er noch einmal, als er wieder auf dem weggerutschten Vorderbein stand.

»Was machen wir jetzt?«, fragte Zähnchen, »Kannst du noch laufen?«

Watkins probierte es, doch der Schmerz schoss ihm bis in den Huf. Traurig schüttelte er den Kopf, während er eine Träne wegblinzelte. Und als auch nach einigen Minuten keine rechte Ruhe in die Schulter einkehren wollte, mussten sie einsehen, dass sie alleine weiter gehen mussten. »Ich kämpfe mich zurück zum Hof. Ihr schafft das auch ohne mich.«

Die Freunde dankten Watkins für seine Hilfsbereitschaft und Babette schob mit ihrem Dickkopf, wie Ziegen ihn manchmal haben, das letzte Stück des Durchgangs frei. Die Freunde verabschiedeten sich mit sorgenvollen Blicken und gingen weiter. Nun saß Zähnchen, den Lottoschein immer noch an sich gepresst, in Hektors langem, warmem, zottigem Fell und Schnuppelchen trug Tom und Horst auf seinem Rücken.

Sie passierten ein weiteres Gehöft und gingen geradewegs auf den Leimbach zu, bogen dann nach links ab und folgten dem Bach immer in Richtung Sandhausen.

»Passt auf, dass ihr die Böschung in dem vielen Schnee nicht überseht und rein fallt!«, warnte Horst und machte auf Schnuppelchens Kopf einen langen Hals. »Noch ein wenig nach Links, Schnuppelchen.«

»Alles klar.«, sagte Schnuppelchen und lenkte seine Schritte ein wenig in die gewünschte Richtung.

Schweigend stapften sie Schritt für Schritt durch den Schnee und lauschten dabei auf das leise Murmeln des Wassers. Ob Hektors Plan wohl klappen mochte? Babette, die sich dicht hinter Schnuppelchen hielt, der mit seinen breiten Schultern einen Weg für sie alle bahnte, hoffte es sehr. Jetzt wo sie so weit von zu Hause entfernt waren, fühlte sie sich gar nicht mehr so mutig. Aber die Tiere auf dem Hof und Christiane brauchten sie. Die kleine Gruppe war ihre letzte Hoffnung. »Du schaffst das. Wir schaffen das!«, flüsterte sie sich selbst wieder Mut zu, richtete ihren Ziegenkopf gegen den jetzt aufkommenden Wind und stapfte weiter.

»Horst, kannst du die Stadt schon sehen?«, fragte Tom nach einer Weile. Allmählich bildeten sich Eiskristalle in seinem Fell von dem Wind und er bekam Hunger.

»Ein wenig dauert es noch, Tom«, kam Hektor Horst zuvor, »Erst müssen wir über eine kleine Brücke, dann noch ein Stück weiter die

Kreisstraße entlang. Frauchen ist mit mir oft dort lang gefahren, wenn wir Futter holen mussten. Horst, kannst du die Brücke schon sehen?«

Horst machte den Hals so lang er nur konnte, stemmte sich gegen den Wind, aber es dauerte eine Weile bis er verkünden konnte, dass sie die Brücke schließlich erreicht hatten.

Schließlich knurrte auch Hektor der Magen. Im Gegensatz zu seinen Freunden mochte er weder Blätter noch Baumrinde und hatte sich des Gedankens nicht erwehren können, vielleicht unter die Räuber zu gehen statt unter die Bruchhausener-Tieroasen-Weihnachtshelfer. Nur ein paar Kilometer entfernt lag nämlich das Wohnheim der Lebenshilfe Heidelberg und dort waren immer viele nette Bewohner, die manchmal, wenn er mit Frauchen bei Dr. Enzos Futterhandlung einkaufte, ein paar Bissen Knackwurst oder Würstchen für ihn übrig hatten. Vielleicht konnte er auch heute etwas abstauben.

Bald überquerten die sechs Freunde die Brücke, wandten sich nach rechts und folgten der Kreisstraße bis zu einem kleinen Gartengrundstück. Dort wurde Zähnchen auf einmal sehr, sehr aufgeregt. »Da, da wohnt meine Schwester mit ihrer Familie.« Er gestikulierte aufgeregt in Richtung Garten. »Sie hat mich schon so oft gebeten, sie wieder einmal zu besuchen. Hektor, halt an!«

Hektor blieb stehen und Zähnchen kletterte eilig von seinem Rücken hinunter. »Ja, dort unter dem großen Baum, da ist der Eingang zum Bau. Ach, wird das eine Überraschung für sie.« Voller Freude drückte Zähnchen Hektor den Lottoschein in die Pfote, machte ein paar schnelle, leichtfüßige Sprünge über die Schneedecke, guckte noch einmal genau nach links und rechts und verschwand in einem Loch zwischen Baum und Schnee. Verwundert blieben die Freunde zurück. Doch sie konnten nicht auf die Maus warten und so reichten sie Horst mit seinem kräftigen Schnabel den Lottoschein und gingen weiter.

Und endlich hatten sie Sandhausen erreicht. Mittlerweile knurrte allen Tieren gehörig der Magen.

»Seht euch das mal an!«, rief ein kleines Mädchen, als es die Tiere entdeckt hatte, und winkte ihre Freunde herbei. »Kommt, das glaubt ihr nicht.«

Neugierig kamen die Kinder angerannt.

»Ein Pferd!«, rief ein Mädchen begeistert.

»Seht mal, auf seinem Rücken sitzt ein Hahn.«, sagte ein Junge lachend. »Und der hat einen Zettel im Schnabel.«

»Und auf dem Rücken von dem Hund sitzt ja ein Hase.«, meinte ein Mädchen staunend, »Der ist aber schön.«

»Wo kommen die nur her?«, wollte ein älterer Junge wissen. »Ist ein Zirkus in der Stadt?«

»Oje, nichts wie weg.«, wandte sich Hektor an seine Freunde, »Nicht dass sie noch ihre Eltern holen und uns einfangen.«

Tom aber hüpfte plötzlich von seinem Rücken.

»Tom, wo willst du hin«, rief Babette.

»Seht euch mal die leckeren Möhren an!«, antwortete Tom und sprang mit großen Hüpfern auf die Schneemänner zu, mitten durch die Kinderschar hindurch. Diese kreischten auf vor Überraschung. Tom aber hatte nur Augen für die dicke, saftige Möhre die neben einem Schneemann lag. Ein Hüpfer noch, dann war er da und packte sich das leckere Gemüse.

»He, meine Möhre!«, rief eines der älteren Mädchen, »Er klaut dem Schneemann seine Nase, her damit.«

Sie wollte ihn fangen, doch Tom war schneller und hoppelte mit der Möhre im Mund den Kindern davon. Diese wollten dem Mädchen helfen und so begann eine wilde Jagd, an der die Kinder große Freude hatten. Schließlich war Tom mitsamt den Kindern hinter einer Hausecke verschwunden.

Zum Glück für Babette, Horst und Schnuppelchen hatten die Kinder ein paar Möhrennasen zurückgelassen, so dass sich zumindest diese drei schnell etwas schnappen und damit ihre hungrigen Mägen füllen konnten. Hektor hingegen ging leer aus. Darum nahm er den

Lottoschein und setzte den Weg fort, während seine Freunde sich die Möhren schmecken ließen.

Weil er irgendwo einmal gehört hatte, wenn man den Weg nicht wisse, sei es immer gut auf der Hauptstraße zu bleiben, führte Hektor seine Freunde nun eben diese Straße entlang. Überall glitzerte und leuchtete es grün, rot und golden. Die Händler und Familien hatten die Straße so wunderbar geschmückt, dass sich die Freunde gar nicht satt sehen konnten. Die Menschen wunderten sich zwar über die seltsamen Wanderer, ließen sie aber vorüber ziehen. Plötzlich erfüllte ein Duft Hektors Nase, so verführerisch und lecker, so unwiderstehlich für seinen knurrenden Magen, dass er einfach nicht anders konnte als loszulaufen.

Babette und Schnuppelchen folgten ihm, während Horst verzweifelt versuchte, sich mit seinen Flügeln an Schnuppelchen festzuhalten. Das war eine wilde Jagd, das Klappern von Schnuppelchens Hufen hallte von den Häuserwänden wieder und Babette keuchte und japste und wäre fast in Ohnmacht gefallen, als Hektor endlich anhielt. Er stand vor einem Laden an dessen Wand in großen blauen Buchstaben zu lesen war: Spezialitäten Metzgerei Balles.

»Wartet nicht auf mich«, sagte Hektor, als seine Freunde zu ihm aufgeschlossen hatten. Und weil sie hören konnten wie sehr sein Magen knurrte, nahm Horst den Lottoschein erneut an sich, während Hektor die Tür des Ladens aufschob und bei den Besitzern mit seinem traurigsten Winseln um etwas zu Essen bat.

Nun waren es nur noch Babette, Schnuppelchen und Horst.

»Wohin jetzt?«, fragte Schnuppelchen und sah sich auf der Straße um.

»Lasst uns Hektors Rat folgen und auf der Hauptstraße bleiben«, sagte Babette, »vielleicht finden wir etwas.«

So gingen sie weiter und schauten nach rechts und wieder nach links … und da sahen sie es: das rote Kleeblatt auf gelbem Grund, genauso wie auf dem Lottoschein.

»Gefunden!«, schrie Horst und hätte um ein Haar den Schein fallen lassen.

»Los, nichts wie hin.«, drängte Babette und schon in der nächsten Sekunde drückte sie die Tür des kleinen Ladens auf.

Da staunten der Besitzer und seine Verkäuferin nicht schlecht, als plötzlich eine Ziege, ein Hahn und die vordere Hälfte eines Pferdes in ihrem Laden standen.

»Hallo!«, grüßte Babette, doch auch der Besitzer verstand kein Ziegisch und hörte nur ein meck, meck.

Babette näherte sich dem Tresen, nahm ein wenig Schwung und legte die Vorderfüße auf die Ladentheke. Mit einem kräftigen Flügelschlag landete Horst auf ihrem Kopf und legte dem Besitzer den Lottoschein hin. Unsicher schaute er die beiden an. Babette stupste den Schein noch einmal mit der Nase an und schob ihn näher zu dem Mann heran.

»Wir möchten diesen Schein abgeben und damit unsere Freunde retten.«, erklärte Babette und versuchte ihr traurigstes Gesicht aufzusetzen, doch wieder verstand der Mann nur meck, meck, meck, meck und rührte sich nicht.

Horst versuchte es mit einem: »Bitte.«

Aber alles was der Mann hörte war gork. Er runzelte die Stirn und sagte: »Sind die von der Tieroase ausgebüchst? Wir sollten die Tierfänger rufen.«

Da trat die Verkäuferin neben ihn. »Chef, ich denke die Tiere wollen uns ihren Lottoschein geben.«

»Was? Das … das … das kann es unmöglich geben. Wie wollen sie ihn denn bezahlen?« Er schüttelte den Kopf. »Nein, so ein Quatsch. Los, raus mit euch. Macht, dass ihr weg kommt.« Er umrundete die Ladentheke und wollte sie wegscheuchen, da stand auf einmal Hektor vor ihm und bellte und knurrte ihn böse an. Der Mann wich zurück, und stieß dabei vor Schreck einen Auslagenständer mit Füllfederhaltern und letzten Weihnachtsartikeln um.

Die Verkäuferin hatte keine Angst, half ihrem Chef freundlich beim Aufstehen und meinte dann: »Ich bezahle den Schein. Bald ist Weihnachten, da soll man den Menschen helfen. Warum dann nicht auch den Tieren.«

Babette lächelte erleichtert so gut es einer Ziege möglich ist und Schnuppelchen nickte zustimmend mit dem Kopf. »Wunderbar, dass es noch Menschen gibt wie sie, liebe Frau.«

Die Verkäuferin kehrte hinter den Tresen zurück und las den Schein ein. Sie legte den Kopf schief. »Ich denke, ich schreibe die Adresse der Tieroase drauf. Da kommt ein Gewinn auf alle Fälle richtig an.« Sie druckte den Beleg aus, legte das Geld in die Kasse, packte alles in eine kleine Tüte und reichte sie Horst und Babette. »Morgen Abend ist die Ziehung. Passt gut auf die Quittung auf. Ich wünsche euch viel Glück. Und Frohe Weihnachten.«

Babette und Horst nickten ihr zu und machten sich auf zu gehen. Schnuppelchen zog den Kopf aus der Tür, um seine Freunde hinaus zu lassen. Hektor aber behielt den Besitzer gut im Auge, bellte noch ein letztes Mal, so dass dieser ängstlich zusammen zuckte und folgte dann seinen Freunden.

Draußen konnten die Tiere ihr Glück kaum fassen. Es hatte wirklich funktioniert. Jetzt würde bestimmt alles gut werden. Jetzt war es Zeit nach Hause zu gehen und von ihrem Abenteuer zu berichten. Gerade als sie sich auf den Weg machen wollten, hielt ein Traktor mit einem Pferdeanhänger neben ihnen. Mit einem überglücklichen »Da seid ihr ja« sprang ein Mann heraus und stürmte auf die vier Freunde zu.

»Patrick!«, rief Babette, »Was machst du denn hier?«

Doch noch bevor sie eine Antwort bekam, drückte Patrick einen jeden von ihnen und rief erleichtert aus: »Ich bin so froh euch zu sehen. Mensch habt ihr uns einen Schrecken eingejagt. Was macht ihr denn? Christiane wird so froh sein euch wiederzusehen.« Und damit öffnete er den Pferdeanhänger, ließ die Ausreißer einsteigen und machte sich auf den Weg zurück zur Tieroase.

Es traf sich aber, dass die seltsamen Ereignisse im und vor dem Lotto- und Zeitschriftenladen nicht unbeobachtet geblieben waren. Ein Fernsehteam des RNF (Rhein-Neckar Fernsehen), das zufällig gerade dort für einen anderen Beitrag drehte, hatte alles fasziniert beobachtet. Und so begann etwas, auf das Daniela zu Beginn dieser Geschichte so gehofft hatte.

Gleich am nächsten Morgen, dem Weihnachtstag, übergaben die Tiere Christiane, Patrick und Daniela den Lottoschein. Hektor beharrte darauf, dass Babette, Horst, Schnuppelchen und Watkins (die beiden Pferde linsten zum Fenster hinein, da sie leider nicht ins Haus passten) sich gemeinsam mit Christiane vor dem Fernseher versammelten und bei der Ziehung der Weihnachtslottozahlen anwesend waren.

Zu ihrer großen Freude gewannen sie mit dem Lottoschein genug, dass der Hof für ein paar Wochen weiterwirtschaften konnte. Natürlich half das nicht mit Christianes Schulden, aber das endgültige Aus war abgewendet. Aufgeregt und immer noch zitternd rief Christiane Daniela und Patrick an, die diese Nachricht als das schönste Weihnachtsgeschenk priesen, dass man ihnen hätte machen können.

In dieser Nacht hätte Christiane also ruhig schlafen können. Aber die Kräfte, die in den Raunächten wirken, hatten andere Pläne mit ihr. Und so erwachte sie um kurz nach zwei Uhr morgens und sah in der Scheune des Hofes ein Licht leuchten. Sicher, dass dies beim Zubettgehen noch nicht dagewesen war, zog sie sich den warmen Mantel und die dicken Schuhe an und schlich hinüber. Darin aber waren alle ihre Schützlinge versammelt und lauschten Babette, Hektor, Schnuppelchen und Horst, die gerade begonnen hatten von ihrer abenteuerlichen Reise zu berichten.

Wie groß waren Christianes Augen als sie die Tiere sprechen hörte wie Menschen. Nie hätte sie, auch wenn sie diese Geschöpfe so sehr liebte, geglaubt die Legende der in den Rauhnächten sprechenden Tiere wäre wahr. Wahr ist aber, dass Hunde eine sehr feine Nase haben und so witterte Hektor Christiane und beschloss, ihr ein noch besonderes Weihnachtsgeschenk zu machen: Er lud sie ein, ihm und den mutigen Freunden bei ihrer Geschichte zu lauschen, inmitten aller hier lebenden Tiere, die durch Christianes Großmut hier einen schönen Lebensabend genießen durften. Und als die Weihnachtshelfer mit ihrer Geschichte am Ende waren, nutzten alle Tiere die Magie dieser Nacht Christiane zu drücken und zu Herzen und ihr persönlich in der Menschensprache Danke zu sagen.

Am nächsten Morgen klopfte ein Fernsehteam vom RNF an ihre Tür, das einen Bericht über die Tiere machen wollte, die in Sandhausen im Lotto- und Zeitschriftenladen gesichtet worden waren. Christiane erzählte ihnen gern die ganze Geschichte, stellte ihnen die mutigen Weihnachtshelfer vor.

Der RNF berichtete detailliert und rief für den Gnadenhof eine Spendenaktion ins Leben. Mit Unterstützung des SWR4 trugen beide Sender die Not der Tieroase in die Welt hinaus. Dies hatte zur Folge, dass die Spendenaktion in ganz Deutschland bekannt und ein voller Erfolg wurde. So konnten diese und weitere Tiere noch für viele Jahre auf dem Hof bis zu ihrem Abschied von der Welt leben und auch Christiane konnte alle Schulden begleichen und musste keine Angst mehr vor weiteren Kosten haben.

Was nun Tom, den Hasen und Zähnchen, die Maus betraf so erging es auch diesen Weihnachtshelfern gut. Zähnchen blieb bei seiner Schwester und lernte in der Nähe des Gartens eine liebe Mäusedame kennen. Tom aber fand ein neues Zuhause bei eben jenem Mädchen, dass ihn zuvor auf Hektors Rücken sitzend bewundert hatte. Hier wurde er nun jeden Tag gestreichelt und geherzt und mit so vielen Möhren gefüttert, wie er nur essen konnte.

Teppich zum Glück

Beatrice Sonntag

Paul saß an seinem Schreibtisch in der Kanzlei und prüfte Rechnungen, wie jeden Dienstag. Sein Magen grummelte. Das lag am Zwiebelkuchen. Seit Monaten spielte er mit dem Gedanken, sich dienstags in der Kantine für ein anderes Gericht zu entscheiden, denn er vertrug in letzter Zeit den Zwiebelkuchen nicht mehr. Bisher hatte er dieses waghalsige Vorhaben aber noch nicht in die Tat umgesetzt. Die Änderung einer erprobten Routine wollte wohlüberlegt sein.

Rosie wirbelte zur Tür hinein. Sie roch nach Knoblauch. Paul rümpfte die Nase.

»Ich weiß. Ich putz mir gleich die Zähne.« Sie ließ sich auf ihren Stuhl fallen und stützte das Kinn in die Hände. »Du wirst nie glauben, wen ich an der Dönerbude getroffen habe!« Als er nicht antwortete, erzählte sie von Albert, der ein Haus gekauft hatte und sich mit der Gemeindeverwaltung stritt, weil er es lila streichen wollte.

Paul waren sowohl Alberts Haus als auch die Gemeindevorschriften egal. Er wollte nur, dass Rosie ihre Zähne putzte.

Es kehrte Ruhe ein, nachdem Rosie ihre Geschichte zu Ende erzählt und sich endlich die Zähne geputzt hatten. Sie arbeiteten schweigend. Paul konzentrierte sich auf seine Rechnungen, als das Telefon läutete.

»Schmitt«, meldete er sich knapp und wie er hoffte unhöflich genug, dass sich der Anrufer kurzfasste.

»Tot?« Paul seufzte. »Das passt gerade nicht. Ich arbeite.«

Der Mann am anderen Ende hielt kurz inne. »Die Testamentseröffnung ist am Freitag, gleich nach der Einäscherung.« Der Anrufer hatte zu seinem professionellen Ton zurückgefunden. »Kommen Sie?«

»Am Freitag?« Das passte gar nicht.

oOo

Am Freitagabend saß Paul im Bus, der ihn von Heidelberg zurück nach Sandhausen brachte und fühlte sich elend. Er hatte sich nachmittags frei genommen, war zur Einäscherung von Tante Trude gefahren und hatte anschließend gemeinsam mit seinem Vater und einem Cousin der Testamentseröffnung beigewohnt. Sein Vater erbte das Haus, Cousin Bertram eine Ferienwohnung an der Nordsee und er einen Teppich.

»Paul, ich vermache dir meinen wertvollsten Besitz, den Teppich, der mich so glücklich gemacht hat. Vertrau ihm, er wird dich leiten.« Der Anwalt hatte in einem geschäftsmäßig mitleidigen Ton vorgelesen.

Ein Teppich sollte ihn glücklich machen? Nicht dass Paul ein Ferienhaus an der Nordsee vorgezogen hätte. Er verabscheute Ferien und die Nordsee flößte ihm eine Heidenangst ein. So viel Wasser und Natur. Damit wollte er nichts zu tun haben.

Zuhause rollte er den Teppich in seinem sonst eher karg eingerichteten, ordentlichen Wohnzimmer aus. Er sah gut aus. Persisches Muster. Keine Flecken. Der Geruch war holzig und erinnerte ihn an Tante Trudes kleines Haus. Nun war Tante Trude nicht mehr da. Paul hatte sie gemocht, denn sie hatte jeden Mittwoch nach der Schule Pfannkuchen mit Apfelmus gemacht. Jeden Mittwoch, auch wenn sein Bruder sich etwas anderes gewünscht hatte. Sie hatte seine Vorliebe für feste Routinen verstanden.

Der Teppich würde probeweise im Wohnzimmer liegenbleiben, Tante Trude zu Ehren. Er wollte nicht undankbar wirken. Er setzte sich auf den Teppich und sog den Geruch ein.

Für einen Moment schloss er die Augen und dachte an Pfannkuchen. Da war ihm, als ginge ein Ruck durch den Teppich. Paul öffnete die Augen und wollte sich gerade erheben, als er feststellte, dass sich der Teppich tatsächlich bewegte. Er schwebte über dem Boden. Paul schloss die Augen. Er halluzinierte. Die Trauer hatte ihn um den Verstand gebracht. Einatmen. Ausatmen. Augen auf. Aber der Teppich schwebte weiterhin.

Paul hielt den Atem an. Mit einer Hand krallte er sich am Saum fest. Da machte der Teppich plötzlich einen Satz Richtung Fenster und klopfte gegen die Scheibe. Beide Hände in die Fransen der wild gewordenen Auslegeware gekrallt, schloss Paul die Augen und schrie. Es gab einen dumpfen Laut und er spürte den brennenden Schmerz einer Ohrfeige. Abrupt erstarb sein Schrei. Für einen Augenblick überwog die Entrüstung die Angst. Der Teppich hatte ihm eine Backpfeife verpasst und nun machte er sich am Fenstergriff zu schaffen. Paul packte den Fenstergriff. Kurz gab es ein Kräftemessen, aber Paul hatte keine Chance. Er hatte keine Zeit, sich für seine armseligen Armmuskeln zu schämen, denn der Teppich schoss aus dem Fenster, flog durch die Straße und stieg vor einer Hauswand steil auf.

Paul lag bäuchlings auf dem Erbstück und klammerte sich an den Rand. Abwechselnd schloss und öffnete er die Augen, mal aus Angst nichts zu sehen und mal aus Angst vor dem, was er sah.

Sie ließen Sandhausen hinter sich. Der Flug war nun ruhiger und so traute er sich, die Aussicht zwar nicht zu genießen, doch zur Kenntnis zu nehmen.

Abrupt stoppte der Teppich und bog in eine Straße, die in einen von Altbauten umgebenen Platz mündete. Der Teppich schubste Paul so lange hin und her, bis er aufrecht saß. Die Fransen kamen von zwei Seiten auf sein Gesicht zu, richteten Frisur und Krawatte und zupften an seinem Jackett.

Ein weiterer Ruck und der Teppich flog über die Köpfe der Menschen hinweg, die auf dem Platz gerade einen Flohmarkt besuchten. Von oben sah Paul Familien mit Kindern, Studenten und ältere Paare mit Hunden. Sein Blick wanderte von den Besuchern zu den Verkäufern, die hinter Tapeziertischen auf Klappstühlen saßen. Schallplattenspieler, gebrauchte Kleidung, zerlesene Bücher und Nippes lagen aus.

Paul kam der Gedanke, dass der Teppich auf diesem Flohmarkt nach anderen Gegenständen aus Tante Trudes Erbe suchte. Ein beklopter Gedanke. Teppiche suchten nicht nach ihren Freunden! Allerdings flogen sie auch nicht und verteilten keine Ohrfeigen. Paul schluckte. Seine Gedanken verknoteten sich.

Da steuerte der Teppich auf einen Stand zu und kam in eine unangenehme Schieflage. Paul stieß einen Schrei aus, woraufhin mehrere Leute erschrocken zur Seite sprangen. Eine Mutter warf sich schützend über einen Kinderwagen. Ein Herr am Gehstock plumpste rückwärts auf den Hintern. Ein Kind zeigte auf Paul. »Mama, ich will auch einen fliegenden Teppich!«

Paul hätte gerne sein Gesicht in seinen Händen verborgen, aber er traute sich nicht, seinen Klammergriff zu lockern.

Der Teppich stoppte über einem Tisch mit selbstgemachtem Schmuck. Die Besitzerin des Standes war aufgesprungen und starrte den Teppich, der nur Zentimeter vor ihrem Gesicht schwebte, mit offenem Mund an. Sie tastete hinter ihrem Rücken nach ihrer Handtasche, die am Stuhl hing. Der Teppich vollführte eine Pirouette. Dabei katapultierte er die Dame samt Handtasche in die Luft, ohne dabei Paul abzuwerfen. Ein erstickter Schrei entfuhr der Frau, die sich an Pauls Arm klammerte, als der Teppich steil in die Höhe schoss.

Sie flogen dahin und die Frau lockerte ihren Griff. Sie strich den Stoff seines Ärmels glatt und murmelte eine Entschuldigung.

»Keine Ursache.« Paul biss sich auf die Unterlippe. Was sagte man, wenn Haushaltsgegenstände für die man verantwortlich war, fremde Menschen entführten?

Er schaute die Frau an. Sie war wunderschön, trotz einer langen Narbe, die über die linke Wange verlief. Etwa in seinem Alter. Sie roch gut. Nach Vanille. Ihre roten Locken standen widerspenstig in alle Richtungen. Sommersprossen bedeckten Gesicht und Arme. Sie trug ein grünes Kleid mit aufgenähten Elefanten. Ihre Handtasche war riesig und lila.

Was wollte der Teppich von ihr? Und von ihm? Er würde die Abendnachrichten verpassen.

Die Frau beugte sich zur Seite und schaute nach unten. Die Stadt flog unter ihnen vorbei. »Die Aussicht ist grandios.« Sie lächelte ihn an.

Paul brummte. Wie konnte sie dieser absurden Situation etwas Positives abgewinnen?

»Sie haben also einen fliegenden Teppich«, sagte sie.

»Nein!« Er schüttelte heftig den Kopf. »Ich kann nichts dafür. Ich habe den Teppich geerbt. Tante Trude wollte, dass er mich glücklich macht. Aber Tante Trude hatte wohl den Verstand verloren.« So viel hatte er nicht sagen wollen. »Sie ist tot«, sagte er leiser.

»Das tut mir leid.« Das Lächeln verschwand. Sie berührte ihn sanft am Arm. »Standen Sie sich nahe?«

»Früher einmal.« Das ging Fremde nichts an. Wieso sprach er über intime Dinge, während sie sich in Lebensgefahr befanden? Das musste das Stockholm Syndrom sein. Oder ein anderes. Auf jeden Fall ein Syndrom.

»Ich bin Bernie. Eigentlich Bernadette, aber das klingt so ernst.«

»Bernie«, wiederholte er.

»Wollen Sie mir Ihren Namen verraten?«

Wie unhöflich, dachte er. »Paul«, sagte er schnell. »Ich heiße Paul.«

»Sehr erfreut.« Sie streckte ihm die Hand entgegen.

Zögernd löste er seinen Griff und schüttelte ihre Hand. Sie fühlte sich gut an. Eine kleine warme Hand. Pauls Arme waren verkrampft. Er schüttelte seine Hand aus, woraufhin sie ein helles Lachen erklingen ließ.

»Habe ich zu fest zugedrückt?«

»Nein. Es ist nur.« Er biss auf seine Unterlippe. »Ich habe leichte Flugangst.«

Da wurde der Teppich langsamer. Pauls Hand schnellte zurück zum Teppichsaum. Sie hatten Sandhausen und auch Heidelberg hinter sich gelassen und flogen über grüner Landschaft mit vereinzelten Bauernhöfen zwischen Feldern und Waldstücken. Der Teppich steuerte auf einen Wasserturm zu, ein Bauwerk aus Beton, etwa 40

Meter hoch, mit einer großen Kugel im oberen Bereich. Er war oben abgeflacht und der Teppich landete sanft in der Mitte der Fläche. Er krümmte sich so, dass er die Form einer Sitzbank einnahm. Paul und Bernie konnten mit den Füßen den Boden erreichen und der Teppich schubste sie herunter. Nun standen die beiden auf wackeligen Beinen auf einem Wasserturm mitten in der grünen Landschaft. Der Teppich schwebte in der Luft über ihnen.

»Komm zurück«, rief Paul. »Du kannst uns doch nicht hierlassen!« Paul ging dem Teppich zwei Schritte nach und blieb dann abrupt stehen. Es gab kein Geländer.

»Bernie. Es tut mir leid.«

»Ist schon in Ordnung. Das kann schon mal passieren.« Sie lächelte und legte den Kopf schief.

Dabei sah sie besonders hübsch aus. Aber sie war offensichtlich kein besonders bodenständiger Mensch. Das konnte schon mal passieren? Nein. Nicht nach den gültigen Gesetzen der Schwerkraft und der Realität. »Was sollen wir jetzt machen? Haben Sie ein Telefon dabei?«

Bernie kramte in ihrer lila Tasche und zog ein Mobiltelefon hervor.

»Dem Himmel sei Dank«, flüsterte Paul.

Bernie entsperrte den Bildschirm und tippte eine Nummer ein. Da kam der Teppich angeschossen, stieß Paul unsanft zu Boden und schlug Bernie mit einer Ecke das Telefon aus der Hand. Es schlitterte über den Beton.

»Es sieht ganz so aus, als ob der Teppich nicht wollte, dass wir Hilfe holen.« Bernie hatte sich zu ihm herunter gekniet. »Haben Sie eine Idee, was der Teppich von uns will?«

Paul setzte sich auf und zog die Knie an. Tief einatmen. Was wollte der Teppich? Die Bedürfnisse von Einrichtungsgegenständen waren Paul nicht geläufig. Er wollte sich mit solchen Fragen nicht befassen. Er wollte die Abendnachrichten sehen.

»Ich habe Höhenangst«, sagte er stattdessen.

»Komm. Wir setzen uns genau in die Mitte. Soweit es geht vom Rand entfernt. Und dann warten wir ab. Vielleicht hören wir ein Auto und dann rufen wir um Hilfe.«

»Wie können Sie so ruhig bleiben?« Paul klang schärfer als beabsichtigt.

»Wenn ich mich jetzt aufrege, ändert das nichts an der Situation.« Da hatte sie recht. Sich nicht aufzuregen war für Paul bisher keine Option gewesen. Er wusste nicht, ob er das konnte.

»Der Teppich, wo ist er?« Paul schaute sich um.

Bernie ging zum Rand und schaute nach allen Seiten.

»Vorsicht!«

»Ich bin schwindelfrei.« Bernie setzte sich wieder neben ihn. »Ich habe Schokolade dabei, wollen Sie etwas?«

»Ich will nach Hause.«

Sie riss die Packung auf, brach einen Riegel ab und schob sich ein Stück in den Mund. »Es ist dunkle Schokolade mit Pfefferminz.« Sie hielt ihm ein Stück hin.

Er sah auf. »Das ist meine Lieblingssorte«, sagte er leise, fast ehrfürchtig.

Kauend und lutschend starrten sie in die Landschaft. Nach einer Weile kam der Teppich zurück. Er war allerdings beladen mit… ja, was war das? Möbel? Paul kniff die Augen zusammen. Es dämmerte schon. Er erkannte ein Sofa und einen Tisch.

Oh nein. Der Teppich hatte andere Einrichtungsgegenstände zur Revolte aufgerufen.

Paul hielt schützend den Arm vors Gesicht. Als er wieder hinsah, erkannte er einen gedeckten Tisch mit Tellern, Gläsern, Schüsseln und Wein. Daneben stand ein altes Ledersofa.

Der Teppich zog einen Stuhl zurück und Bernie verstand sofort. Sie nahm Platz.

Paul bekam einen Schubs vom Teppich.

»Na los, setzen Sie sich.« Bernies Lächeln war zauberhaft.

Also setzte er sich, schenkte Wein ein, häufte Pasta auf beide Teller, prostete Bernie zu und warf dem Teppich einen grimmigen Blick zu. »Zufrieden?«

Bernie kicherte. »Ich schätze, wir haben ein Date.«

»Ich habe keine Dates.«

»Muss ja keiner wissen.«

»Das ist lecker«, sagte er kauend.

Bernie nickte. »Carbonara ist meine Lieblingspasta.«

»Meine auch.«

Nachdem sie aufgegessen hatten und der Wein geleert war, flog der Teppich vorbei und fegte den Tisch samt Geschirr vom Wasserturm herunter. Mit einer Ecke deutete er auf die Couch.

Die beiden schauten sich an, zuckten mit den Achseln. Die Couch war in Richtung Sonnenuntergang orientiert und so starrten sie schweigend auf den Horizont.

»Irgendwie ist es schön hier«, sagte Bernie leise.

»Aber was tun wir, wenn uns niemand findet?«

»Ich habe auch ein bisschen Angst«, gestand Bernie. »Und mir ist kalt.«

Paul setzte sich auf, zog sein Jackett aus und legte es ihr um die Schulter. Das hatte er im Fernsehen gesehen.

Sie bedankte sich und rückte näher an ihn heran.

Verstohlen schaute Paul zu ihr rüber. Zum ersten Mal in seinem Leben fragte er sich, ob er attraktiv war. Also optisch. Fragen wollte er allerdings nicht. Also schwieg er.

»Möchten Sie mir vielleicht eine Geschichte erzählen?«

Paul überlegte. Er hatte in seinem Leben genau vierundsechzig Bücher gelesen. Und 445 Comics. Unglücklicherweise fiel ihm im Moment nur eine Geschichte ein: Chainsaw Man. Bernie lauschte. Er erzählte von dem Dämon Pochita, der von Denji Besitz ergriff und ihn in Chainsaw Man verwandelte.

»Erzähl weiter.« Sie schloss die Augen.

Er erzählte. Ganz vorsichtig legte er den Arm, den er erschrocken von sich gestreckt hatte, auf ihrem dünnen Körper ab. So saßen sie, bis es stockfinster war.

»Du kannst ganz wunderbar erzählen. Ich habe überhaupt keine Angst mehr.« Bernie zog die Beine an und rieb sich die Unterschenkel. »Kann der Teppich bitte eine Decke bringen? Es ist kalt!«

Paul lachte. »Wenn wir das hier überleben und uns der Teppich freilässt. Würdest du dann mit mir zu einem richtigen Date gehen? In einem richtigen Restaurant?«

Schnell schloss er die Augen. Gerade wollte er seine Einladung zurücknehmen, da sagte Bernie: »Gerne. Aber im Erdgeschoss.«

Trotz der Kälte spürte er ein warmes Gefühl in der Magengegend.

Da kam der Teppich angeflogen und bedeutete ihnen, Platz zu nehmen. Er brachte sie zurück in die Stadt und setzte sie vor einem Reihenhaus ab, das Paul nicht kannte.

»Hier wohne ich.« Bernie gab ihm zitternd sein Jackett zurück. »Danke für den merkwürdigen Abend. Komm mich am Samstag abholen.« Sie drückte ihm einen Kuss auf die Wange und lief zur Haustür. Sie drehte sich noch einmal um und winkte.

Paul wandte sich zum Teppich. »Nein. Wir gehen zu Fuß.« Er packte ihn, rollte ihn ein und klemmte ihn unter den Arm. Die Abendnachrichten hatte er verpasst.

Stattdessen war er verliebt.

Hinter den Spiegeln

Ina May

Burg Weißenstein, ein Sommertag im Jahre des Herrn 1434

Sie saß am Fenster des Turms, ließ die Sonne warm über ihre Wange streifen und beobachtete aus den Augenwinkeln die mächtige Tür. Ihre Hand griff an die Seite, in der in einer Lederscheide ein Dolch steckte.

Für ihren Gemahl war es noch früh am Morgen. Gestern zum Fest hatte er übermäßig getrunken. Er würde zu ihr kommen. Sie hatte ihn am vergangenen Abend böse herausgefordert.

Die Nacht des Festes in lebhafter Erinnerung, sah sie sich wieder das Kinn heben, hörte sich Mut zusprechen, hatte die seitliche Schnürung ihres Überkleides mit den Schulterträgern gebunden, ihr Haar geschüttelt, »Die Herrin der Burg«, geflüstert und hätte es zum Lachen gefunden, wenn ihr nur danach gewesen wäre. Sie brauchte die Augen nicht zu schließen, um die Szene wieder vor sich zu haben.

Zum gräflichen Burgfest zeigte sich Friedrich stets großzügig. Die Bettler bekamen eine Mahlzeit, Akrobaten zeigten ihre Kunststücke, Puppenspieler durften dem Grafen eine lange Nase drehen. Margareta aber musste sich vorsehen, die Stimmung ihres Gemahls konnte umschlagen.

Sie verfolgte die Gespräche an der Tafel im Saal nicht, hörte nur ein paar Fetzen, bis jemand mit den Fingerknöcheln auf den Tisch pochte: »Friedrich wir brauchen neue Einnahmequellen, der Kaiser wird ungnädig.«

»Der Kaiser muss sich die Ritter vom Leib halten«, war die wegwerfende Antwort. »Wir beschranken die Fahr- und Fußwege, stellen Wachtposten auf. Wer passieren will, löhnt.«

Es klang kein bisschen zu Ende überlegt. Margareta war an einen mächtigen Mann gebunden, dumm wie Bohnenstroh und hinterhältig wie die Räuber, die auf den Wegen durch den großen Wald, über dessen Besitzverhältnisse erbittert gekämpft worden war, Reisende überfielen. Für ihre Widerworte würde der Graf seine Frau irgendwann wie einen Wurf Kätzchen im Bach ertränken.

»Ein Graf, der Wegezölle verlangt, muss im Gegenzug für angemessenen Schutz sorgen«, erhob sie die Stimme.

An der Tafel erstauntes Luftholen.

»Sie findet sich klug«, tönte Friedrich, seine Finger gruben sich schmerzhaft in Margaretas Arm. »Das machst du nicht mit mir«, raunte er heiser. Ihr Mund durfte lächeln, sonst hatte er geschlossen zu bleiben, und das war etwas, worauf sie sich gar nicht gut verstand.

Die Herrin der Burg entfloh dem Trubel im Saal, entkam der Enge ins Freie. Der Graf hielt sie nicht gefangen, aber genauso fühlte es sich an. Sie streckte die Arme den Sternen entgegen, warf einen sehnsuchtsvollen Blick auf die Planwagen der Schausteller, stellte sich vor, wie sie das Pferd über den Hügel ins Tal lenkte, den Sommerduft atmete, und auch noch die kleinste Erinnerung hinter sich zurückließ.

Vielleicht war es nur ein Eindruck, womöglich eine Maske, denn es konnte nicht sein. Einer dieser Männer sah ihrem Gemahl ähnlich. Nur – er lächelte freundlich. Sie senkte den Kopf. Woran dachte sie da bloß?

»Ein Blick in die Zukunft?«, unterbrach jemand ihre freiheitlichen Gedanken. Die Zukunft. Sicher eine andere, als die der Flucht, welche sie sich gerade erträumte.

Die Zigeunerin griff nach ihrer Linken.

»Ich bin bedrückt. Und an eine veränderbare Zukunft zu glauben, das wage ich vielleicht nicht einmal«, flüsterte Margareta.

Die Zigeunerin bog ihre Handfläche auf, strich gedankenvoll darüber, dann schaute sie auf und Margareta ins Gesicht. Der Blick der Frau ging ihr durch und durch.

»Es wird gut, wenn Ihr das wollt. Aber es muss *einer* sterben.«

Margareta hörte das Lachen, die Stimmen. Die Zigeunerin war fort. Deren seltsame Bemerkung, die Margareta für sich plötzlich Hoffnung nannte. Sie war *die Herrin der Burg*. Und sagte es sich einige Male vor.

oOo

Die Schausteller bauten im Vorhof der Burg eine Reihe Spiegel auf. Geschickt, weil es schien, als würden dadurch schmale Gänge aneinander anschließen.

Eine junge Frau lockte schließlich den Grafen, flüsterte ihm ins Ohr, lief voraus, wartete, er folgte und war für die Augen der übrigen urplötzlich verschwunden. Zu schade, dachte Margareta, dass den Grafen die Spiegel nicht behalten würden. Sie ging, ohne bemerkt zu werden, zu ihren Räumen im Turm.

Margareta wollte nicht erleben, wie ihr Gemahl schließlich ärgerlich aus dem Spiegelgang heraustrat. Sie wäre in dieser Nacht nicht an der Reihe, doch Friedrich würde Margareta für ihre Bemerkung bezahlen lassen, dass wusste sie.

Wo er gestern schwankte, wäre er heute ernüchtert.

Sie hörte jetzt ein leises Schaben, sah eine Hand um die Tür herumgreifen, am Zeigefinger ein Siegelring.

Margareta erhob sich, ihre Linke fuhr an der Hüfte abwärts, wo sie sich auf das Heft des Dolchs legte. Sonst stürmte Friedrich herein. Er kam ihr seltsam zögerlich vor.

»Du hättest mein Klopfen nicht gehört.« Friedrich klang freundlich. War das wirklich so etwas wie eine Bitte um Verzeihung? »Einen sonnigen, guten Morgen, mein Herz.«

Margareta starrte ihn an. Mit ihrem Gemahl war in der vergangenen Nacht hinter diesen Spiegeln etwas Merkwürdiges passiert.

Heute

Auf dem Quarzfelsen thronte einmal die Trutzburg, von der einige beeindruckende Überreste noch immer den Himmel anzukratzen schienen. Nicht totzukriegen. Sie war gebaut worden, um standzuhalten. Gerade ein so passender Gedanke.

Lena sah zu der Lücke in den alten Steinen hinauf, vor langer Zeit ein Fenster im Turm, zu dem einst jemand hinaus und ins Tal geschaut hatte. Ihr ging es gerade nicht um die Vergangenheit. Sie fragte sich, wie sie einem Zehnjährigen seinen Geburtstagswunsch erfüllen konnte.

Ihr Sohn träumte von einer Zaubervorstellung mit allem Drum und Dran, ausgerechnet in dieser Burgruine. »Ein bisschen spürt man das Rätsel«, behauptete er.

Sie hatte gesagt, sie wolle sich kümmern. Das Rätsel musste Lena wirklich nicht erspüren.

»Mama, du bist einzig!« Tim hatte gestrahlt, als hätte sie ihrem Sohn eine Zusage gegeben. Sie war wirklich *einzig*, vor allem wieder einmal einzigartig knapp bei Kasse. Sie würde eine Lösung finden, oder ihren Sohn enttäuschen. Ein Gefühl, als legte sich ihr eine kalte Hand in den Nacken. Sie wollte nicht an Mark, ihren … Lebensgefährten, denken und daran, wie sie ihn fragte, ob er sie unterstützen würde, Tims Geburtstag und so weiter. Sie wollte alles tun, aber ihn nicht um Geld bitten.

Toller Typ, er passt zu mir, hatte sie unlängst gemeint. Lena war Archäologin, er betrieb zeithistorische Forschungen. Sie hatten die gleichen Interessen, doch die Archäologin war aktuell ... ohne Job – so hieß es nicht – aber sie hatte keinen aktuellen Grabungsauftrag.

Schließlich blieb ihr aber gar keine Wahl, denn Mark verstand sich gut mit der Landrätin und »das geht klar, du weißt doch, geben und nehmen«, hatte Mark gelacht. Als Gegenleistung musste sie ihm bloß *gefallen*.

Gefallen. Schwierig, fast unmöglich. Sie hatte ihren eigenen Kopf, hasste es, wenn für sie und über ihren Kopf hinweg entschieden wurde. Vielleicht war es kein Zufall, dass in dieser Burg im 15. Jahrhundert eine Gräfin gelebt hatte, über die Unglaubliches zu lesen war. So habe sie gemeinsam mit ihrem Gemahl wichtige politische Entscheidungen getroffen. Zu einer Zeit, in der eine Ehefrau um Himmels willen besser nicht so viel Verstand besitzen durfte, allerhöchstens Zierde war, dazu eine gute Partie, ein Instrument zur Sicherung der Verhältnisse. Was man auch ›Friedelehen‹ nannte.

oOo

Margareta war eine starke Frau. Klug, hübsch. Lena fühlte sich gerade nicht als besonders starke Frau. Klug, hübsch – ja. Doch das verschaffte ihr keinen neuen Auftrag. Sie brauchte eine Publikation in einer Fachzeitschrift. Antike Welt. Mittelalter. Wenn sie hier auf Burg Weißenstein Margaretas Gebeine finden würde …

Lena wusste genau, dass sie zu wenig über diese Burg wusste. Kläre die Möglichkeiten, sagte sie sich, und du behältst das Heft in der Hand. Beruflich und privat.

Sie wollte unbedingt, dass ihr Sohn seine Feier bekam.

Tim konnte den Neuen in ihrem Leben von Anfang an nicht leiden. Ihr Sohn war nicht leicht zu beeindrucken, aber als ihm Mark bestätigte, es gäbe tatsächlich ein Geheimnis in dem alten Gemäuer, da hatte er ihren Sohn ein wenig geködert.

»Diesem Friedrich waren seine Leute völlig egal, er konnte grausam sein«, wusste Tim.

Mark nickte, schnippte mit den Fingern. »Und ganz plötzlich – von heute auf morgen, hat er sich verändert. Als hätte man den Mann vor aller Augen ausgetauscht.«

Dich würde ich nicht mal tauschen wollen, sagte ihm Lena nicht, sie dachte es nur. *Du könntest gern verschwinden. Für immer.*

»Und dann?«, wollte Tim wissen. Sicher erwartete er keine Antwort. Nicht von ihr, deren Gedanken gerade mächtig schwarz waren.

»Was hat man mit Friedrich angestellt?«, fragte ihr Sohn.

Mark versprach ihm, er würde es ihm an seinem Geburtstag verraten. Um fünf Minuten vor Mitternacht.

Sehr dramatisch, dachte Lena. Am Gesicht ihres Sohnes war Vorfreude abzulesen. Sie war nicht minder gespannt. Mark musste irgendwelche alten Dokumente entdeckt haben. Er war nicht der Typ, der etwas auspacken würde, von dem er nicht überzeugt war.

Lena musste etwas anderes recherchieren; sie brauchte jemanden, der sich um die Organisation kümmerte, dass die Feier überhaupt stattfinden konnte. Mark wollte sie möglichst heraushalten. Sein Geld auch.

Ihr schwindelte, als sie die Auflistung der Preise für *dieses und jenes* vorgelegt bekam. *Dieses und jenes* beinhaltete noch keine Zauberei. Die fahrenden Schausteller konnten offenbar auf eine lange Familientradition hinweisen. Herumreisen, auftreten, die Leute zum Staunen bringen.

Die Ruine Weißenstein konnte ebenfalls weit, weit zurückschauen.

Und Lena wollte gerade nicht mal in die nähere Zukunft sehen.

oOo

Der Geburtstag ihres Sohnes, sein Lachen, die glückliche Umarmung für Lena, deren Erleichterung, dass es bis hierher gut geklappt hatte. Die Nacht der Abenteuer würde gleich beginnen. Mark tat großartig, als wäre alles sein Verdienst. Lena war es gerade egal.

Sie saßen auf der weiten Wiese, die alten Mauern starrten.

Zwei Geiger kamen über den Hügel, ihre Musik klang einen Hauch traurig. Oder lag es an diesem Ort?

»Neugierig, was sein wird?«, flüsterte eine junge Frau in einer Carmen Bluse, ein roter Mund lächelte Lena an. Diese hatte grade beschlossen, es nicht zu sein, aber die Frau nahm ihre Hand und drehte sie. Was konnte man schon aus ein paar Linien herauslesen?

»Halt' deine schwarzen Gedanken fest. Es wird geschehen, du musst dir nichts wünschen.« Sie machte Lenas Hand wieder zu, legte sie ihr aufs Herz.

Ertappt? Sie hatte Mark *tot gedacht*. Gedanken waren nicht frei, wenn jemand sie lesen konnte. Aber in ihrer Hand?

Die Schausteller hatten ein kleines Spiegelkabinett aufgebaut. Lampions sandten ihren Schimmer in die tieferen Schatten, gerade so, dass ein Hauch des Mysteriums gewahrt blieb. Eine Erzählstimme durchschnitt die Zeit.

»Graf Friedrich ist hier in seiner Burg einst vom Leben zum Tode befördert worden. Unbemerkt.«

Wenn man Dunkelheit im Innern spüren konnte, dann empfand Lena die gerade. Friedrich und seine Margareta waren zusammen alt geworden, so stand es in den Geschichtsbüchern. Was stimmte nicht, hatte es mit dem angeblichen Geheimnis zu tun?

Mark betrat schwungvoll die Bühne; fünf Minuten bis Mitternacht.

»Du wolltest wissen, was hier passiert ist«, deutete er auf Tim. »Dann grab' das Geheimnis aus.« Er reckte einen Spaten in die Höhe, deutete auf eine Stelle, nickte bedeutungsvoll: »Da war früher ein Brunnen.« Marks Grinsen sagte: Du wirst den Tod ausgraben.

Tim sah Lena an. »Ein Doppelgänger. Für den gemeinen Friedrich einen netten Friedrich.« Er blies die Backen auf. »Irre.«

Wie es schien, hatte Margareta es damals nicht wissen wollen.

Lena fing den Blick der jungen Frau in der Carmen Bluse auf.

Schwarze Gedanken. Würde Mark verschwinden und nicht wieder auftauchen, würde auch sie nicht fragen. Hinter den Spiegeln geschahen womöglich eigenartige Dinge …

Vielleicht nicht ganz so eigenartig. Auch in einem Stück, das auf einer Bühne gespielt wurde, gab jemand vor, eine andere Person zu sein. Überzeugung, List, sicher. Vielleicht aber jemand, der erleichtert war, nicht fragte. Der lernte, zu lieben und mit dieser Person glücklich werden durfte.

Die Herrin der Burg, dachte Lena. Sie lächelte.

Das Flüstern des Nebels

Astrid Schwikardi

Ein anstrengender Arbeitstag lag hinter mir. Nicht nur, dass mein Chef alle paar Minuten an meinem Schreibtisch stand, auch das Telefon hatte in einer Tour geklingelt. Gefühlt hatte wirklich jeder etwas von mir gewollt, doch mit meinen Gedanken war ich ganz woanders. Das gestrige Telefonat mit meiner Großmutter lag mir noch schwer im Magen und beschäftigte mich mehr als erwartet. Es kam einer Wohltat gleich, als ich endlich Feierabend machen konnte und keine Stunde darauf durch den Wald joggte, um zumindest ansatzweise einen klaren Kopf zu bekommen.

Es dämmerte bereits, als ich an diesem schwülen Spätsommerabend meine Laufschuhe anzog und mich aufmachte. Innerhalb kürzester Zeit war ich bereits klitschnass geschwitzt. Außerdem musste ich auf die Baumwurzeln aufpassen, die sich im Laufe der Jahre durch das Erdreich gegraben hatten. An mehreren Stellen traten sie hervor, sodass ich aufpassen musste, nicht über sie zu stolpern.

Nur noch wenige Meter trennten mich von einer Weggabelung, als ich plötzlich ein Geräusch vernahm. Abrupt blieb ich stehen und sah mich um. Mein Blick blieb an einer verdorrten Eiche hängen. Der untere Baumstamm war mit Moos überzogen. Angespannt lauschte ich in die Stille, bis ich kurz darauf das Wimmern erneut hörte. Es klang nach einem Hund, der um Hilfe winselte. Ich verließ den Waldweg und bewegte mich auf einen Brombeerstrauch zu. Das vertrocknete Laub der Vorjahre raschelte unter meinen Schuhen. Auf Höhe der Eiche blieb ich stehen. Hatte ich mir alles nur eingebildet? Ich zuckte zusammen, als das Wimmern erneut an mein Ohr drang. Doch dieses Mal um einiges näher.

»Hallo? Ist da jemand?«

Suchend sah ich mich um und wich erstaunt zurück, als ein grelles Licht durch das Gestrüpp huschte. Im ersten Augenblick vermutete ich den Lichtstrahl einer Taschenlampe, doch außer mir war niemand hier. Regungslos verharrte ich vor der alten Eiche, als ich plötzlich ein Flüstern vernahm. Es war so leise, dass ich es fast überhört hätte. Doch dann wurde es lauter, allerdings verstand ich nicht, was die Stimme sagte. Sie sprach in einer Sprache, die ich nie zuvor gehört hatte. Fast zeitgleich drang ein Stöhnen an mein Ohr. Ich wagte kaum zu atmen. Mein erster Impuls war fortzulaufen, doch ich konnte nicht. Nicht mehr. Eine unerklärbare Macht schien mich daran zu hindern.

»Mila … Mila!«, flüsterte die Stimme.

Ein Schauer durchzog meinen Körper und schien mich zu lähmen. Eine Kälte wanderte durch meine Beine, hinauf bis zu den Oberschenkeln. Entsetzt blickte ich hinunter und traute meinen Augen kaum. Durch die vorangeschrittene Abenddämmerung glaubte ich zuerst, ich hätte mich getäuscht, bis ich begriff, dass das, was ich sah, tatsächlich real war. Hunderte von Maden krochen über den Waldboden und krabbelten meine Beine hinauf. Ich wollte schreien, doch aus meiner Kehle drang kein Laut.

»Was hast du getan?«, fragte die Stimme vorwurfsvoll.

Ein Luftzug strich über meine Wange. Meine Kopfhaut kribbelte, und eine Gänsehaut schoss meinen Nacken hinauf. Angsterfüllt schnappte ich nach Luft und schaute hilfesuchend umher. Fast zeitgleich stieg dichter Nebel auf, der nach Verwesung und Exkrementen stank.

»Wer ist da?«, schrie ich.

»Schon bald wirst du für deine Sünde bezahlen«, klang die Antwort aus unmittelbarer Nähe.

Aus allen Richtungen schallte nun die Stimme durch den Wald. Panisch wirbelte ich herum, schaute zu der Stelle, an der ich kurz zuvor noch gestanden hatte, doch egal, wohin ich auch sah, überall waberte eine undurchdringbare Nebelfront. Ich war eingeschlossen von dieser milchigen Suppe, die mittlerweile meine gesamte untere Körperhälfte verschluckt hatte. Meine Oberschenkel waren kaum noch zu erkennen, auch die Madeninvasion war nur noch zu erahnen.

»Was meinst du?«

»Das weißt du genau!«, hauchte die Stimme. Sie schien jetzt unmittelbar neben mir zu sein. Vor Schreck hielt ich die Luft an, wagte kaum zu atmen. Obwohl ich am ganzen Körper zitterte, schaffte ich es, meinen Kopf zur Seite zu drehen. Mit aufgerissenen Augen starrte ich in die Fratze einer Kreatur. Sie war weder Mensch noch Tier. Es war unmöglich, den Blick abzuwenden. Die Augen des Wesens glühten, der Mund wirkte verzerrt, und doch strahlte das Wesen auf sonderbare Art und Weise eine Gutmütigkeit aus, wie ich es niemals erwartet hatte.

Für einen Augenblick fürchtete ich, meinen Verstand zu verlieren. Sämtliche Gedanken, die in diesem Moment durch meinen Kopf rasten, ergaben keinen Sinn.

»Was willst du?«, stammelte ich. Mehr fiel mir vor lauter Angst nicht ein.

»Ändere dich und finde endlich den Weg, der für dich vorherbestimmt ist!«

Mein Blick fiel auf den Waldboden und wanderte zum Gebüsch. Mit einem Mal schien es den Dunst vollkommen aufzusaugen.

»Ich werde dich finden! Vergiss das nicht! Niemals!«, hallte die Stimme in meinen Ohren, während ich wie erstarrt die Nebelschwaden beobachtete. Nach und nach verloren sie an Dichte, bis sie sich schließlich in Luft auflösten. Mit dem Verschwinden des Nebels kehrte wieder das Leben in meinen Körper zurück. Auch von den Maden war weit und breit nichts mehr zu sehen, als wenn sie nie dort gewesen wären. Erleichtert atmete ich auf.

Die wenigen Meter bis zum Trampelpfad war ich noch wackelig auf den Beinen. In der Ferne erkannte ich bereits die Lichter der nahegelegenen Wohnsiedlung. Die Weggabelung lag direkt vor mir. Ich wollte gerade loslaufen, bloß fort von diesem unheimlichen Ort, als mir plötzlich die Beine nicht mehr gehorchten. Ich fuhr herum und stand wieder vor der morschen Eiche. Das Gebüsch war verschwunden und hatte Platz für eine heruntergekommene Waldhütte gemacht. Die mit Holz beschlagenen Außenwände verliefen krumm, die Fensterläden waren verzogen. Erst jetzt bemerkte ich das Flüstern, das aus dem Inneren der Hütte drang. Dasselbe Flüstern, das mich eben schon in den Bann gezogen hatte. Eine unsichtbare Kraft, gegen die ich mich nicht wehren konnte, und die mich geradezu anzog wie ein Magnet.

Schon als ich über die Türschwelle trat, schlug mir eine modrige Luft entgegen. Der Geruch von Fleischbrühe stieg mir in die Nase. Die Hütte war spartanisch eingerichtet. Handgefertigte Schüsseln und Trinkgefäße standen auf einem Regal. Am Boden loderte ein Feuer. Nicht mehr lange, und es würde verglühen. Auf einem Holzschemel hockte eine alte Bäuerin und bestickte ein Stofftuch mit einem goldenen Kreuz. Als sie fertig war, riss sie das Tuch aus dem Rahmen, knüllte es zusammen und warf es wutentbrannt ins Feuer.

Ich fragte mich, wie viel Zeit mittlerweile vergangen war, und wunderte mich, weshalb die Bäuerin mich noch nicht bemerkt hatte, als sie plötzlich aufstand und in einen Nebenraum ging. Nach wie vor nahm sie keinerlei Notiz von mir. Unbemerkt folgte ich ihr.

Auf einem Strohlager lag ein kahlköpfiger Mann. Die Alte kniete sich nieder und sagte etwas zu ihm. In einer Sprache, die ich allerdings nicht kannte und noch nie zuvor gehört hatte. Doch schon kurz darauf begriff ich, dass ich mich irrte. Denn die Sprache hatte ich sehr wohl schon mal gehört.

Das Rascheln des Strohs riss mich aus meinen Gedanken. Schwerfällig richtete sich der Greis auf, schlürfte etwas Suppe aus einem Gefäß und schaute mich danach aus milchigen Augen an. Er lächelte, und augenblicklich breitete sich ein warmes Gefühl in meiner Magengegend aus. Wie selbstverständlich hob er seine knochige Hand und winkte mir zu. Er sagte etwas, doch leider verstand ich ihn nicht. Mittlerweile hatte mich auch die Bäuerin bemerkt. Beide blickten mich nun erwartungsvoll an.

Ein warmherziges Lächeln huschte über ihr Gesicht, während sie über die Wange des Mannes strich.

»Wir haben dich erwartet, Mila.«

Erstaunt schaute ich die beiden an.

»Mich? Aber wer seid ihr?«

»Das weißt du doch.«

»Woher soll ich das wissen?«

Irritiert blickte ich von einem zum anderen und wunderte mich über die verstohlenen Blicke, die sie sich zuwarfen.

»Bald wirst du ernten, was du gesät hast, Mila«, sagte die Alte plötzlich in einem eigenartigen Tonfall.

»Was hab ich denn getan?«

»Gott allein weiß, was du getan hast. Doch vergiss nicht: Diejenigen, die aus niederen Gründen handeln, werden seinen Zorn zu spüren bekommen.«

Mir verschlug es die Sprache. Mein Herzschlag beschleunigte sich, auch merkte ich, wie mir schwindelig wurde, und Panik in mir aufstieg. Ich hatte keine Ahnung, wo ich war und wie ich überhaupt hierhergekommen war, doch eins wusste ich: Ich wollte so schnell wie möglich hier weg.

»Überall, wo du auftauchst, hinterlässt du Schutt und Asche!«

»Ich …«

»Schweig! Es wird Zeit, dass du endlich die Verantwortung für dein Handeln übernimmst!«, fiel sie mir ins Wort. Sie richtete sich auf und funkelte mich aus hasserfüllten Augen an.

»Wer bist du?«

Entsetzt wich ich zurück, als die Bäuerin auf mich zu kam. Der Boden erzitterte unter ihren Schritten. Ich merkte, wie ich wegrennen wollte, und peilte bereits den Durchgang zum Nebenzimmer an, als sich die Kammer plötzlich veränderte. Mit einem Mal nahm ich die Umgebung nur noch verschwommen wahr. Ein feuchter Nebelumhang schien sich um meinen Körper zu legen. Gleichzeitig stieg der Geruch von Fäulnis in meine Nase. Ich würgte und riss die Hand vor den Mund. Kurz darauf war der Spuk wieder vorbei. Mein Blick schweifte durch die Kammer, suchte die alte Bäuerin, doch sie war verschwunden. Auf dem Strohlager lag immer noch der Greis, allerdings schien er wieder zu schlafen. Benommen schwankte ich aus dem Raum und traute meinen Augen kaum, als ich die Bäuerin erblickte. Sie saß wieder auf dem Schemel, riss das Stofftuch aus der Holzvorrichtung und warf es ins Feuer.

»Warum machst du das?«

Irritiert schaute sie mich an. Ich deutete auf den Holzrahmen in ihren Händen und fügte hinterher: »Warum bestickst du ein Tuch mit einem Kreuz und verbrennst es danach?«

»Weil sich nichts ändert. Weil du dich nicht änderst, Mila!«

Sekunden darauf verzog sich das Gesicht der Alten zu einer Fratze. Ihre Haut baumelte schlaff herunter, ihr Mund war mit einem Mal sonderbar entstellt. Teilweise verformt, auch wirkte der Umfang ihres Unterkiefers plötzlich wesentlich schmaler, wie zugespitzt.

»Begreifst du immer noch nicht, wer ich bin?«

Das Gesicht der Bäuerin verwandelte sich immer weiter. Mittlerweile war es so verzogen, als wenn Ober- und Unterkiefer nahtlos ineinander übergingen. Doch dann bemerkte ich, wie sich die Fratze zu einem anderen Gesicht zusammenfügte. Der Boden unter meinen Füßen gab nach. Stromschläge schienen durch meinen Körper zu jagen. Die lodernde Feuerstelle am Boden, das Holzgeschirr im Wandregal, sogar der Hocker, auf dem die Alte saß, verschwammen mit einem Mal vor meinen Augen.

Das Antlitz der Bäuerin verformte sich weiter, bis ich plötzlich das vertraute Gesicht meiner Großmutter erkannte. Schon Sekunden darauf löste sich die Gestalt auf. Übrig blieb nur das Stofftuch. Wie eine Feder schwebte es zu Boden.

Schwer atmend schreckte ich in meinem Bett hoch und blinzelte in die ersten Sonnenstrahlen der aufgehenden Morgensonne. Ein neuer Tag war angebrochen und hatte die Morgendämmerung längst verdrängt. Nachdem endlich auch die letzten Bilder meines Traums verblast waren, stand ich schließlich auf und torkelte schlaftrunken ins Badezimmer.

Ich ließ kaltes Wasser über meine Hände laufen, schüttete es mir ins Gesicht und schaute in den Spiegel. Erschrocken wich ich zurück, als ich für den Bruchteil einer Sekunde glaubte, die Augen der Kreatur zu sehen.

»Beruhige dich! Es war nur ein Traum«, sprach ich leise zu mir selbst.

Ungläubig stand ich vor dem Waschbecken und starrte in den Spiegel. Doch alles war vollkommen normal. Zugegeben, ich sah blass aus, überarbeitet und müde, aber ansonsten wirkte alles unverändert. Mein Blick fiel auf ein Stofftuch. Ähnlich wie das aus meinem Traum. Mit einem Mal hatte ich das Gefühl, beobachtet zu werden. Noch während ich das Tuch betrachtete, lichtete sich plötzlich der Nebel in meinem Kopf und ich sah vollkommen klar. Endlich wusste ich, an welcher Stelle in meinem Leben ich falsch abgebogen war, und welcher Weg der Richtige gewesen wäre.

In Windeseile stürzte ich in den Flur, nahm mein Handy und rief meine Großmutter an. Tränen stiegen mir in die Augen, als ich kurz darauf ihre Stimme vernahm.

»Oma? Ich bin's, Mila. Ich hab mir noch mal Gedanken gedacht. Du darfst Abendstern auf keinen Fall einschläfern. Ich bin mir sicher, wir finden einen anderen Weg«, stammelte ich mit tränenerstickter Stimme.

Es dauerte einen Moment, bis ich meine Großmutter sagen hörte: »Ich hätte es sowieso nicht übers Herz gebracht. Du glaubst gar nicht, wie froh ich bin, dass du doch noch zur Vernunft gekommen bist, Mila.«

Mich schickt der Himmel

-In Erinnerung an Jürgen-

Irina Gruber

Thomas – 1960

Es riecht nach Regen. Der Himmel ist von dichten Wolken verhangen und es ist stockdunkel am helllichten Tag. In der zerschlissenen Lederhose und den löchrigen Schuhen ist es kühl, meine Zehen lassen sich kaum bewegen, der Herbst macht sich mit aller Kraft bemerkbar.

Kalte Tropfen fallen vereinzelt auf meine Arme. Wir sollten uns schnell ins Trockene begeben, bevor der Himmel seine Schleusen öffnet. Geschickt springe ich von dem rostigen Kramer-Traktor auf unserem Hof und strecke mich, um meinen kleinen Bruder vom Sitz zu heben, was gar nicht so einfach ist bei seinem Gewicht. An meinen Beinen kitzelt etwas und ich stelle meinen Bruder Jens schnell neben mir ab. Unser Ferkel Karlheinz sucht wohl auch Schutz vor dem nahenden Gewitter und wir drängen uns gemeinsam unter den Holzunterstand. Meine junge Schäferhündin Bora kommt im nächsten Moment angejagt und legt sich zu unseren Füßen, was zumindest ein bisschen Wärme bringt.

Mein Blick richtet sich zum Ende unserer Straße, wo die Hallen der Firma Schütte-Lanz stehen, die sich dem Luftschiffbau widmet. Da unsere Landwirtschaft mehr schlecht als recht läuft, müssen Vater und Mutter dort Geld verdienen, damit wir genügend Essen auf dem Tisch haben. Die Nachkriegszeit ist für keinen eine einfache Zeit, pflegen die Leute im Dorf stets zu sagen. Von weitem höre ich ein dumpfes Brummen, welches schnell näherkommt.

Jens klammert sich wie immer an mich, drückt seine kleinen Hände fest auf die Ohren und presst die Augen zusammen. Obwohl er noch so klein ist, hat er furchtbare Angst vor den lauten, riesigen Lastwagen der Fabrik. Mama mag es deshalb auch nicht, dass wir über die Straße zu unserem Cousin Michael gehen. Glücklicherweise fahren die Lastwagen nicht allzu oft an unserem Haus vorbei.

Als der Himmel ein paar Minuten später aufreißt und die Sonne ihren Weg findet, gehe ich mit meinem Bruder auf die gegenüberliegende Wiese, die uns als Fußballplatz dient und kicke den Ball ein bisschen hin und her. Immer wieder schaue ich zu dem Haus mit dem grauen Dach und warte, dass mein Cousin endlich wieder rauskommt. Eigentlich wollte er vor dem Schauer doch nur kurz auf die Toilette. Ob ich doch kurz klingeln soll?

Ich nehme Jens fest an die Hand, schaue immer wieder nach links und rechts und überquere schnell die Straße. Kein Verkehr weit und breit. Ich hebe Jens hoch und lasse ihn den Klingelknopf drücken.

Michael öffnet kurz danach mit einem Brot in der Hand die Tür, im Hintergrund läuft Elvis Presley im Radio. Michael hat mir erzählt, dass seine Mutter ihn ständig hört. Mit vollem Mund teilt er uns mit, dass er noch schnell fertig isst und dann zur Wiese kommt.

Schon bevor wir uns der Straße zuwenden, höre ich das Brummen eines Lastwagens. Mein Körper versteift sich zeitgleich mit Jens Hand in meiner und ich drücke noch etwas fester zu. Mein Bruder zieht seinen Kopf zwischen die Schultern und trippelt von einem auf das andere Bein. Im selben Augenblick, als der Laster auf unserer Höhe ist, reißt Jens seine Hand aus meiner und rennt los.

Und ich ihm hinterher.

Jens – 1960

Von weitem sehe ich einen LKW auf uns zurollen, die Hand meines Bruders Tommy schließt sich fest um meine. Das Herz in meiner Brust schlägt wie verrückt und egal wie sehr ich nach Luft schnappe, fühlt es sich an, als ob es im Hals immer enger wird. Meine Beine zittern so stark, dass ich denke, sie knicken gleich weg. Die bekannte Panik breitet sich in mir aus, umso näher der Wagen kommt.

Ruckartig befreie ich mich von Tommy und stürze los, von einem übermächtigen Band gezogen. Mein Herz hämmert immer heftiger. Das Licht der Scheinwerfer saust auf mich zu. Ich starre es an, kann mich nicht mehr bewegen … und werde von den Beinen gerissen.

Kurz bleibt das Bild stehen, um nachfolgend in Zeitlupe weiterzulaufen. Ich warte auf die Schmerzen, aber spüre nichts. Es fühlt sich an als würde ich schweben und erschrecke, als ich mich selbst auf der Straße liegen sehe. Die Zeit vergeht immer noch viel zu langsam. Mein Bruder streckt seine Hände nach mir aus, bereit, sich für mich zu opfern. Doch es ist zu spät. Trotz meines Schwebezustands schubse ich ihn mit aller Kraft zur Seite, sodass er neben den Reifen fällt. Ich bin erleichtert, dass er nicht überfahren wurde.

Plötzlich wird es um mich immer heller. Licht blendet mich und hüllt mich zunehmend ein. Auch wenn ich versuche, mich dagegen aufzulehnen, um bei meinem Bruder zu bleiben, kann ich mich nicht dagegen wehren und lasse mich von der wärmenden Energie einfangen.

Und dann ist alles still und friedlich …

Thomas – 9 Jahre später – 1969

Quietschend öffne ich die Holztür meiner Hütte und pfeife nach meinem Hund Buck, der zwischen den dunkelgrünen Nadelwäldern den Hügel herunter geflitzt kommt. Ich schultere meine Werkzeuge und mache mich auf dem geschotterten Weg auf zum Goldschürfen.

Die Berghänge sind mit dicken Moosschichten und langen Flechten bedeckt und ein Weißkopfseeadler dreht über uns seine Runden. Eine Weile laufen wir am Ufer des Yukons entlang bis zur Mündung des Klondike.

Als wir am frühen Vormittag den Claim erreichen, verspeisen wir zuerst unser mitgebrachtes Frühstück und legen uns anschließend ein bisschen in die Sonne. Nur kurz ein bisschen entspannen … Ich weiß nicht, wie lange wir so daliegen. Irgendwann stupst mein Hund mich mit seiner feuchten Nase immer wieder an.

Obwohl mein Herz so schwer wie Blei ist, öffne ich die Augen. Über mir wedeln sattgrünen Blätter an Laubbäumen im lauen Sommerwind und das Plätschern des Wassers dringt zu mir hervor. Wieso bin ich nicht mehr am Klondike River? Verwundert reibe ich mir kurz die Augen.

Die Schnauze meiner Hündin Bora taucht in diesem Moment in meinem Blickfeld auf und holt mich zurück in die reale Welt, der ich so oft wie möglich entfliehe. Auf den Rheinwiesen kann ich wenigstens ungestört in meine Träume abtauchen.

Mit dem Finger fahre ich über den abgegriffenen, grünen Einband meines Lieblingsbuches auf meinem Bauch: Jack Londons »Ruf der Wildnis«. Die einzigen Erinnerungen, die ich seit dem Unfall damals habe, sind die Flecken Erde am Yukon in Kanada, an die ich mich fast ununterbrochen flüchte. Alles andere ist weg.

Nur meine übergroßen Schuldgefühle werde ich nicht los. Warum bin ich nur über diese verdammte Straße gegangen? Die Amnesie hat zuverlässig alles in ihr schwarzes Loch gesogen und nichts als Gedächtnislücken und Identitätsverlust hinterlassen.

Wie jedes Mal, wenn die dunklen Gedanken drohen mich in die Tiefe zu ziehen, greife ich in der Hosentasche nach meiner Mundharmonika und vertreibe durch kanadische Klänge ein bisschen meiner inneren Finsternis, sowie tausende ungeweinte Tränen, die mit aller Macht versuchen, an die Oberfläche zu drängen.

Thomas – 4 Jahre später – 1973

Mit federleichtem Schritt verlasse ich das rote Gebäude der Ausbildungswerkstatt des Eisenbahn-Ausbesserungswerks. Schwarze, riesengroße Buchstaben zeigen schon von weitem an, dass dieses Werk in Schwetzingen steht.

Mit der Sonne um die Wette strahlend laufe ich am Pförtnerhaus vorbei und winke Hans, der immer ein nettes Wort für mich übrig hatte, in den letzten dreieinhalb Jahren. Fest halte ich mein Abschlusszeugnis in der Hand. Ich bin meinem Vater unendlich dankbar, dass er mir den Rat gegeben hat, bei der Deutschen Bundesbahn eine Ausbildung zum Maschinenschlosser zu machen. Ein Beruf mit Zukunft. Es fühlt sich richtig gut an, dieser seltene Moment der Freude, der immer öfters durchblickt.

Heute werde ich meine Eltern zum Essen ausführen, beschließe ich. Sie haben so viel für mich getan, es wird Zeit ihnen etwas davon zurückzugeben. Auf der mit Kastanien gesäumten Allee mache ich mich auf den Heimweg.

Als ich später unsere Küche betrete merke ich sofort, dass etwas nicht stimmt. Mein Vater ist viel zu früh zu Hause und meine Mutter und meine Mutter schaut mich ungewöhnlich lange an. Eine seltsame Stimmung hängt in der Luft, obwohl doch heute Grund genug zum Feiern wäre. »Was ist geschehen?«, frage ich, weil mir klar ist, dass etwas passiert sein muss.

»Setz dich.« Ich bilde mir ein, ein Zittern in der Stimme meiner Mutter zu hören und bin irritiert. Das kenne ich nicht von ihr, sie ist eine sehr starke Frau, die nichts aus der Fassung bringen kann.

Sie kommt einen Schritt auf mich zu und streichelt mir über den Arm, bevor sie mich sanft an den Tisch schiebt und an der Schulter auf den Stuhl drückt. Sie hat mir Tee hingestellt. In einer geblümten Tasse. Aber er dampft nicht mehr. Wie lange wartet sie schon auf mich? Eine seltsame Stimmung hängt in der Luft und ich kann nicht greifen warum.

Meine Mutter setzt sich wortlos neben mich, schaut mir mit gekräuselter Stirn entgegen und nimmt meine Hand. Mit der anderen Hand schiebt sie die Schwetzinger Zeitung vor mich.

Mein Vater klopft mir auf die Schulter und läuft dann weiter im Zimmer auf und ab. Das rhythmische Pochen seiner Arbeitsschuhe auf dem Holzboden macht mich noch nervöser. Mit zittrigen Fingern greife ich nach der Zeitung.

LKW- Fahrer nimmt sich das Leben

Ein 59-jähriger Kraftfahrer aus Mannheim überfuhr am 25.11.1960 einen kleinen Jungen, der noch am Unfallort verstarb. Obwohl er daran keine Schuld trug, war er deshalb so verzweifelt, dass er Jahre später Selbstmord beging. Ein Mitarbeiter fand den Berufskraftfahrer stranguliert auf dem Fahrersitz des Führerhauses des Unfallfahrzeugs.

Ich weiß nicht, wie lange ich dasitze und auf den Text starre, ohne mich auch nur ein bisschen zu bewegen. Die Worte schneiden tief in mein Herz. Die eingesogene Luft in meiner Lunge brennt und mein Brustkorb steht kurz vor dem Zerspringen.

Nach einiger Zeit bewegt sich meine Mutter neben mir und ich muss meinen Blick gewaltsam heben. Ich habe Angst was ich in ihrem Gesicht zu sehen bekomme. Aber da ist nichts als Mitleid in ihren Tränen gefüllten Augen. Und Liebe. Sie will mich in den Arm nehmen und stößt mit dem Ellenbogen gegen die Teetasse, die von der Tischkante fällt.

Im selben Moment in dem sie auf dem Boden zersplittert, gehe auch ich erneut kaputt. Falls möglich noch ein Stückchen mehr. Ich springe auf und werfe dabei den Stuhl um.

Mein Vater springt zur Seite.

»Wie kannst du mich denn immer noch lieben?«, sage ich mit so fester Stimme, wie es mir bei dem Aufruhr in meinem Inneren möglich ist. Ich renne nach draußen auf den Hof und klettere auf den alten Traktor, wo ich immer mit meinem Bruder saß. Ich schlinge die Arme um meinen Körper. Und obwohl es mich innerlich fast zerreißt und ich endlich ein Ventil bräuchte, bleiben meine Augen trocken.

Nach einer Weile höre ich die schlurfenden Schritte meiner Mutter. Sie setzt sich in den großen Traktorreifen. Mittlerweile liegt unser Hof im Dunkeln, ich muss schon lange dasitzen, aber ich habe kein Gefühl mehr für die Zeit.

»Eigentlich hätten du und dein Bruder an diesem Tag im Kindergarten sein sollen. Aber die Kindergärtnerin war krank und ihr seid allein nach Hause gelaufen. Keiner konnte ahnen was das für fatale Folgen nach sich zieht.« Die Stimme meiner Mutter bricht. Sie macht eine Pause und ich sehe von oben ihre Umrisse zucken. Sie hat nie einen Ton über Jens' Tod verloren. Ich hatte ja keine Ahnung wie es in ihr aussieht. »Kurz nach dem Unfall hast du mich gefragt, wie dein Bruder denn ohne Kopf in den Himmel kommen soll. Und ich hatte keine Antwort, obwohl ich dich so gerne getröstet hätte.«

»Warum hasst du mich nicht? Ich habe ihn doch losgelassen, bin mit ihm über die Straße. Warum nur?«, flüstere ich, keine Kraft mehr, um den nächsten Schritt in diesem verdammten Leben zu machen. Wie soll ich nur mit dieser Schuld weiterleben? Ich könnte mir ebenso mein Herz aus der Brust reißen und ohne es weitermachen. Dann wäre wenigstens dieser Schmerz verschwunden.

»Du warst doch selbst noch ein Kind. Meine Liebe zu dir ist dadurch nur noch größer geworden, weil ich dich in diesen schweren Stunden so gerne getragen hätte, dir diese Bürde so gerne abgenommen hätte. Aber ich wusste nicht wie.«

Und in diesem Augenblick wird mir klar, dass ich weiterleben muss, auch wenn ich nicht weiß, was dieser Weg für mich bereithält. Nicht nur für mich, sondern auch für meine Mutter, die ebenso wie ich zerbrochen ist.

Thomas - 30 Jahre später – 2003

Viele Jahre, drei Kinder und eine geschiedene Ehe später sind die Hallen des ehemaligen Eisenbahn-Ausbesserungswerks, in der ich vor dem Abriss noch einmal stehe, so verlassen wie ich selbst.

Die Natur hat sich ihr Territorium zurückerobert. Die Farbe der Wände ist verblichen und von Graffitis geziert. Bäume wachsen auf den eingerissenen, moosbewachsenen Mauern und Efeuranken suchen sich ihren Weg durch alle Öffnungen.

Auf dem Boden liegen zersplitterte Fensterscheiben, genauso kaputt wie mein Inneres. In Schutt und Asche. Zersplittert und doch immer wieder zusammengesetzt. In die Bruchstellen des Gebäudes hat sich das Unkraut gedrängt und die Lücken geschlossen. Auch meine Risse sind verheilt, der Schmerz hat sich verändert. Es ist kein vernichtender, atemraubender Schmerz mehr, sondern eine dumpfe, allzeit gegenwärtige Bedrücktheit. Ich habe gelernt, damit zu leben, es zu ertragen. Wie eine Narbe, die für immer bleibt, aber mit den Jahren verblasst.

Ich setze mich auf einen der zerschlissenen Autoreifen, die hier überall herumliegen. Einige sind bewachsen mit Löwenzahn, der es trotz aller Widrigkeiten immer wieder ans Licht schafft. Vögel zwitschern und Sonnenstrahlen spiegeln sich in den Scherben der zerbrochenen Fenster. Eine leichte Sommerbrise streichelt mir sanft über das Gesicht, als wolle sie mich ermutigen, mir sagen, dass es okay ist endlich loszulassen.

Doch etwas in mir kann es nicht. Ein letzter Millimeter fehlt. Ich halte diesen Strohhalm fest, wie ein Ertrinkender. Aus Angst unterzugehen, wenn ich meine Hand lockere.

Doch irgendetwas ist an diesem Tag anders. Ich schließe die Augen, um in mich hinein zu spüren. Fast höre ich die geschäftigen Stimmen und die Eisenbahngeräusche wieder. Ich denke an den Tag des Unfalls zurück und vermisse meinen Bruder. So gerne würde ich ihm sagen, wie leid mir alles tut, mein Leben an seiner Stelle geben. So sehr wünsche ich mir eine zweite Chance, um es anders zu machen, den Unfall zu verhindern. Aber das Leben ist nicht fair.

Und endlich, an diesem mystischen Ort, wird mir klar, dass ich loslassen muss, um nicht zu ertrinken. Damit mir das Wasser nicht über den Kopf steigt. Tränen rollen über meine Wangen und ich lasse sie einfach laufen, wie ein aufgestautes Meer spült es die letzten Jahre fort.

Nach einer Weile lege ich mich auf den Boden der alten Halle und lasse den Sand durch die Finger rieseln, sauge alles um mich auf, speichere die letzten Bilder in meinem Erinnerungsarchiv ab. Durch die offenen Stellen im Dach beobachte ich vorbeifliegende Vögel und vorüberziehende Wolken.

Als sich der Himmel langsam rot färbt, habe ich plötzlich das starke Empfinden, dass noch jemand in der Halle ist. Ich spüre die Gegenwart und eine Energie, die mir seltsam vertraut vorkommt. Langsam setze ich mich auf und lasse meinen Blick über die Umgebung schweifen. Ein intensives Gefühl der Nähe und des inneren Friedens überwältigt mich. Ein leises Knacken von Scherben dringt an mein Ohr.

Auf einmal sitzt er auf einem der Reifen, mein kleiner Bruder. Er hat sich kein bisschen verändert. Bei seinem Anblick erfüllt mich eine kaum beschreibbare Ruhe. Er blickt zu mir und mein Atem beschleunigt sich unmerklich. Da hebt er seine Hand und winkt mir zu. Wärme durchflutet mich und die Haut am ganzen Körper beginnt zu kribbeln. Ich tauche ein in einen Zustand jenseits von Zeit und Raum. Unsere Seelen suchen einander und verschmelzen.

»Ich habe immer über dich gewacht, dich nie aus den Augen gelassen.« Jens' Stimme manifestiert sich in meinem Kopf, ohne dass er die Lippen bewegt. Er klingt älter.

»Es tut mir so unheimlich leid, dass ich dich nicht fester gehalten habe, als wir über die Straße gegangen sind. Ich wusste doch, dass du Angst vor LKWs hast.« Mehr bringe ich nicht über die Lippen. Was soll ich auch sagen? Alle Wörter scheinen mir so unbedeutend. Obwohl ich diese Begegnung schon hunderte Male in meinem Kopf durchgespielt, sie mir so sehr gewünscht habe.

»Du hast mich gehalten und mich bis zum Ende begleitet. Wahrscheinlich habe ich immer geahnt, dass ich eines Tages durch einen Lastwagen sterbe. Alles ist vorherbestimmt, wenn man auf die Welt kommt, selbst der Zeitpunkt des Todes. Und nicht nur das, sogar die Uhrzeit, der Ort und die anwesenden Personen liegen fest. Jeder von uns erhält bei der Geburt eine Art Sanduhr. Wenn der Sand durchgerieselt ist und das letzte Sandkorn fällt, ist es vorbei. Hör auf, dir die Schuld dafür zu geben. Ich gebe sie dir nicht und auch niemand anders.« Jens neigt den Kopf zur Seite und lächelt mich an.

Ich straffe die Schultern und atme tief durch, um mich etwas zu beruhigen. Keine Sekunde zweifle ich an seiner Präsenz.

»Wie soll ich nach all den Jahren damit aufhören können? Du warst in jeder Minute meines Lebens unsichtbar an meiner Seite, in meinem Kopf.« Das vertraute Gefühl der Schuld und des Verlusts breitet sich in mir aus, aber ich dränge es entschlossen zurück.

»Ich war tatsächlich immer bei dir. Auch wenn du mich nicht gesehen hast. Du konntest mich nicht wahrnehmen, weil du nicht bereit dazu warst, mich nicht loslassen wolltest. Ich bin stolz auf dich, dass du es geschafft hast. Du hast wundervolle Kinder und Menschen um dich, die dich über alles lieben und das Leben lebenswert machen.«

Dann ist es still zwischen uns. Die zarten Fäden unserer Verbindung lösen sich spürbar auf und wehen mit dem Wind davon.

»Ich werde dich niemals vergessen!«, flüstere ich ihm noch einmal zu und reibe mir über die Arme, die mit Gänsehaut überzogen sind.

»Das weiß ich. Und denk daran, ich werde immer da sein. In den Sternen, in der Natur, in deinem Herzen. Ich liebe dich.« Mit jedem Wort wird er leiser und verschwimmt immer mehr mit der Umgebung. Und als der letzte Sonnenstrahl hinterm Horizont verschwindet, ist auch mein Bruder nicht mehr sichtbar.

Ein Marienkäfer lässt sich auf meiner Hand nieder und ich betrachte seine rot-gepunktete Musterung. Er sieht so friedlich aus in dieser zerfallenen Umgebung. Der schwerste Kampf von allen ist wohl, Frieden mit sich selbst zu schließen, denke ich. Aber ich habe gewonnen. Ich lächle und schaue dem davonfliegenden Käfer hinterher.

Heu und Stroh

Carola Christiansen

Der Himmel hatte alle Schleusen geöffnet. Nur undeutlich waren vier Pferde zu erkennen, die sich im Schritttempo vorwärtsbewegten. Die Reiter saßen schweigend in den Sätteln, Wasser tropfte von ihren Hüten. Der Regen hing seit Stunden über ihnen, er durchnässte sie langsam aber stetig bis auf die Knochen. Die Landschaft verschwamm hinter den Regenschnüren zu einheitlichem Grau.

»Grüne Insel …«, dachte der Mann mit der Brosche am Pelzumhang verächtlich. Er war, wenngleich nicht von Adel, doch der Sohn eines einflussreichen Kaufmanns und Gesandter der englischen Krone. Seine Begleiter hingegen waren einfache Söldner. Sie vermieden jeden bewussten Gedanken, hofften nur irgendwo tief in ihrer durchnässten frierenden Existenz auf das baldige Auftauchen einer Unterkunft.

Hinter ihnen lagen zahllose, in schwelenden Rauch gehüllte Dörfer. Dort hatten sie keinen Schutz mehr finden können.

Seit Tagen folgten sie den Truppen der Krone, die, unter dem Vorwand vermeintliche Aufständler niederzuzwingen und Kollaborateure zu bestrafen, brandschatzend über die angeblich grüne Insel zogen. Der Kaufmannssohn und die Söldner waren ausgesandt, die königlichen Schatzkammern mit klingender Münze zu füllen – und den miteinander im Zwist liegenden Baronen zuvorzukommen. Dass die hart arbeitenden Bauern bis aufs Blut ausgepresst wurden, war nicht von Belang. Konnte ein armer Teufel nicht zahlen, wurde an ihm ein Exempel statuiert. Sowohl von den Baronen, als auch von den Soldaten des Königs. Es verwunderte nicht, dass kaum ein Bäuerlein übrigblieb, das in der Lage war, den Forderungen nachzukommen. Der Abgesandte und die drei Söldner sollten die Verwüstung künftigen

Steuerpotentials durch die Soldaten unterbinden und sie stattdessen Gold für die Krone eintreiben lassen. Fortan sollten lediglich Bauern bestraft werden, die nicht zahlen wollten – oder konnten. Wie die Barone danach mit den Unglücklichen verfuhren, interessierte nicht. Wichtig war allein, den gierigen Adeligen zuvorzukommen. Den Söldnern war es gleich. Essen und ein Lager zum Schlafen war alles, was sie begehrten. Ab und zu ein warmes, weiches Weib, ob willig oder nicht spielte keine Rolle.

Zu lange schon waren sie den Truppen gefolgt, die nichts als Trümmer und verbrannte Erde zurückließen. War es möglich, eine ganze Insel zu entvölkern? Die marodierenden Soldaten des Königs schienen es darauf angelegt zu haben.

Wieder ritten sie durch eine ehemalige Dorfstraße. Schutt und Asche, wohin sie blickten. Der beständige Regen verklebte alles zu zähem Schmutz und legte einen pechschwarzen Schmierfilm auf die Ruinen, die einst den Dorfkern gebildet hatten. Die Männer ritten mit gesenkten Köpfen schweigend hindurch. Gleichgültig, die Haltung nur dem Regen geschuldet. Plötzlich scheuten die Pferde. Die Männer fuhren aus ihrer Lethargie und packten die Zügel fester. Der Himmel hatte sich verdunkelt und war fast gänzlich von schweren Gewitterwolken bedeckt, das Licht wechselte von tristem grau zu schwefelgelb. Der Gesandte schlang die Zügel um seinen hirschledernen Handschuh und wandte sich zu den drei Gefolgsleuten um.

»Ein Unwetter zieht auf! Rasch Männer, reite einer voraus und finde uns eine Unterkunft!«

Widerwillig beschleunigte ein Söldner seinen Gaul und preschte an den anderen vorbei. Nur wenige Sekunden später hatten die Regenschleier ihn verschluckt.

Kurze Zeit später tauchte er wie ein Geist wieder auf. Er sah aus, als wäre er einem selbigen begegnet.

»Ein Stück zur Linken«, keuchte er, »ein Haus. Doch meiner Treu, es kann dort nicht mit rechten Dingen zugehen!«

»Was ist dort, sprich! Soll ich deine Zunge mit der Gerte lösen?«

»Ein Bauernhaus. Nichts als Asche, soweit das Auge reicht, wie in allen vorherigen Dörfern, doch mittendrin steht dieses Haus! Nicht ein versengter Balken, das Strohdach nicht einmal geschwärzt ...«

»Ein Zeichen Gottes! Endlich! Hat dir der letzte Tropfen Rum das Gehirn vernebelt? Führe uns hin, augenblicklich!« Der Gesandte wandte sein Pferd in die Richtung, aus der der Söldner gekommen war. »Worauf wartest du?«

Schweigend folgte der Tross dem Rücken des Reiters. Nach einigen Minuten stieg das Pferd des Kaufmannssohns und war kaum zu bändigen. Gleichzeitig zogen sich die Dunstschleier vor ihnen zurück, und die Umrisse eines Bauernhauses wurden sichtbar. Das Pferd tänzelte immer noch nervös, schnaubend, mit bebenden Nüstern, die Augen weit aufgerissenen. Der Kaufmannssohn fluchte. Nur mit äußerster Anstrengung gelang es ihm, sein Ross dichter an das Haus zu lenken.

Der Regen war stärker geworden, als hätte der Himmel jetzt die letzten Kammern geflutet, Donner grollte in der Luft. Dann zuckten die ersten Blitze. Der Gesandte quälte sich schwerfällig aus dem Sattel. Erneut schnitt ein Blitz in die Dämmerung, das Haus war einen Moment hellerleuchtet, bevor es wieder im unwirklichen Schwefellicht versank. Er wischte sich den Regen aus den Augen. Für Sekundenbruchteile hatte er geglaubt, statt des Hauses die Säulen eines uralten Tempels vor sich zu sehen. Die Illusion verschwand mit dem verlöschenden Blitz. Seine Gefolgsleute waren inzwischen, wesentlich behänder, von ihren Mähren gesprungen. Sie befestigten die Zügel an den Vorsprüngen eines Felsen, der wie ein Mahnmal vor dem Haus stand. Erneut wurde die Umgebung von Blitzen in grelles Licht getaucht. Sie zuckten nun dicht hintereinander. Verwundert sah sich der Kaufmannssohn um. Wie war es möglich, dass dieses Haus als einziges stand? Völlig unbeschadet inmitten der Verwüstung?

Die drei Söldner hatten sich schweigend vor dem Eingang aufgebaut. Die nächsten Blitze folgten dicht auf einen Donnerschlag, der den Weltuntergang anzukündigen schien. Der Kaufmannssohn zuckte zusammen, doch erinnerte er sich seiner Stellung. Gemessenen Schrittes erreichte er die Tür und schlug mit der Faust gegen das Holz. Eine Ewigkeit geschah nichts. Doch dann, unendlich langsam, öffnete sich die Tür. Ein Streifen Dunkelheit wurde breiter und während eines gewaltigen Donnerschlags tauchte plötzlich eine Gestalt darin auf, unheimlich, vor flackerndem Kerzenlicht. Der Gesandte kniff die Augen zusammen. Er konnte kaum etwas erkennen. Der nächste Blitz zeigte ihm einen gebückten Mann, schmutzig und in Lumpen gekleidet. Er hob ihnen mit fragendem Blick eine funzelige Laterne entgegen.

»Alter wir begehren Einlass! Gib uns ein Quartier für die Nacht und eine Mahlzeit. Außerdem frisches Wasser und Heu für unsere Gäule. Richtest du alles zu unserer Zufriedenheit, verschonen wir dich vielleicht.«

Ein lautes Krachen, gefolgt von blendender Helligkeit, ließ sie hereinstürmen, ohne eine Antwort abzuwarten. Der Mann wich zurück.

»Eine Schlafstätte!«, brüllte einer der Söldner, »eine richtige Schlafstätte, trocken und ein Dach über dem Kopf!«

»Hast du ein Weib, das uns die Nacht wärmt?«, brüllte der zweite.

Der dritte sagte lauernd: »Vielleicht hat er gar ein Töchterlein?«

Das Wasser lief in Strömen von ihrer Kleidung, sie standen bereits in kleinen Pfützen. Ungeduldig rissen sie ihre Umhänge herunter und folgten dem Schein eines Feuers. Der Gesandte sah sich nach dem Männlein um.

»Nun, Unseliger, zeig uns unser Quartier. Und dann bereite ein Mahl für uns.«

»Hätte er dazu ein Fässchen Rum, vielleicht verschonten wir ihn wirklich!«

Die Männer brachen in lautes Gelächter aus.

Zum ersten Mal öffnete der Alte den Mund und entgegnete mit zitternder Stimme: »Ein Mahl will ich euch wohl bereiten, doch mit einem weichen Bett kann ich nicht dienen. Ihr müsst mit einem Lager aus Heu und Stroh vorliebnehmen. Auch ich bette mich auf nichts anderes.«

»Was sagst du, Alter? Willst du deines Königs Untertanen nichts Besseres anbieten, als einen Stall?«

»Er verspottet uns!«, fuhr der wütende Söldner an die anderen gewandt fort.

»Lasst uns selbst auf die Suche gehen! Nach seiner eigenen Lagerstatt. Er denkt wohl, er kann sich gemütlich zur Ruhe legen und unsere Knochen in hartes Stroh werfen!«

»Ich sage, er ist ein Verräter. Er lacht sich ins Fäustchen. Doch hat er die Rechnung ohne den Wirt gemacht! Bringen wir ihm Manieren bei!«

Der Alte stand gebückt im Halbdunkel, das Gesicht im Schatten. Ein Söldner hieb mit dem Stab seiner Lanze auf den Boden.

»Zeige uns freiwillig wo du schläfst, du Narr, oder wir finden es ohne dich!«

»Meine Herren, ich schwöre es, bei allen Heiligen! Nichts anderes werdet ihr finden, als Lager aus Heu und Stroh!«

»Er will es so«, zischte der Söldner mit der Lanze. »Lehren wir ihn Respekt!«

Er holte aus und streckte das Männlein mit einem Faustschlag nieder.

»Fürwahr, lasst uns den Wicht bestrafen!«

Ein grober Stiefel traf den Alten, der sich am Boden krümmte. Weitere Tritte folgten. Drei Männer beugten sich nun über ihn, in ihre Augen war ein gefährliches Glitzern getreten. Fäuste wurden geballt und Schläge prasselten auf den Wehrlosen hernieder.

Der Kaufmannssohn stand indessen außerhalb der Runde. Sein Blick wanderte unschlüssig über die Rücken seiner Begleiter. Als einer der drei sich aufrichtete, sah er Blut von dessen Faust tropfen. Von dem Alten war nur noch ein schwaches Keuchen zu vernehmen.

Für einen Moment hatte der Gesandte freies Blickfeld auf das blutige Bündel am Boden, doch zögerte er immer noch. Er wandte sich von dem Unglücklichen ab. Als sein Blick langsam zurück wanderte, sah er einen der Männer die Lanze heben. Von seinem gestrengen Vater hatte er kein Mitgefühl gelernt, doch rührte sich etwas in ihm, das ihn dazu brachte, vorzutreten und die Stimme zu erheben.

»Haltet ein, Männer! Der Armselige ist eurer Mühe nicht wert! Ein dummer Tropf, der nichts als Heu und Stroh im Kopf hat. Lasst ab von ihm. Ich bin müde und möchte mich zur Ruhe begeben – und sei es auch ein Lager aus Heu und Stroh!«

Sekundenlang war nur das erregte Schnaufen der Söldner zu vernehmen. Schließlich richteten sie sich nacheinander auf, die Lanze wurde widerwillig gesenkt. »Herr, er verhöhnt uns! Er verdient eine Strafe!«

»So mag es sein. Doch scheint mir, er hat der Strafe bereits genug erfahren! Lasst uns das Nachtlager bereiten.«

Er spürte, wie gefährlich die Stimmung im Raum war. Die Söldner, ihrem Blutrausch entrissen, waren unberechenbar. Ihr unwilliges Murren war nicht zu überhören. Zwar leise noch, doch konnte ihre Laune sehr schnell kippen. Ihn streifte der Gedanke, ob dieser unwichtige Alte es wert war, sich seinetwegen der Gefahr einer Meuterei auszusetzen. Doch regte sich auch Trotz in ihm, er wollte seine Position nicht von den Söldnern infrage stellen lassen. Zu groß war ansonsten die Gefahr, des Nachts gemeuchelt und ausgeraubt zu werden.

»Wie Ihr befehlt – Herr«

Der Tonfall erschien ihm eine Spur zu spöttisch, doch beschloss er, darüber hinwegzusehen. Er nickte also und erwiderte mit kaum merklich zitternder Stimme:

»Wohlan. Verteilt euch, findet heraus, wo hier Schlafplätze für uns zu finden sind!«

Außer dem Eingang führten drei Türen aus dem Zimmer. Eine Tür für jeden Söldner. Während schwere Stiefel durch die Räume polterten, ging er vor dem Alten in die Hocke.

»Wasser«, krächzte der durch blutige Lippen.

Er zog seinen Wasserschlauch vom Gürtel und setzte ihn dem Alten an den Mund. Nach wenigen beschwerlichen Schlucken lief der Rest über das zerschlagene Gesicht. Augen wie schwarze Kiesel starrten ihn unverwandt an. Dann hörte er die Schritte seiner Männer näherkommen und erhob sich.

Der Anführer stürmte herein. Kopfschüttelnd sagte er: »Der Alte sprach wohl die Wahrheit. Hier gibt es nur vier Lager aus Heu und Stroh. Weiß der Teufel, wo der Dummkopf geschlafen hat.«

»Kein Weib, kein Töchterlein«, höhnte der zweite.

Der dritte holte mit seinem Stiefel aus, ließ den Tritt aber sein, als der Kaufmannssohn ihm einen drohenden Blick zuwarf.

»Ein Mahl?«, fragte er.

»Nichts Essbares«, entgegnete der Anführer. »Wär der Alte nicht so ein armseliges Klappergerüst, hätten wir ihn selbst übers Feuer hängen können!«

Der Kaufmannssohn schauderte. In der Stimme des Söldners hatte Bedauern gelegen und unterdrückte Wut. Er erkannte, dass seine groben Begleiter zu mehr Entsetzlichem fähig waren, als er sich je hätte vorstellen wollen. »Lasst uns die Lager aufsuchen und ruhen. Am frühen Morgen reiten wir weiter, die Truppen können nicht mehr fern sein. Müssen wir heute auch noch den Gürtel enger schnallen, so erwartet uns doch morgen ein üppiges Mahl.«

Unbewusst umklammerte er den Griff seines Dolchs. Als er es bemerkte, ließ er ihn rasch los, denn er wusste, dass er im Kampf hoffnungslos unterlegen wäre.

»Los! Worauf wartet ihr? Ich werde in dieser Stube nächtigen.«

Hier gab es zwar nichts, worauf er sich hätte betten können, doch konnte er sich in seinen Umhang hüllen. Er wollte vermeiden, seine Männer mit dem Alten allein zu lassen.

Die Söldner setzten sich in Gang, ein unterdrückter Fluch hier, ein unwilliges Murren dort. Doch zumindest gehorchten sie.

Der Kaufmannssohn stieß die Luft aus. Für einen Moment hatte er um sein eigenes Leben gefürchtet.

Er versuchte im Halbdunkel des Raums etwas zu erkennen. In einer Ecke schien doch ein wenig Stroh aufgeschüttet zu sein, dort würde er sich niederlassen. Auf dem Weg zu der möglichen Lagerstätte musste er an dem Alten auf dem Boden vorbei. Der lag vollkommen still. Er beugte sich zu ihm herab und erschrak. Die Augen waren geöffnet und glänzten in der Dunkelheit. Sie folgten jeder seiner Bewegungen. Er rang mit sich. Hatte sich bereits wieder halb aufgerichtet, doch dann seufzte er und bückte sich erneut. Ohne ein Wort hob er das Männlein auf und bettete es auf den Strohsack in der Ecke. Danach ließ er sich an der gegenüberliegenden Wand heruntergleiten und hüllte sich in seinen Umhang. Im Sitzen tastete er wie üblich nach den wohlgefüllten Beuteln an seinem Gürtel. Steuereinnahmen für die Krone. Er prüfte, ob sein Dolch notfalls gut und schnell erreichbar wäre. Einem plötzlichen Impuls folgend, zog er ihn heraus, führte die Klinge dicht vor seine Augen. Eine Weile betrachtete er das schimmernde Metall. Selbst im Dunkeln war es zu erkennen. Das beruhigte ihn ein wenig. Er steckte die Waffe weg. Von dem Strohlager kam kein Laut. Auch in den anderen Räumen war Ruhe eingekehrt. Von irgendwo hörte er alsbald lautes Schnarchen. Er streckte sich am Boden aus.

Doch kurz darauf schlug er die Augen wieder auf – war da nicht ein leises Wispern? Kaum zu vernehmen, eher zu ahnen. Oder spielte seine Phantasie ihm einen Streich? Er nestelte an den Lederschnüren der Goldtaschen, bis die Beutel sich endlich von seinem Gürtel lösten und legte sie sich unter den Kopf. Den Dolch nahm er in die Hand. So lag er in der Finsternis und wagte nicht zu schlafen.

Irgendwann musste die Müdigkeit ihn dennoch übermannt haben. Als er erwachte, war die Laterne erloschen, die Dunkelheit undurchdringlich. Wie ein schwarzer Mantel hüllte sie ihn ein. Er stützte sich auf einen Ellenbogen und kniff die Augen zusammen.

Irgendetwas war unheimlich, doch er wusste nicht was. Er lauschte in die Schwärze. Kein Geräusch, auch das Schnarchen war verstummt. War es das, was ihn beunruhigte, diese absolute Stille? Und war da nicht ein seltsamer Traum gewesen? Seltsam, doch unglaublich lebendig. Er versuchte, sich zu erinnern.

Darüber musste er wieder eingeschlafen sein, als er das nächste Mal die Augen aufschlug, war es dämmerig im Raum. Die Zimmerecke gegenüber war leer. Alarmiert richtete er sich auf. Sofort fasste er nach den Taschen unter seinem Kopf. Sie waren noch da. Beruhigt ließ er sich zurückfallen, doch etwas stimmte trotzdem nicht. Er griff den ersten Beutel, der, obschon prall gefüllt, ihm ein wenig zu weich erschien. Mit bösen Vorahnungen öffnete er den Knoten. Er fasste hinein, tiefer und tiefer, doch statt in goldene Münzen, griffen seine Finger in etwas Weiches, Nachgiebiges. Ihm wurde erst heiß, dann eiskalt. Er leerte den Beutel gänzlich, doch nur Stroh fiel heraus. Hektisch öffnete er den zweiten, den dritten und den letzten. Überall dasselbe.

Kein einziges Goldstück.

Als er die leeren Taschen auf den Boden warf, nahm er seine Umgebung zum ersten Mal bewusst wahr. Er erstarrte. Unendlich langsam richtete er sich auf und sah sich um. Was er sah, ließ das Blut in seinen Adern gefrieren. Keuchend krümmte er sich zusammen, stützte beide Hände auf den Oberschenkeln ab. Wie betäubt hob er den Kopf, dann lief er wie ein Wahnsinniger durch alle Räume. Keine Menschenseele, er war allein. Seine Söldner – verschwunden, der alte Mann – verschwunden.

Doch was ihn am allermeisten entsetzte und an seinem Verstand zweifeln ließ – alles um ihn herum war niedergebrannt. Die Decke eingestürzt, alle Balken gebrochen, der Boden, auf den er sich gebettet hatte, war selbst *unter* ihm von Flammen zerfressen. Fassungslos raufte er sich die Haare. Er setzte sich auf den rußgeschwärzten Boden. Eine Ewigkeit blieb er einfach sitzen, den Kopf in den Händen vergraben. Der Traum erschien wieder vor seinen Augen. Er begann sich zu erinnern.

Der alte Mann – er hatte sich von dem Strohsack erhoben und war auf ihn zugegangen. Doch in dem Traum hatte er sich verändert. Er war größer gewesen, geradezu ehrfurchtgebietend, ein langer weißer Bart reichte ihm bis auf die Brust, außerdem war er unverletzt und in eine seltsame graue Kutte gekleidet.

»Engländer. Zerstörer, Mörder, Brandschatzer. Über deine Männer wurde gerichtet, dein Schicksal hingegen ist noch nicht beschlossen. Dir wird eine letzte Chance zuteil, denn du hast Gnade gezeigt. Sei dankbar!« Mit den letzten Worten hatte er sich in Luft aufgelöst.

Der Kaufmannssohn war zu der Stelle gesprungen, an der der Alte bis vor wenigen Sekunden gestanden hatte. Nichts. Nur ein zarter Nebelfaden schwebte noch durch den Raum. Er hatte sich umgesehen und schließlich zu Boden geblickt. Der bestand nicht nur aus Holzbohlen, zwischen ihnen waren verwitterte Steinplatten zu erkennen. Und plötzlich hatte er es gewusst, ohne sagen zu können, woher, doch er wusste es einfach: dieses Haus war auf den Ruinen einer uralten Kultstätte erbaut worden.

Die verdammten Iren! Mit ihren Ketzereien und der ganzen unheiligen Hexerei! Vor Furcht hatte er zu zittern begonnen. Dann wurde alles schwarz, offenbar war dies der Moment, an dem der Traum zu Ende gewesen war.

Sein Blick richtete sich auf den Boden. Zwischen den verbrannten Brettern waren tatsächlich Steine zu sehen. Er schauderte und mit einem Mal wollte er nichts mehr, als diesen unheimlichen Ort zu verlassen. Er floh zur Haustür. Die Wände waren fast gänzlich heruntergebrannt. Die Tür lag halb auf dem Boden. Mit einem gewaltigen Sprung setzte er darüber hinweg. Draußen sog er erleichtert die frische Luft ein. Der Regen hatte aufgehört, die Sonne war hervorgekommen. Er spürte die warmen Strahlen auf seinem Gesicht, und zum ersten Mal bemerkte er auch die sanften grünen Hügel um sich herum. Doch die Pferde sah er nicht. Auch der Felsblock vor dem Haus war verschwunden.

Verwirrt drehte er sich im Kreis. Wo waren seine Männer geblieben? Waren sie ohne ihn aufgebrochen und hatten die Gäule mitgenommen? Doch gewiss hätten sie dann auch versucht, sich vorher seiner Goldtaschen zu bemächtigen. Sein Blick wurde von einem Bächlein am Ende des Dorfes angezogen, dessen sanft gekräuselte Oberfläche in der Sonne glitzerte. Etwas am Ufer erregte seine Aufmerksamkeit. Langsam ging er darauf zu. Je näher er kam, desto weiter riss er die Augen auf. Drei Vogelscheuchen standen dort im Schilf – wofür, dachte er noch – zugleich strich ein eisiger Hauch zwischen seine Schulterblätter. Irgendjemand hatte den Strohpuppen die Gewänder seiner Söldner übergestreift. Ihm schwindelte plötzlich, und er musste sich setzen.

Er wusste nicht, wie lange er dort am Ufer hockte, den Kopf auf die Knie gebettet, doch als er wieder bei Sinnen war, stand die Sonne bereits hoch am Himmel. Er lauschte dem Murmeln des Baches, seine Augen folgten den unsteten Mustern aus Licht und Schatten, von Sonnenstrahlen auf den Boden gemalt. Es fiel ihm schwer, sich aufzuraffen. Da hörte er mit einem Mal die Worte des Alten in seinem Kopf: *Sei dankbar*!

Langsam erhob er sich und sah sich um. Hinter ihm lagen die Trümmer des zerstörten Dorfes, rußgeschwärzt, doch sonst, wohin er auch blickte, sattes Grün.

Die grüne Insel.

Wo Elfen unter Felsen wohnten und Druiden unsterblich über heiligen Ruinen wachten.

Er machte sich auf den Weg, setzte einfach einen Fuß vor den anderen. Mit jedem Schritt schien eine Last von seinen Schultern zu fallen.

Krippenbewohner

Annette Rosenberger

Fräulein Margit war mit weit über 90 Jahren die Älteste eines kleinen fränkischen Dorfes und wohnte dort in einem kleinen Fachwerk-Haus. Seit sie erwachsen war, war sie unverheiratet gewesen und hatte alleine gelebt.

Eines Tages rief sie nach dem jungen Kaplan. Sie eröffnete ihm, dass sie das Gefühl habe, ihr Leben würde bald zu Ende gehen, und so bat sie ihn um die Krankensalbung.

Aber da war noch etwas, das ihr am Herzen lag. Auf dem Dachboden – durch eine schwere Zug-Treppe erreichbar, wäre eine Holzkiste mit geschnitzten Krippenfiguren. Diese wolle sie gerne für die Kirche stiften. Der Krippenstall wäre auch auf dem Dachboden, dieser sei aber von irgendwelchen Tieren angenagt und unbrauchbar zerstört worden. Margit fragte, ob der Kaplan gleich Zeit hätte die Krippenfiguren vom Dachboden zu holen. Für sie wäre der Gang in den Giebel mittlerweile viel zu beschwerlich.

»Das mache ich gerne«, sagte er. Kurz darauf öffnete er die Treppe, die sich schwer knarzend nach unten ziehen ließ und kletterte die Stufen hinauf. Sofort sah er eine Staubwolke auf sich zukommen und musste husten. Wie angegeben, fand er die dunkle Holzkiste. Der Krippenstall daneben sah wirklich sehr angefressen und erbärmlich aus. Im Innern lag ein altes, verlassenes Nest. Welches Tier da wohl mal gehaust hatte?

Vorsichtig spitzte der Mann in die Kiste und inspizierte den Inhalt. Die Figuren waren in Tücher eingeschlagen und sahen schon deshalb gut erhalten aus. Bedacht darauf, dass weder der Kiste noch ihm etwas passierte, kletterte er damit nach unten. Er verabschiedete sich von Margit, bedankte sich für die wertvollen Krippenfiguren und versprach, noch am Nachmittag die Krankensalbung vorzunehmen.

Auf dem Rückweg zum Pfarrhaus kam der Kaplan gleich beim Küster Johann vorbei. Der war hauptberuflich Schreiner und befand sich gerade in seiner Werkstatt.

Freudig begrüßte der alte, bärtige Mann seinen hohen Besuch. Und als der Kaplan die Holzkiste mit den Krippenfiguren auf der Tischler-Bank auspackte, bekam er glänzende Augen. Maria trug ein blaues Gewand mit Schleier, Josef hatte einen braunen Schäfer-Mantel an und ein Cape darüber, und das Jesus Kind trug ein helles Wickelgewand. Die Hirten hatten alle Strickjacken und Lederhosen an. Der Schreiner fing sofort Feuer und Flamme für die Idee, den Figuren einen neuen Stall zu bauen. Noch am Nachmittag könne er damit beginnen.

Fröhlich kehrte der Kaplan in das Pfarrhaus zurück, wo vor der Haustür die alte Katze Rosa auf dem Schuhabstreifer lag und sich in der Sonne wärmte. Rosa war eine weiße, dicke Katze mit einer ausgeprägten rosafarbenen Nase, welcher sie ihren Namen zu verdanken hatte. Die besten Jahre hatte sie allerdings schon hinter sich. Eines ihrer Augen tränte ständig, und ein Ohr hatte keine Spitze mehr. Die hatte ihr der Dorfkater Orpheus aus Rache für die verschmähte Liebe abgeknabbert. Auch war ihr Gehör insgesamt nicht mehr das Beste. Ihr Frauchen, die Pfarrhaushälterin Agnes musste sie oft zweimal rufen, bis Rosa reagierte.

Agnes war eine große kräftige Frau, die ihr graues Haar zu einem strengen Dutt nach hinten gebunden hatte. Doch ihr Lächeln war stets freundlich. Ihre Leidenschaft war das Kochen. Nicht nur ihr schmeckte es, sondern auch dem Kaplan. Und auch der Katze, die von Agnes' Grundsatz profitierte: Kein Essen wird weggeworfen! Neben reichlich Katzenfutter bekam Rosa also auch noch die für sie verträglichen Reste vom Mittagessen. Am Nachmittag drehte Rosa dann ihre Runde im Dorf.

An jenem Tag entdeckte sie, dass die Tür der Schreinerwerkstatt nur angelehnt war. Diese Chance musste die Katze nutzen! Sie liebte diese Werkstatt. Der Geruch darin war faszinierend, und es raschelte so schön, wenn sie mit den Tatzen durch die Hobelspäne tapste.

Johann, der gerade Holzstücke zusammensuchte, begrüßte sie.

»Hast du gehört, ich darf eine Krippe für die Kirche bauen.«

Wenn Rosa nur reden könnte! Sie verstand viele Worte – aber unter *Krippe* konnte sie sich überhaupt nichts vorstellen.

Am nächsten Tag konnte die Katze wieder in die Werkstatt schleichen und sah die schon fertigen Umrisse der neuen Krippe. *Ah, das ist aber eine nette Geste von Johann*, dachte sie bei sich. *Das sieht aus, als ob es ein Holzhaus für mich wird. Bei Agnes habe ich zwar schon einen gemütlichen Korb, aber ein Haus ist ja ganz was tolles!*

Johann beeilte sich und wurde rechtzeitig mit der Krippe fertig. Am Tag vor Heiligabend brachte er den Krippenstall und die Holzkiste mit den Figuren in die Kirche.

Seine Tochter Katrin, die gut im Zeichnen war, hatte auf große Kartonwände die Umrisse des Dorfes Bethlehem und einen großen Weihnachtsstern am dunklen Nachthimmel gemalt, was Johann als Hintergrund diente. Auf einer großen Sperrholzplatte, die er auf den Seitenaltar legte, baute er dann die Krippenlandschaft auf. Im Wald hatte er Moos gesammelt und mitgebracht. Damit die geschnitzten Schafe und Ziegen einen weichen Untergrund haben würden. Den Stallboden legte er mit Stroh aus. Mitsamt Ochs und Esel durfte die Heilige Familie einziehen. Die Hirten und die Schafe stellte er davor auf.

Johann war nicht aufgefallen, dass sich Rosa in die Kirche geschlichen hatte und sich unter einer Kirchenbank versteckt hielt. Zu beschäftigt war er. Als er fertig war, setzte er sich in eine Kirchenbank um sein Werk in Ruhe zu betrachten. Zufrieden damit hätte er es am liebsten gleich dem Kaplan und Agnes gezeigt, aber das musste noch warten. Es gab noch so viel zu tun. Mit großen Schritten eilte der Mann aus der Kirche.

Oh Hilfe, dachte Rosa, *ich muss doch auch noch hinauskommen!*

Aber schon war die große schwere Tür mit einem lauten Knall zugefallen.

Rosa hörte noch, wie Johann draußen vor sich hinmurmelte: »Ich schließe die Kirche wohl besser ab. Das soll an Heiligabend in der Christmette für alle eine Überraschung werden.«

Woraufhin die Katze entsetzt einen Laut von sich gab, doch Johann war auch schon etwas schwerhörig und draußen rumpelte gerade in diesem Moment ein Kleinlaster auf dem Kopfsteinpflaster vorbei, weshalb das Klagen Rosas komplett unterging.

Was jetzt?, dachte sie und sah sich um. Sie wunderte sich darüber, dass Johann das Haus für sie in der Kirche aufgestellt hatte. Dieses große Haus war zwar schön aber auch kalt! Außerdem – warum hatte der Mann kleine Spielfiguren in das Haus und außen herum gesetzt!? Sie war aus dem Spielalter doch längst herausgewachsen!

Auf dem Rückweg zu seiner Werkstatt überlegte Johann. Bis zur Christmette ist es noch so lang und er war so gespannt auf die Reaktion des Herrn Kaplan. So machte er einen Halt am Pfarrhaus und klingelte. Für einen Moment wunderte er sich, dass Rosa nicht wie sonst um die Ecke aus dem Garten geschlichen kam, wenn sie die Hausklingel hörte.

Doch da öffnete schon der Kaplan. Ja, er sei neugierig, sagte dieser, als er Johanns Anliegen hörte. Und auch Agnes, die mit der Küchenschürze aus der Küche kam, wollte gerne mitgehen und schauen.

Zu dritt machten sie sich auf den Weg zur Kirche. Johann schloss die Kirchentür wieder auf. Sofort als sie von hinten den Gang in Richtung Krippe liefen, bemerkte er eine Veränderung.

Mittendrin im Stall lag, mit dem Gesicht nach vorne, die dicke Katze Rosa. Ihr Körper füllte die komplette Krippe aus. Die Figuren der Heiligen Familie sowie Ochs und Esel hatte sie herausgeholt und daneben in das weiche Moos gelegt.

Rosa döste. Erschrocken blinzelte sie, als sie merkte, dass sich vor ihr etwas bewegte.

Der Kaplan lachte laut: »Eine Christkatze habe ich auch noch nicht gesehen!«

Und Agnes und Johann fielen in das Lachen mit ein.

»Du bist mir eine«, rief Agnes und nahm Rosa auf den Arm. Die Katze verstand die Welt nicht mehr, warum war es lustig wenn sie ihr neues Haus bewohnte?

Während Agnes und der Kaplan die neue Krippe lobten, überprüfte Johann die Figuren auf eventuelle Schäden. Doch Rosa war sehr vorsichtig gewesen. Die Figuren waren alle in tadellosem Zustand und konnten einfach wieder aufgestellt werden.

Die Katze musste gespürt haben, dass es sich um eine ganz besondere Familie handelte.

Weihnachtsgeschichte

Begleitgeschichte zur Vampirsaga

Sandra Denkmann

Almahr stellte den leeren Pokal, an dem noch ein letzter Blutstropfen klebte, mit einem zufriedenen Schmatzen zurück auf das Tablett. Anschließend lehnte er sich in das dicke Daunenkissen. Sein Blick glitt durch das komfortable Zimmer, in dem er von Regus untergebracht worden war.

Ja, es gab keinen Zweifel daran, Luxus hatte durchaus seinen Reiz, auch wenn er dies niemals vor seinem Blutsvater zugegeben hätte und schon gar nicht Ekarius gegenüber. Seine Mundwinkel zogen sich kurz nach unten. Da hätte er sich doch lieber die Zunge abgebissen. Es war schon schlimm genug, die Gegenwart seines Bruders ertragen zu müssen, aber dies ließ sich an solchen Tagen wohl nicht vermeiden. Stöhnend warf er den Kopf zurück.

Eigentlich hatte er nach einer Ausrede Ausschau gehalten, die ihm dieses Familienfest ersparte, doch Regus hatte mal wieder das richtige Mittel gefunden, um ihn in letzter Minute seinen Willen aufzuzwingen. Dieses Mittel hieß Theresia. Der Gefährtin seines Blutsvaters, die ihn wie eine Mutter behandelte, konnte er keinen Wunsch abschlagen. Dies wusste Regus ganz genau und hatte Theresia vorgeschickt. Die bat ihn inständig darum, dieses Jahr das Weihnachtsfest mit ihnen im Familienkreis zu verbringen. Er konnte nicht anders, er hatte ja sagen müssen, auch wenn er es jetzt schon aus tiefsten Herzen bereute.

Trotz der dicken Teppiche am Boden und an den Wänden konnte er schlurfende Schritte auf dem Flur vernehmen. Das war bestimmt Jacobus, das alte Scheusal. Der Lieblingsghoul von Regus war vermutlich von seinem Meister geschickt worden, um ihn zu wecken.

Wie aufs Stichwort wurde jetzt unsanft gegen die Zimmertür gepoltert. »Aufstehen!«, drang es daraufhin unwirsch durch das Holz. »Der Predict von Prag verlangt nach eurer Anwesenheit!«

Almahr wusste, es hatte keinen Zweck den Diener zu ignorieren. Er würde so lange weiter machen, bis er Antwort erhielt oder ein Loch in der Tür war. Also ließ er ebenso unhöflich verlauten: »Ich komme, sobald ich eine Hose am Leibe trage!«

Damit schien sich der ehemalige Mönch zufrieden zugeben. Almahr konnte hören, wie er brummelnd wieder von dannen schlich.

Noch einmal stieß er einen tiefen und lang gezogenen Seufzer aus, dann machte er sich daran aufzustehen. Es nützte alles nichts. Mit schiefem Blick betrachtete er die herausgelegte Garderobe des heutigen Abends. Dem Anlass entsprechend feierlich, ganz so wie Regus und Theresia es sich wünschten. Die Augen verdrehend ging er ins angrenzende Badezimmer hinüber. Dort wartete zu seiner Freude, eine bereits mit warmen Wasser und Schaum gefüllte Wanne auf ihn.

Währenddessen, viele Kilometer entfernt …

oOo

Alice stand an der Ecke zur Hauptstraße und rieb schnaubend die klammen Hände aneinander, auch wenn klar war, dass ihr das gegen die Kälte nicht viel helfen würde. Ihre Fingerspitzen hatten bereits seit Tagen die Farbe von reifen Blaubeeren. Es war aber auch furchtbar kalt. Nicht, dass sie nicht wusste, was Kälte für den Körper bedeutete.

Auch in den Bergen, aus denen sie kam, war es zu dieser Jahreszeit eisig, doch da hatte es immer ein wärmendes Feuer in der Stube gegeben. Sehnsüchtig dachte sie an die prasselnden Flammen und an den Kachelofen, an welchem sie und ihre Schwestern bei schummrigen Kerzenschein die Wäsche geflickt oder Wolle gesponnen hatten. Damals war ihr die Arbeit öd und fade vorgekommen. Jetzt erschien ihr diese Tätigkeit, gerade zu traumhaft. Doch genau dies, würde es bleiben. Ein Traum.

Wie um zu beweisen, dass die Wirklichkeit momentan ganz anders aussah, spürte sie auf einmal ein Schwall schmutziges Wasser im Gesicht. Vollkommen überrascht japste sie nach Luft. Sie hatte die heranfahrende Kutsche nicht bemerkt und der griesgrämige Mann auf dem Bock interessierte es nicht, dass er zu nah am Rinnstein entlang fuhr und die Räder der Kutsche sie von oben bis unten mit Schneematsch und Wasser vollspritzten.

Ihr Erbostes: »Hey!!«, verhallte ungehört. Wütend wischte sie sich die Tropfen von den Wangen. So jemand wie sie existierte schlichtweg nicht. Jedenfalls nicht für die Herrschaften, die nicht wie sie auf der Straße lebten.

Kokki hatte recht, wenn er sagte: »Wir sind für sie nichts als Bodensatz, Alice, genauso viel Wert, wie der Dreck unter ihren Schuhen.«

Kokki! Ihr fiel wieder ein, wohin sie eigentlich unterwegs war. Hastig beschleunigte sie ihre Schritte. Sie hatte ihrem alten Freund versprochen, ihn heute Abend zu besuchen. Auch wenn ihr insgeheim davor furchtbar graute, sie musste es tun.

Das Siechenhaus, wie es von allen nur genannt wurde, lag zwar am Rande des Stadtkerns, aber immer noch innerhalb der Stadtmauern. Die Nonnen, die dort für die Pflege der Kranken zuständig waren, galten trotz ihres christlichen Tuns nicht gerade als freundlich. Im Gegenteil, aber wer konnte es ihnen verdenken. Tagein, Tagaus, mussten sie mit ansehen, wie bereits vom Tod gezeichnete in ihrer Obhut starben. Gesund verließ in der Regel niemand mehr dieses Gemäuer.

Alice Magen krampfte sich zusammen. Kokki war seit einer Woche auch einer von ihnen. Sein Husten war so schlimm geworden, dass sie keine andere Möglichkeit mehr gesehen hatte, als ihn dorthin zu bringen. Hier gab es wenigstens ein festes Dach über dem Kopf, auch wenn er sich das Lager mit Leuten teilen musste, die allesamt genauso fürchterlich vor sich hin husteten, wie er.

Ihre Füße rutschten über das vereiste Pflaster und erinnerten sie daran, besser aufzupassen wohin sie trat, bevor sie noch das Gleichgewicht verlor. Sie fasste in eine der Taschen ihres löchrigen Mantels. Neben einem Kerzenstumpf und Zündhölzern fand sie, was sie gesucht hatte. Ein kleines Päckchen, eingewickelt in einem Stück alter Zeitung und doch so kostbar wie ein Schatz. Ihre kalten Finger umschlossen es ganz fest, als befürchteten sie, es könne ihr entschlüpfen und aus der Tasche hüpfen.

oOo

Almahr ließ die Tür seines Zimmers achtlos hinter sich ins Schloss fallen. Als er über den Flur Richtung Bibliothek marschierte, strich er sich noch einmal die mühsam gezähmten Locken aus dem Gesicht. Dieser ganze Aufwand und das alles nur für diesen einen Abend, dessen Bedeutung ihm geradezu absurd vorkam. Kopfschüttelnd stieg er die breite Treppe hinunter, die ihn zur Bibliothek führte. Weihnachten, das Fest von Christi Geburt, gefeiert in einem Haus voller Vampire.

Fast wäre er in lautes Lachen ausgebrochen. Stattdessen betrat er nun den Raum, den Regus als sein Refugium bezeichnete. Der Anblick, der sich ihm bot, verschlug selbst ihm die Sprache.

Eine riesige Tanne ragte vor ihm auf, deren Spitze bis weit über die hoch gelegene Galerie reichte. Die dichten Äste waren über und über mit kostbaren dünnwandigen Kugeln besetzt, die im Licht unzähliger Kerzen funkelten, als wären sie aus Gold und Silber. Als er staunend näher trat, erkannte er sogar einige Figuren: kleine Schaukelpferde aus Holz, einen Nussknacker und sogar Engel, die mit ausgebreiteten Flügeln umher zu schweben schienen. Die buchstäbliche Krönung allerdings thronte ganz oben auf des Baumes Spitze. Ein Stern aus Papier, in dessen Mitte ein Gesicht zu erkennen war. Zuerst glaubte er, das Christkind zu sehen, doch dann fiel es ihm wie Schuppen von den Augen.

Er merkte erst wie ihm der Mund offen stand, als Regus neben ihn trat. »Guten Abend mein Sohn! Wie ich sehe, bist du von

Theresias und Ophelias Arbeit genauso beeindruckt wie ich.« Auf dem bärtigen Gesicht seines Blut- und Ziehvaters breitete sich ein zufriedenes Lächeln aus.

Almahr hatte sich indessen von der Überraschung erholt. »Wenn du mich schon nach meiner ehrlichen Meinung fragst. Ich finde es ein wenig übertrieben.« Er deutete mit dem Finger auf die Tannenspitze. »Und damit meine ich im Besonderen das da!«

Das Lächeln auf Regus' Gesicht wich jetzt einem breiten Grinsen, während er sich verschwörerisch zu ihm hinüber beugte. »Ich stimme dir zu, aber Ophelia hatte es sich bereits in Paris anfertigen lassen und Theresia hat es nicht über sich gebracht, sie davon abzuhalten es aufzuhängen.«

Almahr stöhnte. »Der Stern von Bethlehem und dann noch mit ihrem Gesicht. Das grenzt wirklich an Blasphemie!« In diesem Moment öffnete sich hinter ihnen die Tür mit einem leichten Knarren.

oOo

Alice hatte ihr Ziel endlich erreicht. Vor ihr ragte der abgetretene Aufgang des Gebäudes empor, hinter dessen grauer Fassade das Elend und der Tod zu Hause waren. Schon unmittelbar hinter der abgeschrammten Tür empfing einen der üble Geruch von Exkrementen jeglicher Art, dazu das unheilvolle Stöhnen und Jammern trockener, fiebriger Kehlen.

So schnell sie konnte, huschte sie über den langen dunklen Flur, vorbei an ausgemergelten Körpern, die wimmernd nach ihren Füßen griffen, wohl in der Hoffnung, dass sie etwas gegen das Leid der Jammernden unternahm. Doch sie konnte nichts tun. Niemand konnte das.

Als sie den Raum erreichte, in dem ihr Freund untergebracht war, musste sie noch einmal über ein Bündel Stoff hinweg steigen, aus dem ein bestialischer Gestank emporstieg. Alice verzog angewidert das Gesicht. Brandkalk! Der scharfe Geruch hatte ihr schon bei ihrem ersten Besuch buchstäblich in die Nase gestochen. Eine der eher wortkargen Schwestern hatte ihr mürrisch erklärt, dass man damit versuchte, so etwas wie Sauberkeit zu erzeugen. Nicht wirklich erfolgreich, wie Alice fand.

Kokki hatte ihr Erscheinen bereits bemerkt, obwohl es im Raum fast finster war. Licht gab es nur aus einer einzigen Laterne, die neben der Tür hing, und so musste Alice sich mühsam zu ihrem Freund vortasten. Sein hageres Gesicht blickte aus fiebrig glänzenden Augen zu ihr auf.

»Alice!«, hauchte er heiser, bevor er hustend die Hand vor den Mund hielt.

Alice lächelte gequält. Zu ihrem Glück konnte ihr Freund ihre Verzweiflung nicht sehen, weil er immer noch damit beschäftigt war, nach Luft zu schnappen. Schnell ließ sie sich neben seinem kargen Strohlager nieder.

»Hallo Kokki. Ich hab dir doch versprochen zu kommen.« Sie holte ihren Kerzenstumpf hervor, entzündete ihn und stellte das schwache Licht zwischen sie auf den Boden.

Kokki hatte sich mittlerweile ein wenig erholt, auch wenn er immer noch so aussah, als kostete es ihn viel Mühe, Atem zu schöpfen. Sein Anblick war kaum zu ertragen. Er war immer schon schrecklich dünn gewesen, doch jetzt spannte sich seine Haut über den Vorsprüngen seines kantigen Schädels. Seine blauen, aufgesprungen Lippen kräuselten sich zu einem dünnen Lächeln.

»Ja, das hast du.« Seine Stimme klang wie ein undichter Blasebalg.

Schnell wandte Alice den Blick ab und kramte nach dem Päckchen. »Ich hab dir auch was mitgebracht.« Sie holte den kleinen Schatz hervor. »Für dich! Frohe Weihnachten!«

oOo

»Ist der Baum nicht eine Pracht?«, fragte Ekarius zum wiederholten Male, wobei er effekthaschend um sich schaute. Theresia und er waren lachend und schwatzend durch die Tür geglitten und hatten sich zu ihnen gesellt.

Almahr widerstand nur mühsam dem Drang, eine abfällige Bemerkung fallenzulassen. Sein Bruder liebte es zu gefallen, egal, wie sehr er sich dafür auch anbiedern musste. Regus hatte allen ein Glas in die Hand gedrückt, in dem eine gelbliche Flüssigkeit vor sich hin perlte.

Almahrs fragender Blick, wurde von Theresia beantwortet. »Ophelia hat den Schaumwein mitgebracht. Sie liebt Champagner, sagt sie, er würde so schön auf der Zunge prickeln.«

Natürlich, wer sonst würde auf diesen lächerlichen Einfall kommen.

Wie aufs Stichwort kam nun die ehemalige Gefährtin seines Bruders hereingerauscht.

Almahr schluckte. Er hatte geglaubt, der Tannenbaum mit seinem Schmuck wäre schon mehr als überladen, doch er musste zugeben, dass dieser, im Vergleich zu Ophelia, gerade zu karg wirkte.

Die in seinen Augen ohnehin überkandidelte Vampirin hatte sich in ein Kleid geworfen, welches in seinen Ausmaßen und Verzierungen eher auf einen Rokokoball gepasst hätte. Und dann auch noch diese Frisur! Sie war ein Konstrukt aus falschen Zöpfen, Schleifen und Spangen, welches jeden Vogel dazu einlud, darin sein Nest zu bauen. Die Vorstellung wie kleine Spatzen um ihren Kopf herumschwirrten und dabei etwas fallen ließen, brachten ihn zum Schmunzeln.

Ophelia, die sich in diesem Moment umwandte, interpretierte seine Heiterkeit allerdings falsch. »Ah, anscheinend gefällt dir was du siehst!« Sie spitzte keck die Lippen. Sie ließ offen, wen sie damit meinte, sich oder den Baum. Bei beiden lag sie falsch.

Ekarius ließ ein lautes Räuspern hören. Anscheinend hatte er Ophelias zweideutigen Ton auch bemerkt. »Wir sollten nun anstoßen und dann folgt...«, er machte eine alberne, dramatische Pause um dann zu krähen, »... die Bescherung!«

oOo

Alice half Kokki dabei, das kleine Geschenk auszuwickeln. Seine zittrigen Finger schafften es nicht allein. Als er erkannte, was sie ihm da mitgebracht hatte, weiteten sich seine Augen vor ungläubiger Freude. »Wo hast du das denn her?« Wieder erklang der gemeine Husten.

»Aus dem schwarzen Keiler«, antwortete Alice verschmitzt. »Ich hab Maria, die Frau des Wirts gebeten mir etwas zu besorgen. Es ist nicht viel aber immerhin.« Sie erzählte ihm nicht, dass es sie die Einnahmen einer ganzen Woche gekostet hatte. Sie zog nun das Jagdmesser ihres Vaters hervor und nahm ihm das kleine Stück Speck aus der Hand, um es zu zerschneiden.

Kokki sah ihr mit hungrigem Blick dabei zu. Als sie ihm das erste Stück reichte und es zwischen seinen blauen Lippen verschwand, entfuhr ihrem Magen ein lautes Knurren.

Er sah sie aufmunternd an. »Du wirst mich doch an solch einem Abend nicht alleine speisen lassen?«

Seine hochtrabende Wortwahl brachte sie trotz allem zum Lachen. »Aber es ist dein Geschenk und außerdem hast du es viel nötiger als ich!«

Doch der kranke Taschendieb wollte nichts davon wissen. »Es ist Heiligabend Alice, da isst die Familie zusammen!«

Also nahm sie sich von dem weiß glänzenden Speck. Sie mussten sich bei ihrem Festessen beeilen, denn wenn die anderen um sie herum mitbekamen, welchen Luxus sie sich gönnten, wollten sie mit Sicherheit auch etwas abhaben.

oOo

Almahr ließ den Blick immer öfter zu der großen Standuhr wandern, deren Pendel leise im Takt hin und her schwang. Leider verging die Zeit einfach nicht. Das alberne Champagnergetrinke hatte endlich ein Ende gefunden, doch was danach folgte war auch nicht viel besser. Die Bescherung entpuppte sich als reine Groteske.

Ekarius hatte es fertig gebracht, Regus eine Bronzefigur zu schenken. Ein Jüngling auf einem Pferd, angeblich die Nachbildung eines jüngst gefunden Stücks aus der Zeit des Hellenismus. Regus' Freude darüber war nicht gespielt.

Zu Almahrs Überraschung schien ihm diese Figur durchaus vertraut, nur musste es wirklich ein Pferd in Originalgröße sein? Wo sollte der sperrige Gaul denn bitte schön stehen? Theresias Geschenk hingegen war klein, aber dafür umso wertvoller. Ein mit Diamanten besetztes Collier, welches um ihren schmalen Hals wirkte wie ein überdimensionales Hundehalsband.

Von Ophelia gab es dazu das passende Diadem, welches sie sich wohl lieber selbst ins toupierte Haar gesteckt hätte. Regus war dank Ophelia nun der stolze Besitzer einer goldenen Schreibfeder, von denen er bereits etliche in seiner Schreibtischschublade verwahrte. Ekarius allerdings wurde von ihr nur mit einem Paar einfachen Manschettenknöpfen abgefertigt, die zwar auch alles andere als billig gewesen sein mussten, ansonsten aber davon zeugten, wie egal er ihr inzwischen war.

Fast tat Ekarius Almahr leid. Seine ehemalige Gefährtin hatte ihn sang und klanglos abserviert, tat aber weiterhin so, als wäre sie Teil dieser Familie.

»Für dich habe ich noch ein ganz besonderes Geschenk!«, hatte sie ihm verheißungsvoll zu gegurrt, als er sein Päckchen von ihr überreicht bekam. Das klang eher nach einer Drohung als nach etwas worauf man sich freuen sollte. Sie hatte ihm eine aufwendig verzierte Krawattennadel besorgt, die zudem seine Initialen trug. Na gut, die ließ sich wunderbar zu Geld machen.

Den ganzen Abend über durfte er sich nun anhören, wie klug und gewissenhaft Ekarius die Interessen der Familie Finandes in der Vampirgesellschaft vertrat. Dazwischen mischte sich immer wieder Ophelias schrille Stimme, die darüber schwadronierte wie modern und aufregend Paris doch sei. Es war eine Qual.

Im Stillen dachte er darüber nach, wie er stattdessen den Abend hätte verbringen können. Vor seinem geistigen Auge sah er sich in einem Salon sitzen. Um ihn herum, junge Damen, in der Gesellschaft ihrer Eltern, die mit ihren langen schlanken Hälsen nur darauf warteten, von ihm zum Tanzen auffordert zu werden. Nach dem Tanzen hätte er sich dann in einer abgeschiedenen Ecke an ihrem warmen sprudelnden Blut gelabt.

Regus fragende Stimme riss ihn je aus seinen Träumereien.

»Wie wäre es mit ein bisschen frischer Luft?«

Almahr der seinem Blick zur Terrassentür gefolgt war, nahm den Vorschlag dankbar an. Anscheinend brauchte sein Blutsvater auch eine Pause von dem ganzen Zirkus hier.

oOo

Alice wischte sich den letzten Rest ihrer kleinen Weihnachtsmahlzeit von den Lippen. Sie konnte schwerlich behaupten, dass sie satt war, trotzdem fühlte sie sich so wohl wie schon lange nicht mehr, wenngleich sie hier zwischen all den todkranken Menschen saß. Auch Kokki erschien ihr plötzlich nicht ganz so traurig und niedergeschlagen wie zu Beginn ihres Besuchs.

»Das war sehr lieb von dir!« Er hatte sich ein wenig aufgerichtet.

»Gern geschehen.« Das meinte sie, wie sie es sagte. Sie hatte ihm viel zu verdanken. Nur durch ihn hatte sie gelernt auf der Straße zu überleben. Da war es das Mindeste, dafür zu sorgen, dass er wenigstens an diesem heiligen Tag so etwas wie eine Mahlzeit bekam, die man kauen und nicht bloß trinken konnte. Sie dachte an die fade, dünne Brühe mit denen hier die Schwestern umhergingen und die mehr aus Wasser, denn aus etwas anderem bestand. Zu gern hätte sie ihm noch viel mehr geschenkt. Ein richtiges Bett oder einen Arzt, der sich um ihn kümmerte, doch das war unmöglich. Das wussten beide.

»Ich habe übrigens beschlossen, dieses gastliche Haus zu verlassen!«, drang nun seine brüchige Stimme an ihr Ohr.

Sie glaubte, sich verhört zu haben. »Was? Aber …«

Er unterbrach sie. »Ich will nicht hier sterben, Alice! Nicht zwischen all diesem Dreck und Gestank!«

Sie schloss ihren Mund, der immer noch erstaunt offenstand. Es hatte keinen Sinn, ihm zu widersprechen, dies konnte sie in seinem flackernden Blick sehen.

Nun griffen seine zittrigen Finger nach ihr. »Du und ich wissen, es wird nicht mehr lange dauern. Es ist so, niemand von uns kann daran etwas ändern.« Jetzt erbrach sich so etwas wie ein Lachen aus seiner trockenen Kehle. »Im Grunde ist es doch so. Wir alle gehören dem Tod, Alice. Irgendwann kommt er uns holen. Den einen früher, den anderen später und auf mich lauert er schon.«

Sie konnte es nicht ertragen, ihn anzusehen. Er drückte nun eindringlich ihre Hand. »Es tut mir leid, dass ich dich alleine lassen muss. Aber ich weiß, du bist ein kluges und gerissenes Mädchen. Du wirst es schaffen, auch ohne mich!« Erneut musste er husten, das lange Reden forderte seinen Tribut.

Sie half ihm dabei sich wieder hinzulegen. Der kurze Moment des Glücks, den sie eben noch empfunden hatte, war verschwunden, als hätte es ihn nie gegeben. An seine Stelle trat nun eine schier unerträgliche Verzweiflung. Ohne Kokki sollte sie fortan zurechtkommen? Wie stellte er sich das vor? Sie dachte an die miesen Kerle im schwarzen Keiler und an den Schlimmsten von allen: Michal. Bisher war sie ihm und seinen geilen Fingern entkommen, doch ohne Kokkis Einfallsreichtum, würde dies wohl nicht länger so bleiben.

oOo

Almahr zog die frische, kalte Nachtluft in seine Lungen, als wäre er soeben knapp dem Erstickungstod entronnen.

Sein Vater lachte neben ihm. »Wer dich nicht kennt, könnte bei deinem Anblick meinen, du würdest seit Stunden elendig gefoltert.«

Almahr wandte sich ihm mit spöttischer Miene zu. »Das ist doch auch Folter. Jedenfalls für jemanden der noch alle Sinne beieinander hat!« Er schüttelte sich, als wäre ihm eine Ladung Schnee in den Nacken gerutscht. »Dieses affige Getue!«

Regus ging darauf nicht ein. »Mir ist da übrigens heute Abend etwas aufgefallen.«

»So, was denn? Hat es Ekarius ein wenig mit der Auswahl seines Geschenks übertrieben?«

Der strenge Blick den er nun ab bekam sagte ihm, jetzt war Schluss mit den Albernheiten.

»Nun, vielleicht irre ich mich da auch, aber findest du nicht auch das Ophelia dir gegenüber, tja wie soll ich es sagen, gewisse Ambitionen hegt?«

Almahr tat als verstünde er nicht worum es ging. »Bitte was?«

Aber sein Vater ließ sich nicht von ihm ins Boxhorn jagen.

»Du weißt genau, worauf ich hinaus will!« Almahr schüttelte belustigt den Kopf.

»Um Himmelswillen! Dieses Weibsbild könnte das letzte auf diesem Planeten sein und ich würde es vorziehen lieber mit einem …«

»Almahr!«, unterbrach Regus entrüstet.

»Ich wollte nur ganz sichergehen, dass meine Einstellung diesbezüglich eindeutig ist.«

Sein Vater seufzte.»Schade, ich hatte wirklich kurz die Hoffnung, aber eigentlich hätte ich es mir denken können!« Er lächelte nun versöhnlich. »Theresia und ich wünschen uns nur das Beste für dich, das weißt du.«

Almahr zog die Augenbrauen in die Höhe. Wenn Ophelia das Beste war, was man ihm wünschen konnte, na dann gute Nacht.

Doch Regus sprach schon weiter. »Die Liebe ist schon ein seltsames Mysterium, dessen Geheimnis wohl niemand zu ergründen vermag, selbst wenn er vom Anbeginn der Zeit bis zum letzten Tag der Erde existieren würde!« Sein Blick glitt tief in die Dunkelheit der Nacht, während er weiter resümierte. »Welch' Zauber wirkt da, der unsere Sinne vernebelt und uns fühlen lässt wie niemals zuvor?«

Almahr konnte ihm diese Frage nicht beantworten. In ihm hatte noch niemand solche Gefühle ausgelöst. In seinen Ohren klang dies alles ziemlich schwülstig und verklärt. Scheinbar konnte man ihm seine Gedanken vom Gesicht ablesen.

Regus legte ihm die Hand auf die Schulter. »Eines Tages wirst auch du verstehen, was ich meine, Almahr. Komm lass uns wieder reingehen, die anderen warten bestimmt schon!«

oOo

Die Nacht war noch nicht zu Ende, als Alice Kokki dabei half seine wenigen Habseligkeiten zusammenzuraffen. Er hatte sich nicht mehr davon abbringen lassen, gehen zu wollen. Mühsam schleppte er sich mit ihrer Hilfe nach draußen. Auch den lahmen Protest der Nonne am Eingang ignorierte er und stützte sich stattdessen auf Alice Schulter. »Gehen wir. Bevor ich tatsächlich noch hier den Löffel abgeben muss!«

Draußen biss ihnen die kalte Luft wie ein gemeines Tier ins Gesicht, doch Kokki schien sie gutzutun. »Meinst du, du schaffst es mich bis zu unserem Lager zu bringen?«

»Natürlich!«, antwortete sie schnaufend.

Kokki war zwar nur noch ein wandelndes Skelett, aber dennoch war es alles andere als leicht, ihn über den vereisten Gehsteig zu schleppen. Während sie torkelnd ihren Weg beschritten, sah er plötzlich zu den Sternen empor. »Eine wundervolle Nacht. Passend zur Geburt unseres Herrn.«

oOo

Almahr hielt es noch eine Stunde lang aus, dann zog er sich zurück. Auch wenn er dafür einigen Protest vonseiten der anderen erntete. Er hatte einfach genug. Zudem hatte Ekarius angefangen, ihn und Ophelia misstrauisch zu beäugen, nach dem seine ehemalige Gefährtin unentwegt versuchte, ihm alberne Gespräche aufzudrängen.

Als er sich in seinem Zimmer das Hemd aufknöpfte, ließ er noch einmal Regus' Worte in seinem Kopf Revue passieren. Sich zu verlieben, ein komischer Gedanke. In was für eine Art Frau denn? Eigentlich waren sie doch alle eher oberflächlich, auf Schönheit bedacht und ziemlich langweilig. Sein Freund Jayrim sah dies zwar ein wenig anders, aber …

In diesem Moment klopfte es leise an der Tür.

Verwundert drehte er sich um. Als er die Tür einen Spalt breit öffnete, staunte er nicht schlecht. Ophelia stand da. Immer noch diese monströse Frisur auf dem Kopf, aber anstatt des Kleides trug sie nun einen engen Morgenmantel aus roter Seide, der mehr preisgab als verhüllte.

»Ja bitte?«

Sie legte den Kopf schief um ihn unter schweren Wimpern hervor, laszive anzulächeln. »Ich wollte eigentlich nur schauen, ob du vielleicht noch ein ganz besonderes Weihnachtsgeschenk von mir bekommen möchtest?«

Er traute seinen Ohren nicht. Versuchte sie ihn hier gerade zu verführen? In diesem Aufzug und mit den Haaren? Erst wollte er ihr gleich die Tür vor der eingebildeten Nase zuschlagen, doch dann entschied er sich anders. Er öffnete die Tür ganz, aber nicht um sie hereinzulassen. Stattdessen beugte er sich nun vor, um ihr ins Ohr zu hauchen. »Weißt du, davon träume ich schon sehr lange.«

Er hörte, wie sie scharf die Luft einzog. »Wovon?«, gurrte sie mit bebender Brust.

»Davon dir zu sagen, dass ich absolut gar nichts von dir will. Weder Geschenke, noch irgendetwas anderes. Ich hoffe, das war deutlich genug!« Damit schloss er, ohne eine Erwiderung abzuwarten, einfach die Tür. Er musste er sich in die Hand beißen, um nicht laut loszulachen. Das würde sie ihm so schnell nicht verzeihen.

Entschlossen zog er sich jetzt das Hemd über den Kopf. Die Liebe konnte ihm gestohlen bleiben.

oOo

Alice und Kokki hatten es tatsächlich geschafft. Schwer ächzend kauerten sie sich in dem engen Kellerloch zusammen, welches sie sich teilten. Es war nicht mehr als ein kleiner Kohleverschlag, aber es war besser als Nichts.

Kokkis Atem rasselte wie eine Dampflok.

Alice zog sich schweren Herzens den Mantel aus, um ihn zusätzlich über seine frierende Gestalt zu legen.

»Danke Prinzessin!« So hatte er sie anfangs immer genannt. Sie war ihm so vorgekommen. Wie eine Prinzessin, die ihr Schloss und ihren

Prinzen verloren hatte und von nun an, von der Hand in den Mund leben musste. Sie war natürlich nie eine Prinzessin gewesen, doch manchmal verwendete er diesen Begriff noch. Er war vollkommen erschöpft und bereits dabei einzudämmern. »Ich hoffe sehr, dass du ihn eines Tages finden wirst!«, hörte sie ihn noch vor sich hin flüstern.

Sie horchte auf. »Wen?«

»Den Prinzen, der dich rettet.« Er röchelte leise. »Der dich von all dem hier erlöst.« Dann war da nur noch sein gequältes Atmen.

Alice rollte sich nun ebenfalls zusammen. Was sollte das denn heißen? Wo sollte denn dieser Prinz bitte schön herkommen? Während sie versuchte, die Kälte zu ignorieren, die ihr durch die Lagen ihrer Kleider kroch, begann ihre Phantasie dennoch damit, ihn sich vorzustellen.

Ein Jüngling in schillernder Rüstung auf einem weißen Pferd, so wie er immer in den Märchen beschrieben wurde, die man ihr als Kind erzählt hatte. Bevor sie einschlief, formte sich in ihrem Kopf, gedanklich doch noch ein Weihnachtswunsch.

»Wo immer dieser Prinz stecken mochte, er sollte sich bitte beeilen!«

Meine neuen Freunde an Weihnachten

Gottlieb Herdt

Es war einmal in einer verschneiten Kleinstadt, in der sich die Menschen auf das bevorstehende Weihnachtsfest vorbereiteten.

Inmitten des Trubels befand sich ein einsamer Mann namens David. Er hatte seine Familie vor vielen Jahren verloren und fühlte sich an Weihnachten besonders einsam.

Eines Abends als David durch die beleuchteten Straßen schlenderte bemerkte er ein kleines Café das noch geöffnet hatte. Er beschloss hineinzugehen und sich aufzuwärmen. Als er die Tür öffnete wurde er von einem warmen Licht und dem Duft von frisch gebackenen Plätzchen empfangen.

Im Café saß eine Gruppe von Menschen die sich angeregt unterhielten und lachten.

David setzte sich an einen freien Tisch und während er seinen Kakao genoss, konnte er nicht anders als die fröhlich Atmosphäre um sich herum zu bemerken.

Plötzlich sprach ihn eine ältere Dame an die am Nachbartisch saß und sie stellte sich als Martha vor und erzählte David von ihrer eigenen Einsamkeit an Weihnachten, nachdem ihr Mann verstorben war. Doch anstatt sich in ihre Trauer zu verlieren hatte sie beschlossen das Beste aus der Situation zu machen und anderen Menschen Freude zu bereiten. Martha lud David ein, sich ihrer kleinen Gruppe anzuschließen und er willigte ein.

In den nächsten Tagen verbrachte David viel Zeit mit Martha und ihren Freunden. Sie halfen ihm, seine Trauer zu überwinden und die wahre Bedeutung von Weihnachten wiederzuerkennen: die Freude und die Wärme der Gemeinschaft.

An Heiligabend versammelten sich alle im Café und feierten gemeinsam. Es war ein Abend voller Lachen, Geschichten und Liebe. David fühlte sich zum ersten Mal seit langer Zeit wieder lebendig und glücklich.

Diese Weihnachtsgeschichte erinnert uns daran, dass uns selbst in den dunkelsten Zeiten die Freude und das Mitgefühl anderer Menschen wieder Hoffnung schenken können. Es ist nie zu spät, neue Freunde zu finden und das Leben in vollen Zügen zu genießen.

Ein reicher Mann

Marie Renninghaus

»Mach bloß, dass du von hier fortkommst, verdammter Pennbruder!« Wütend rannte Klaus Wegener über den Platz seines Supermarktes und fuchtelte wie wild mit den Armen. »Ich habe es dir gestern schon gesagt. Wenn ich dich noch einmal erwische, wie du in den Müllcontainern herumwühlst, hole ich die Polizei!«

»Aber ich habe ganz fürchterlichen Hunger und es ist bitterkalt hier draußen«, flüsterte der Angesprochene. Er trug einen zerfledderten Mantel aus dunkelgrünem Wollstoff, ausgelatschte Stiefel, die viel zu dünn für die Jahreszeit waren, eine schäbige Mütze und Fäustlinge, die zum größten Teil aus Löchern bestanden.

Kein vertrauenerweckender Anblick.

Zudem glitzerten in dem rötlichen Vollbart zahlreiche Eiskristalle und ließen den Mann wie einen Yeti aussehen.

»Es verdient zu hungern, wer der Arbeit aus dem Weg geht«, keifte der Supermarktinhaber. »Du und deinesgleichen seid nichts weiter als stinkfaules Pack, das denkt, unsereins wird sich schon darum kümmern, dass ihr was zu futtern habt. Aber da bist du bei mir an der falschen Adresse. Und nun verzieh dich Freundchen, ehe ich dir Beine mache!«

»Aber die Sachen will doch keiner mehr, sonst hätte man sie nicht weggeworfen«, wagte der Vagabund einen letzten Einwand.

»Rede ich so undeutlich oder warum bist du immer noch hier?« Mit erhobener Faust ging Wegener auf den Mann zu.

»Was ist denn hier los?!«

Der Supermarktbesitzer fuhr herum. Hinter ihm stand ein alter Mann, den er schon mehrmals in seinem Geschäft gesehen hatte. Er kam immer knapp vor Ladenschluss, nämlich dann, wenn viele

Waren bereits stark reduziert waren. *Auch so ein nutzloser Zeitgenosse,* dachte Wegener, wagte aber nicht, den Alten anzublaffen. Kunde blieb Kunde, selbst wenn an diesen Schnorrern nichts mehr zu verdienen war.

»Der Kerl vertreibt mir die ganze Kundschaft, so wie er aussieht … und auch riecht.« Abfällig rümpfte der Ladenbesitzer die Nase. »Wenn er was zu fressen will, soll er dafür bezahlen, wie alle anderen das tun.«

Der alte Mann schüttelte den Kopf. »Wie kann man nur so herzlos sein. Ich sehe Sie jeden Sonntag in der Kirche und soviel ich weiß, sind Sie auch im Kirchenrat vertreten. Davon merkt man im Privatleben allerdings nichts.«

Mit Genugtuung sah der Alte, wie Wegeners Gesicht rot anlief.

»Ich wüsste nicht, was Sie das angeht«, zischte er, drehte sich um und verschwand im Geschäft.

»Danke.«

Lächelnd wandte sich der alte Mann an den Obdachlosen. »Ach was! Das war doch selbstverständlich. Wie kommt der Kerl dazu, Sie wie einen räudigen Hund wegjagen zu wollen?«

»In seinen Augen bin ich das auch.«

»Unsinn! Der soll sich nicht so aufspielen. Wenn wir eines Tages vor unserem Schöpfer stehen, hat er keine besseren Karten als unsereins.« Der Alte streckte die Hand aus. »Ich bin übrigens Edgar. Sehr erfreut, Ihre Bekanntschaft zu machen.«

Überrascht starrte der Landstreicher ihn an. »Mich nennt man Elija«, erwiderte er nach einer Weile.

»Wie der Prophet?«

»Ich denke, ja.« Elija zeigte auf die Kirchturmuhr. »Wenn Sie noch in den Laden wollen, sollten Sie sich beeilen. Die sperren gleich zu.«

Edgar nickte und schickte sich an, der Aufforderung Folge zu leisten, als ihm noch etwas einzufallen schien. »Haben Sie Lust auf eine warme Mahlzeit? Dann sind Sie herzlich eingeladen, mein Gast zu sein. Ich habe nicht viel, aber es reicht aus, um uns beide sattzubekommen.«

oOo

Schweigend stapften die Männer durch die eisige Schneelandschaft. Elijas Blick huschte immer wieder zu seinem Begleiter, der ihm völlig unvoreingenommen gegenüber zu sein schien, und ihn in sein Haus einlud. Das war ihm noch nie passiert. Dass man ihn davonjagte, auch wenn er sich lediglich das nahm, was andere wegwarfen, kannte er schon eher.

»Wie kommt es, dass du so lebst?«, fragte Edgar.

»Du meinst, warum ich ein Penner bin?«

Der Alte zuckte die Schulter.

»Ich mag die Bezeichnung nicht. Niemand hat das Recht, abfällig über andere zu urteilen, wenn er nicht weiß, wie es dazu gekommen ist.«

Elija seufzte. »Deine Sichtweise ehrt dich. Dennoch stehst du mit dieser Einstellung ziemlich alleine da.«

»Kann sein. Ist mir aber egal. Du musst mir auch nicht antworten, wenn es dir unangenehm ist. Meine Einladung verpflichtet dich zu nichts.«

»Ich hatte einmal ein schönes Leben. Eine tolle Frau, zwei Kinder, ein großes Haus, einen gut bezahlten Job«, begann Elija.

»Und dann?«

»Nun ja, also … ich war auf einer Geschäftsreise, als in unserem Wohnviertel ein Feuer ausbrach. Meine gesamte Familie kam in dem Inferno ums Leben. Und als ich glaubte, es könne nicht mehr schlimmer werden, verlor ich auch noch meine Arbeit.«

»Und dann hast du alles hingeschmissen …«, murmelte Edgar.

»So ungefähr … ja. Ich konnte einfach nicht mehr weitermachen, wie vor dem Feuer. Verstehst du das?«

Edgar nickte.

»Eines Tages stand ich auf einer Brücke und sah in die Tiefe, und plötzlich wusste ich, was ich zu tun hatte.«

»Da du jetzt hier bist, ist es offensichtlich, dass du nicht gesprungen bist.«

»Nein! Zuerst wollte ich, doch dann verließ mich der Mut. Ich ging zurück zum Hotel, wo ich seit dem Unglück untergekommen war, packte die paar Sachen, die mir geblieben waren und haute ab. Das ist drei Jahre her. Fast auf den Tag genau.«

»Wie alt bist du?«

»Fünfunddreißig.«

Edgar musterte seinen Gast. Er hatte ihn auf mindestens fünfzig geschätzt, aber das lag wahrscheinlich an dem heruntergekommenen Aussehen. Das zottelige Haar und der wilde Bart taten ihr übriges.

Inzwischen waren sie bei einem verwitterten Häuschen angekommen.

»Da wären wir. Einen Palast kann ich dir nicht bieten, denn das Haus ist ebenso in die Jahre gekommen, wie ich das bin. Aber es hält Schnee und Regen ab.« Edgar schloss die Eingangstür auf, die sich knarzend bewegte. Heimelige Wärme umfing sie und durch das ganze Haus zog der Duft von frischem Reisig.

»Wärm dich erst mal auf, ich mach uns inzwischen Tee.«

Dankbar nahm Elija das Angebot an. Während er seine steif gefrorenen Finger an den Kacheln wärmte, schaute er sich um. Zu seinen Füßen lag ein Berg Reisig und daneben stand ein Blecheimer, der bis zum Rand mit Kohle gefüllt war. Der wurmstichige Holztisch, auf dem eine aufgeschlagene Zeitung lag, hatte schon bessere Tage gesehen. Das traf auch auf die beiden Stühle und den roten Diwan zu. Obwohl die Stube sehr ärmlich eingerichtet war, fühlte Elija sich auf Anhieb wohl.

»Komm, setzen wir uns auf die Ofenbank«, bemerkte Edgar und hielt seinem Gast eine dampfende Tasse hin. »Ich hab auch einen Schuss Rum rein getan. Schätze, den kannst du jetzt vertragen.«

Elija hätte lieber etwas gegessen, bevor er Alkohol trank, aber er wollte den Alten nicht vor den Kopf stoßen und nahm einen vorsichtigen Schluck. Augenblicklich breitete sich Wärme in ihm aus, was nicht zuletzt am Rum lag, mit dem Edgar nicht gerade gespart hatte.

»Ganz schön stark, was?«, kicherte der Alte. »Aber du musst heute ja nirgendwo mehr hin. Kannst dich nach dem Essen aufs Kanapee legen und deinen Rausch ausschlafen.« Er deutete zum Sofa, auf dem ein Stapel Decken lag. Dann stand er auf, trug zwei Teller zum Tisch und stellte einen Topf in die Mitte.

»Komm, es gibt Rahmsuppe mit Kartoffeln und Brot. Kein Festmahl, aber es macht satt.«

Elija folgte der Aufforderung und es schien ihm, als hätte er nie besser gegessen.

»Puh, jetzt bin ich aber satt«, sagte er nach einer Weile und schob den Teller von sich.

Edgar nickte und zog ein Päckchen Tabak aus der Schublade. »Zigarette?«, fragte er und Elija nahm dankend an.

Minutenlang rauchten sie schweigend und hingen ihren Gedanken nach.

»Hast du schon mal daran gedacht, ins reale Leben zurückzukehren?«, fragte der Alte.

»Du meinst, ich soll sesshaft werden?«

»Wäre das so schlimm?«

»Nein, natürlich nicht. Es ist nur so, dass meine Zeit noch nicht gekommen ist.«

»Das kann ich gut verstehen«, erwiderte Edgar. »Seine Liebsten auf so grausame Art zu verlieren, ist furchtbar. Aber ich glaube nicht, dass deine Frau und die Kinder gewollt hätten, dass du ihretwegen auf der Straße landest. -- Versteh mich bitte nicht falsch«, beschwichtigte er, als er sah, dass sich die Miene seines Gastes verdüsterte. »Es liegt mir fern, dir Vorschriften machen zu wollen. Jede Veränderung sollte gut überlegt sein. Doch bis dahin … was hältst du von der Idee, hierzubleiben? Ein wenig Hilfe täte mir gut, und du hättest ein Dach über dem Kopf. Zumindest solange, der Winter anhält.«

»Du willst, dass ich bei dir wohne?«

»Warum nicht?« Edgar drehte sich eine weitere Zigarette und schob das Päckchen zu Elija. »Du bist ein junger Mann und scheinst ein feiner Kerl zu sein.«

Eine Weile war es still. Nur das Ticken der Wanduhr und die knisternden Flammen waren zu hören … und der ruhige Atem beider Männer.

»Mir ist noch nie ein Mensch begegnet, der so selbstlos handelt wie du«, unterbrach Elija das Schweigen. »Du hast nicht viel, teilst aber das wenige mit einem heruntergekommenen Kerl, wie ich es bin. Im Gegensatz zu manchen Wohlhabenden, die mich schlechter behandeln als einen streunenden Hund, denn diesem gäben sie wenigstens etwas zu fressen. Mir hingegen …«

Gerührt fasste Elijah nach der Hand des Alten. »Mein Freund, ich kenne keinen reicheren Mann, als du es bist. Die Menschen dort draußen haben zwar Geld, aber sie sind bitterarm. Sie wissen es bloß nicht.«

oOo

Die Kirchturmuhr schlug zwölfmal hintereinander, als Elija leise aufstand und seine zerschlissene Kleidung einsammelte. Er hatte seine Aufgabe erfüllt und es war an der Zeit, weiterzuziehen. Ein letztes Mal huschte sein Blick durch die Stube, die nicht mehr wiederzuerkennen war. Der alte Ofen war einem schönen, großen Kachelofen gewichen. Darunter lag gespaltenes Holz, und in der Scheune würde Edgar genügend Heizmaterial vorfinden, um über die wenigen Winter zu kommen, die dem alten Mann noch blieben.

Der Küchenherd war ebenfalls neu und Elija hatte dafür gesorgt, dass der Vorrat in der Speisekammer nie zur Neige ging.

Verschmitzt lächelte er vor sich hin, als er sich Edgars Verblüffung vorstellte, wenn dieser aufwachte und sah, wie sich sein Haus verändert hatte. Der gutherzige Mann hatte jede Unterstützung verdient, und Elija war froh, dass es in seiner Macht stand, sich bei dem Alten zu bedanken – auf seine Weise.

Als er Edgar von seiner toten Frau und seinen beiden Kindern erzählte, hatte er eine winzige Kleinigkeit ausgelassen. Er war damals tatsächlich von der Brücke gesprungen und wurde deswegen zu der Aufgabe verdonnert, Menschen wie dem alten Edgar ein Weihnachtswunder zu bescheren.

Und wenn irgendwann die erste Sekunde der Ewigkeit anbrach, würde auch Elija heimkehren und seine Liebsten wiedersehen.

Am besten Schnaps!

Patrick Woywod

»Also wissen Sie, das Ganze hier ist schon irgendwie lächerlich, wenn nicht sogar völlig bescheuert! Ich muss nach Hause! Dringend! Lassen Sie mich doch einfach gehen!«

»Na, beruhigen Sie sich erstmal, setzen Sie sich hierher und berichten Sie uns die ganze Geschichte fürs Protokoll!«, spricht der freundliche Beamte im Polizei-Bulli zu mir, »Von Vorne! Jetzt, bitte!«

»Obwohl ich das schon Ihrem Kollegen kurz gesagt habe, muss ich schon wieder …?«

»Ja, bitte! Je schneller, desto eher dürfen Sie …!«

»Gut! Gegen Ende meiner Arbeitszeit rief mich meine neue Freundin an, dass ich nach Feierabend noch rasch im Supermarkt einige wichtige Dinge kaufen sollte. Sie hätte spontan eine Kollegin mit ihrem Freund zum Abendessen in ihre Wohnung eingeladen. Echt auffallend toll hätten sie heute im Büro Hand in Hand gearbeitet. Mega! Das müsste ja belohnt werden. Deshalb hätten sie bei uns gemeinsam kochen wollen. So ab 19 Uhr, dann hätten wir bestimmt gegen 20 Uhr essen können, wenn mir das recht gewesen wäre, was mir ja recht war. Ist das ein geschwollenes Deutsch, Mann! Kann ich das auch anders erzählen?«

»Mir egal! Hauptsache, ich verstehe den Inhalt!«

»Danke! Weiter: Ihr neuer Mann liebt griechisches Essen, also der Mann von der Kollegin meiner neuen Freundin, so wie diese selbst, so mit vielen Kleinigkeiten wie Weinblättern vorweg und Oliven dazu und griechischen Honig im Teig danach – und auch an ein paar Schalotten müsste ich denken, die roten Zwiebeln bitte! Das Gyrosfleisch könnte ich auch dort kaufen, so für zwei bis drei

Personen genüge. Die Calamares würde sie noch schnell frisch besorgen. Ach ja! Und Salat! Fast hätte sie den Salat vergessen! Ob ich den auch dort zusammensuchen könnte, also mit Kirschtomaten dazu und so. Keine Ahnung! Ich antwortete: ›Ja, klar! Mach ich! Nur die Ruhe! Bis später!‹ Und sie sagte: ›Danke! Ich liebe dich!‹ Also klingt das alles nicht nach irgendwelchen Problemen. Haben Sie hier etwas zu trinken für mich?«

»Später! Erst weiter, bitte!«

»Der Supermarkt befindet sich nur maximal fünf Fahrradminuten von ihrer Wohnung entfernt. Dort wohne ich seit drei Wochen auch mal zwischendurch. Fahrrad fahre ich seit Jahren sehr gerne jeden Tag. Das ist gesund und zu bestimmten Uhrzeiten bin ich einfach schneller am Arbeitsplatz; das machen auch die kürzeren Wege. Regen stört mich wenig, eher diese ständigen Ampeln, echt zu lange rot geschaltet, aber die … Na ja. Mein derzeitiges Fahrrad war maßgeschneidert auf mich und recht teuer. Ich besitze daher gar kein Auto.«

»Ist das wichtig?«

»Das weiß ich doch nicht! Ich soll Ihnen doch …!«

»Weiter und ein bisschen kürzer bitte!«

»Ja und dann geschah es! Mein Chef bat mich um eine dringende Mehrarbeit. Ich weiß, dass er mir heutige Überstunden eigentlich mindestens schon gestern hätte … Aber das war kein Problem. Dann fahr ich eben nach der Arbeit direkt zum Supermarkt, dachte ich. Bis 19 Uhr wäre das alles zu erledigen gewesen. Wir wohnen ja nur ein paar Minuten mit dem Fahrrad von diesem …«

»Das wissen wir bereits! Was geschah im Supermarkt und dann danach draußen, bis wir Sie auf frischer Tat ertappten?«

»Quatsch! ›Auf frischer Tat ertappten!‹ Ich musste leider zu lange weiterarbeiten, war daher erst wenige Minuten vor 19 Uhr im Supermarkt. Dort hetzte ich mit dem Wagen durch die Gänge hin und her und erinnerte mich glücklicherweise an all die Dinge, die ich besorgen sollte, hoffe ich. Ich lud noch eine Olivenölflasche ein, zwei Weißweinflaschen dazu und freute mich, als ich wieder im ersten Regalgang war. Und? Was denken Sie, was da passierte?«

»Das weiß ich nicht! Meine Frau geht meistens zum Einkaufen. Also was jetzt? Wir können hier nicht ewig herumsitzen!«

»Aber ich will ja eh nach …«

»Später! Weiter! Konzentrieren Sie sich bitte!«

»Meinetwegen! Ich griff in meine Hosentasche, um zur Kontrolle meine Geldbörse herauszuziehen. Aber es gab da keine Geldbörse! Ich erinnerte mich sofort, dass ich sie bestimmt heute zu Hause, also in der Wohnung meiner neuen Freundin, vergessen hatte, weil ich heute eine neue Hose anzog, mich deshalb ein bisschen verspätete und ich schnell losging, während meine neue Freundin noch auf mich einredete. Irgendetwas Lustiges aus dem Frühstücksradio! Keine Ahnung!«

»Was war denn da heute morgen lustig? Ein guter Witz? Dann lassen Sie ihn hören!«

»Weiß ich nicht mehr! Jedenfalls ließ ich den halbvollen Einkaufswagen im Gang stehen, quetschte mich an der Kassenschlange vorbei und radelte in Windeseile nach Hause, um meine Geldbörse zu holen. Noch niemand in der Wohnung! Glück gehabt! Nicht mal eine Viertelstunde später war ich wieder im Laden. Habe extra die roten Ampeln …«

»Das habe ich jetzt ausnahmsweise überhört! Weiter!«

»Im Gang stand er noch genau so, wie ich ihn verlassen habe. Ein etwa halbvoller Einkaufswagen! Ich griff ihn mir und suchte weiter. Da stand plötzlich diese Frau vor mir und sprach mich giftig an, ich hätte den Wagen eines Kunden gestohlen. Das habe sie gerade beobachtet. Ich sei ohne Wagen durch die Tür hereingekommen und hätte mir sofort diesen Wagen geschnappt. So ginge das ja nicht! Sie würde das einer Verkäuferin melden. ›Hallo!‹, rief sie in Richtung Kasse und winkte auffällig dazu.«

»Und das soll ich Ihnen glauben! So ein Blödsinn!«

»Also eine Verkäuferin ist Zeugin! Nämlich diejenige, die dann zu uns spazierte.«

»Im Ernst? Na, dann weiter!«

»Diese seltsame Frau hielt mit einer Hand meinen Wagen fest, rief noch ein paarmal in die Gegend, bis ihr Mann um die Ecke stiefelte. Sie erklärte ihm alles. Und als eine Verkäuferin zu uns trat, erklärte er dieser Frau, was seine Frau ihm erklärt hat, nicht, was ich ihr erklärt hatte; also nicht mein Problem mit der Geldbörse! Und ich sann darüber nach, was ich noch für das Abendessen bräuchte. Es fehlten vielleicht noch Schnittblumen oder Kerzen. Die Dekoration!«

»Sagen Sie, sind Sie Deutschlehrer?«

»Wieso? Ist das neuerdings auch strafbar!«

»Nur so! Aber warum haben Sie das Fahrrad gestohlen?«

»Ich habe es nicht gestohlen, sondern wollte es nur ausleihen! Wegen der Uhrzeit, verstehen Sie?«

»Das sagen alle! Spaß beiseite!«

»›Wegen der Uhrzeit‹, sagen alle?«

»Durften Sie nun diesen Einkaufswagen behalten oder …?«

»Wieder eine Scherzfrage? Natürlich! Die Verkäuferin verstand das sofort, dass niemand einen halbvollen Wagen mit ganz anderen Waren eines anderen Kunden wegnehmen würde.«

»Aber diese Waren passten Ihnen doch!? Wenn ich so darüber nachdenke! Alles griechisches Zeug! Oder?«

»Wie bitte? Das war doch mein Wagen von Anfang an!«

»Na ja. Vielleicht machen Sie sich alles eben immer sehr einfach? Aber wie war das dann draußen?«

»Ich eilte von der Kasse mit dem leeren Wagen hinaus, weil alle Sachen in meinen großen Rucksack passten. Das habe ich vergessen zu sagen: Zu Hause habe ich die Rucksäcke getauscht. Außerdem hat mein Fahrrad Satteltaschen, also ›hatte‹. Oder auch immer noch? Weiß ich nicht! Es ist ja weg!«

»Gut!«

»Wieso ›gut‹? Mein gestohlenes Fahrrad?«

»Nein. Das ist ja nicht bestätigt, dass Sie ein anderes Fahrrad hatten! Das könnte ja von Ihnen gelogen sein. Denn ist das nicht komisch? Sie hätten Ihres abgeschlossen, aber das, mit dem wir sie erwischt haben, war es nicht?!«

»Aber es war eben so. Ich lief zu meinem Fahrrad, das ich mit Sicherheit abgeschlossen hatte, das aber fort war. Gestohlen! Und in meiner Not entdeckte ich dieses alte Schrottrad, dachte mir, das ich schnell damit zur Wohnung fahren könnte, um die Sachen dort abzulegen, dann wieder zurück und anschließend zu Fuß wieder nach Hause. Da würde ja währenddessen meine Freundin mit ihrer Kollegin bei uns kochen.«

»Wissen Sie!? Es ist schon seltsam, dass Sie diese Dame mit der Einkaufswagengeschichte laut als einen ›typischen Gelegenheitsdieb‹ bezeichnete, als wir Sie da vor der Supermarkttür beim Diebstahl dieses Fahrrads erwischten. Und jetzt behaupten Sie, dass man Ihnen Ihr Fahrrad dort gestohlen hätte. Na ja. Wir sind von einem Geschädigten geholt worden, dem man etwa vor einer Stunde hier sein teures Fahrrad gestohlen hat. Und dann haben wir zufällig beobachtet, wie Sie aus dem Supermarkt rennen, sich bewusst hektisch umsehen, mehrere Fahrräder untersuchen und eines ohne Schloss entdecken und damit davonfahren wollten. Natürlich haben wir Sie uns da sofort geschnappt! Wo haben Sie denn das vorige Rad? Das teure? Steht es bei Ihrer Freundin? Verraten Sie es besser gleich!«

»Aber ich habe …«

Mein Smartphone klingelt. Meine neue Freundin! Ich stelle es absichtlich laut, damit der Polizist mithören kann.

»Wo bleibst du so lange mit dem Essen? Wir haben Hunger!«

»Ich sitze in einem Polizei-Bulli beim Supermarkt. Eine komische Frau meinte, ich hätte einen Einkaufswagen irgendwie gestohlen, und die Polizei glaubt mir nicht, dass ich ein Fahrrad nur ausgeliehen habe, weil mir meines hier …«

»Hör auf! Das reicht! Deine ständigen blöden Ausreden! Lustig sollen die sein! Und heute morgen beim Radio hast du nicht einmal gelacht, obwohl das echt lustig war. Meine Kollegin und ihr Freund haben auch darüber gelacht! Und das ist ja nicht das erste Mal, dass man sich auf dich nicht verlassen kann. Schluss! Du wirfst die Schlüssel in meinen Briefkasten! Ich stelle sofort einen Karton mit deinen Sachen und dem stinkigen Rucksack unten zu deinem Fahrrad. Lebe wohl, du Sexpfeife!«

»Ach, das ist ja interessant! Ich meine, dass Ihr Fahrrad ja gar nicht gestohlen wurde, wie ich da eben gehört habe, Herr Lehrer!«

»Ich bin kein Lehrer! Im Aufzug aus der Tiefgarage fährt meine Freundin, also Ex-Freundin, zur Wohnung hoch, deshalb weiß sie nie, ob unten draußen vor dem Hauseingang mein … Ach, was soll's! Haben Sie jetzt etwas zu trinken für mich? Am besten Schnaps im Polizei-Bulli!«

Ein neuer Freund für Bronko

Leo Büchner

Die schönsten Jahreszeiten sind für mich der Frühling und der Herbst, da nehme ich ganz besonders viele Gerüche war. Die Sommer sind mir zu heiß, da findet man kaum ein kühles Plätzchen, sogar im Schatten ist es mir dann zu warm.

Seit 7 Jahren lebe ich nun bei meinem Ersatzrudel. An meine richtige Familie, bei der ich geboren bin, kann ich mich kaum noch erinnern. Mir gefällt es hier bei den Zweibeinern. Tim und Annika sind im gleichen Alter, sagen mein Frauchen und mein Herrchen manchmal zu anderen. Und weil ich selbst noch ein Baby war, als die beiden geboren worden sind, müssen wir etwa im selben Alter sein.

Aber manchmal bin ich mir nicht sicher, ob meine Ersatzfamilie überhaupt weiß, wer ich bin. Wenn sie mit anderen über mich sprechen, dann sagen sie, ich sei ein Golden-Retriever, und zu anderen sagen sie, ich sei ein Tollpatsch. Untereinander fragen Sie: »Gehst du mit dem Hund raus?« Und wenn sie mit mir persönlich sprechen, fragen Sie: »Na, Bronko, bist du müde?«

Als ich mal beim Gassi gehen versehentlich einen älteren Mann angerempelt habe, rief der mir zu: »Blöder Köter!« So viele verschiedene Benennungen, das hat erst mal gedauert, bis ich alles verstanden habe. Meistens passiert dann, wenn ich es ganz besonders gut meine, irgendetwas Dummes, und dann wird wieder geschimpft.

Es gibt aber eine Jahreszeit, in der manche Zweibeiner noch merkwürdiger sind als sonst. Dann spinnen alle in meiner Ersatzfamilie, aber sie merken es nicht, es sind ja nur Menschen. Und ich werde dann für alles geschimpft. In dieser Zeit sehe ich in der Stadt grüne, duftende Bäume, die normalerweise im Wald stehen und an denen meine vierbeinigen Kolleginnen und Kollegen und ich manchmal unser Geschäft verrichten.

Bei uns hier steht auch so ein Ding. Andere Hunde hab ich daran bis jetzt noch keine gerochen. Ohne meine Zustimmung hat sich bis jetzt noch kein anderer Hund hier rein getraut. Kein Wunder: Hier wache ja ich!

Dieser blöde, grüne Baum bekommt mehr Aufmerksamkeit als ich. Ob ich mal mein Geschäft daran verrichten soll? Aber dann muss ich garantiert wieder im Garten übernachten, und da ist es jetzt kalt. Das ist ja genau das, was ich nicht will. Sollen die doch mal mit dem Baum Gassi gehen und ich bleibe im Haus.

Die Tage werden immer hektischer. Viel öfter als sonst klingeln die elektronischen Dinger, die sie sich ans Ohr halten. Und dann wollen auch Tim und Annika mit diesen Telefonen quatschen. Auch die Fenster werden geschmückt, und abends brennen lichter daran. Nach ein paar Tagen werden von jemandem Sachen an diesen Baum gehängt. Weil ich es ja nicht gesehen habe, muss ich daran riechen, um herauszufinden, wer das war. Und zack, heißt es gleich wieder: »Bronko! Pfui!«

So nach und nach werden auch Sachen unter den Baum gelegt, die alle bunt eingepackt sind – wahrscheinlich, um sie vor mir zu verstecken. Aber das lasse ich mir nicht bieten. Ich wäre kein Hund, wenn ich nicht wenigstens mal daran schnuppern würde.

»Morgen kommt der Opa«, sagt mein Herrchen am Abend zu mir blickend.

«Och nö! Nicht der!«, denke ich, der mag nämlich keine Hunde. Ich bekunde mit einem Winseln mein Desinteresse. Wie ich meine Familie aber kenne, bringt mir dies überhaupt nichts. Im Gegenteil: alle sehen mich an, als wollen sie sagen: »Tja, du armer Kerl. Da musst du wohl durch.«

Am selben Abend passiert etwas, was mein Interesse an diesem Baum bestärken und die Situation verschärfen soll.

Als Annika in die Küche gerufen wird, um ihrer Mama zu helfen, stößt sie mit einem Fuß gegen ein solches Ding, das unter dem Baum liegt. Und genau in dem Moment fällt dieses Ding um, und dann stelle ich fest, dass sie darin ein Tier gefangen halten, denn dieses Tier machte plötzlich: »Bäääääh!«

Ist doch klar, dass ich Zeichen geben muss, indem ich belle. Ich will auch gleich dort hinrennen und das Tier beißen. Aber sofort ist die ganze Familie unterwegs zu mir, um es vor mir zu schützen. ICH bin also der Böse. MIR schiebt man die Schuld in die Schuhe. Mein Herrchen drängt mich in eine Ecke, wie man es mit einem Boxer am Ende der Runde tut.

Dann kommt er zu mir runter, geht also in die Hocke, hält mich fest, zeigt mit dem Finger nach oben und schimpft: »Das darfst du nicht! Das ist Pfui! Noch einmal und du übernachtest im Garten.«

Das ist etwas viel auf einmal, ich verstehe nicht alles. Aber Pfui habe ich schon öfter hören müssen. Es macht das Geräusche. Ich beschließe, darauf aufzupassen, und beobachte jeden Schritt meiner Familie.

Während meine Familie auf der Couch sitzt und auf den eckigen Kasten starrt, in dem die ganze Zeit geredet wird, behalte ich dieses Tier unter dem Baum im Auge. Zwar lege ich mich seitwärts auf den Boden, aber mit Blick in Richtung dieses Käfigs unter dem Baum. Natürlich schlafe ich nicht. Sondern ich tue so, und alle paar Minuten schleiche ich liegend etwas näher zum Baum. Irgendwie ist es aber auch langweilig, mich alleine mit dem Ding zu beschäftigen. Irgendwann stehe ich auf, recke mich mal richtig und winsele dabei wieder. Mein Frauchen bekommt das mit, dreht sich zu mir um, dreht sich weg, dreht sich dann ganz schnell zu mir um, weil sie anscheinend erschrickt, und sagt dann zu mir: »Bronko, weg von dem Baum. Pfui!«

Dann steht mein Herrchen auf.

Mein Frauchen sagt zu ihm: »Nein, lass ihn hier drin.«

Dann tut mein Herrchen etwas, von dem ich sicher bin, dass ich es ihm lange nicht verzeihen werde. Er nimmt dieses Ding an sich und geht damit in die Küche. Ich muss unbedingt hinterher, um zu sehen, was er damit vorhat. Aber natürlich muss ich dabei Abstand halten, denn ich habe keine Lust, bei der Kälte im Garten zu schlafen.

Und dann tut er noch etwas Schlimmeres: er versteckt das Tier in dem Ding in der Küche, ganz oben auf einem Regal. Noch nicht mal Tim und Annika hätten mir dabei helfen können, es herunterzuholen. Ich belle einmal kurz, um mich bemerkbar zu machen. Mein Herrchen sieht mich kurz an, streckt den Finger nach oben und sagt: »Nein.«

Er knipst das Licht aus und geht zu meinem Frauchen und den Kindern. Noch als sie schlafen gehen, kann ich an nichts anderes denken als an das Ding, in dem ein Tier gesessen hat. In der Nacht träume ich sogar davon, wie ich dieses Ding zerreißen würde, um meine Familie zu beschützen. Man würde mich garantiert mit einer extra großen Wurst als Held feiern.

Am nächsten Morgen gehen Tim und Annika vor dem Frühstück mit mir Gassi. Während später alle beim Essen sitzen, weiß ich wieder, weshalb ich beim Gassi gehen unbedingt nach Hause wollte. Unterwegs ist es mir nicht eingefallen. Aber vom Flur aus rieche ich dieses Ding mit dem Tier darin oben auf dem Regal. Obwohl ich völlig allein mit meinen Gedanken bin, gehe ich nicht in die Küche, sondern setze mich an den Eingang zur Küche. Ich stelle mir vor, wie ich die Möbel so zusammenstellen könnte, dass ich da oben dran komme.

Zuerst das da ... Dann das da ... Und zum Schluss ... Und so müsste das klappen. Ich sehe mich schon selbst als Held, der die Familie vor dem Ding rettet, nachdem er todesmutig auf den Möbeln nach oben geklettert ist. Und dann tue ich wieder etwas, wofür ich gar nichts kann: ich belle nämlich vor Freude, einmal kurz.

Und schon steht kurz darauf mein Herrchen hinter mir, streckt den Finger in die Luft und sagt : »Nein.«

Mein Frauchen scheint mich zu verstehen. »Lass ihn doch. Er kann doch sowieso nichts machen.«, sagt sie.

Mit meinen Blicken versuche ich ihr zu sagen: »Siehste. Du verstehst mich. Also hilf mir doch.«

Dann sperrt mein Herrchen die Balkontür auf und sagt: »Es hat keinen Wert. Wer nicht hören will, muss fühlen. Bronko. Bronko, raus.«

Mit gesenktem Kopf eile ich in den Garten. Dann wirft er mir ein paar Spielzeuge nach draußen. In den Schnee, versteht sich. Darauf habe ich aber gar keine Lust. Bevor man auf die Terrasse und von dort aus in den Garten gelangt, musste man vom Balkon aus noch zwei Stufen nach unten. Eben jene Stufen sind samt des Balkons überdacht. Auf dem Balkon lege ich mich nieder und will eigentlich schlafen. Doch dann kann ich hören, wie mein Frauchen und mein Herrchen miteinander streiten – ich glaube, es geht um mich.

»Kannst du mir mal sagen, was das soll?«, sagt sie.

»Der Hund hört nicht, wie du siehst.«

»Was tut er denn?«

»Er geht an Dinge, an denen er nichts verloren hat.«

»Du meinst das Päckchen?«

»Genau.«

»Kann er gar nicht. Das hast du ja gut vor ihm versteckt.«

»Und trotzdem gibt er keine Ruhe.«

»Kann er nicht. Er ist ein Hund. Zu uns Menschen würde man sagen »Geh da bitte nicht dran, es wird erst an Heiligabend ausgepackt.« Mit einem Hund brauchst du so nicht zu reden, er ist ein Hund.«

»Ich habe mit ihm geredet, wie man mit einem Hund redet: kurz und knapp.«

»Ja, weil du aber davon ausgehst, dass er so logisch denkt wie du. Du denkst, dass er dich versteht. Nein, falsch: DU musst IHN verstehen. Geistig wie emotional. Er ist der Hund, nicht du.«

Während die beiden sich laut unterhalten, sitze ich auf meinen vier Buchstaben, höre zu, und versuche zu verstehen. Tim und Annika haben sich verkrochen. Natürlich verstehe ich nicht – immerhin bin ich der Hund und mein Herrchen nicht. Ab und zu tut er halt so, weil er mich beeindrucken möchte. Ich lasse ihn dann in dem Glauben, dass ich das nicht merken würde. Wenn ich etwas haben will, stelle ich mich manchmal auf meine Hinterbeine, um ihm meine Solidarität zu bekunden.

Mein Frauchen beendet das Thema. »Ach komm, lass es gut sein.« Dann greift sie nach meiner Leine. Und plötzlich muss ich ganz doll. Sie versteht mich eben.

Unterwegs spielen wir ausgiebig miteinander im Schnee. Seit langem habe ich Frauchen nicht so ausgiebig toben gesehen und lachen gehört. Als wir zu Hause ankommen, ist viel Besuch da: der Bruder meines Herrchens mit seinen beiden Kindern, der Bruder meines Frauchens mit seiner Frau. Und Tina, eine 10-jährige Labradorhündin. Normal mag ich keine älteren Damen aber ihre Eleganz ist einfach umwerfend. Die Eltern meines Herrchens sind auch da. Als ich den sehe, den sie »Papa« und »Opa« nennen, also den, der Hunde nicht ausstehen kann, hätte ich ihm am liebsten gleich in die Wade gebissen. Das tue ich natürlich nicht.

Als es draußen bereits dunkel geworden ist, sitzen alle beim Essen. Der Tisch ist dafür extra vergrößert worden. Der »Opa« ist als erster mit dem Essen fertig. Er sieht sich zu mir um, bemerkt dann meinen Ball, der in der Nähe des Baumes liegt, und während sich die anderen unterhalten oder noch essen, steht er auf, greift den Ball, setzt sich wieder hin, wirft den Ball in meine Richtung, aber so sanft, dass er nur auftupft und am Ende in meine Richtung rollt. Ich liege in meinem Körbchen und ruhe mich aus. Weil es so lecker nach Braten, nach Kartoffeln und Rotkohl riecht, hebe ich meinen Kopf. Opa und ich sehen uns kurz an, dann lege ich meinen Kopf wieder auf das Kissen.

Tina ist sofort Feuer und Flamme für den Ball. Sie kommt auf mich zu gerannt und schnappt nach ihm. Opa beobachtet unser Verhalten, dreht sich weg und sagt: »Dämlicher Hund.«

Auch meinem Frauchen ist diese Szene nicht entgangen. Abwechselnd sieht sie zu ihm und zu mir, und als er diesen Satz über mich äußerte, sieht richtig wütend aus.

Nachdem alle mit dem Essen fertig sind, sagt der Vater irgendwas, und sofort springen die Kinder auf, und greifen nach den bunten Dingern unter dem Baum. Die werden dann an andere weitergereicht, und man küsst sich. Etwas später bekommen Tina und ich etwas in rot-weiß auf den Kopf gesetzt, während mein Herrchen in die Küche geht, und von dort das bunte Ding mitbringt, nach dem ich neulich zu schnappen versucht habe.

Ich stehe auf. Nun werde ich der ganzen Familie zeigen, was ich kann. Mein Herrchen kniet vor mir, macht das Bunte weg, öffnet das beigefarbene Ding darunter und holt ein braunes Plüschtier heraus.

Tina ist sofort Feuer und Flamme. Mit gesenktem Kopf beobachte ich das Verhalten meines Herrchens mit dem Plüschtier.

»Bronko. Was ist das?«, fragt er mich.

An der bunten Hülle, die um das Beigefarbene gewickelt ist, kann ich alle Familienmitglieder riechen. An dem Plüschtier dagegen gar nichts. Und dann passiert es. Mein Herrchen legt dieses Plüschtier in seiner Hand nach hinten, und da war es wieder.

»Bääääääh!«, gibt das Plüschtier wieder von sich.

Sofort schlage ich wieder Alarm. Unaufhörlich. Tina versteht nicht und bellt mit. Unaufhörlich. Es entwickelt sich das reinste Chaos, weil die Frau des Bruders meines Herrchens durch mein Gebell erschrickt, vom Stuhl in die Höhe springt und die Schüssel mit der Soße umstößt.

Mein Herrchen gibt mir die Schuld daran, weil ich gebellt habe. Er packt mich im Nacken und führt mich auf den Balkon. Dann schließt er die Tür von innen. Auf der letzten Stufe mache ich es mir bequem. Ich sehe in die verschneite Landschaft. Ab und zu fliegt ein Vogel vorbei. Ich sehe jedem einzelnen nach. Von drinnen kommt dieses Mal kein Streit.

Später öffnet Frauchen die Tür und kommt angezogen und mit meiner Leine raus. Darüber bin ich sehr erfreut. Durch die Gartentür gehen wir raus in den Wald. Unterwegs macht sie mich von der Leine ab. Unsere Route dauert viel länger als sonst. Außerdem laufen wir andere Wege. Und Frauchen hat permanent dieses elektronische Ding am Ohr. Ab diesem Tag geht nur noch Frauchen mit mir raus.

Dann kommen die Tage, von denen ich bislang nur wenige kenne. Einmal im Winter werfen jüngere und ältere Menschen Sachen in die Luft oder auf die Straße, die dann ganz furchtbaren Krach machten. Für Hundeohren ist das entsetzlich, und jedes Mal, wenn ich versuche, so ein Ding zu schnappen, reißt Frauchen mich davon weg. An diesem Abend ist der ganze Himmel hell, überall pfeift und knallt es.

Einige Tage später sehe ich mein Frauchen beim Packen. Am Abend vorher hat sie mit den Kindern geredet. Mir ist dabei aufgefallen, dass Tim mehr Schwierigkeiten gemacht hat als Annika. Sie sitzt mit beiden auf der Couch, nimmt beide in den Arm. Sie ist eine gute Mutter.

Am nächsten Tag nimmt sie mehrere Koffer, greift nach meiner Leine und packt mich am Halsband. Nach ein paar Wochen ziehen wir in eine größere Wohnung, und die Kinder wohnen bei uns. Ich mag die beiden sehr. Ich bin froh, dass ich am Abend mein Körbchen und Plüschtier habe. Es ist längst mein Freund und meine Einschlafhilfe geworden.

Rohe Nudeln schmecken nicht

Britta Bendixen

Neuerdings benimmt sich mein Frauchen seltsam. Sie bleibt auf unseren Spaziergängen alle paar Schritte stehen, legt sich eine Pfote auf die Brust, macht die Augen zu und hechelt, als wären wir schnell gerannt, obwohl es immer recht gemütlich zugeht auf unseren Runden. Ich laufe dann immer zu ihr und stupse sie an. *He, ich bin bei dir*, soll das bedeuten. *Es wird alles wieder gut.* Sie versteht mich, macht die Augen wieder auf und tätschelt meinen Kopf, allerdings fühlt es sich schwächer an als sonst.

Auch ihr Lächeln ist nicht so fröhlich. Normalerweise leuchten ihre Augen und ich kann ihre Zähne sehen. Jetzt sieht sie traurig aus, wenn sie mich krault.

Gestern traf ich auf unserer Runde Jacko, den Labrador mit der feinsten Nase in der Gegend. Meine Nase ist auch nicht übel, denn Beaglehunde haben ebenfalls einen feinen Riecher. Aber Jacko weiß sogar, ob eine Fährte von einem Hund aus der Gegend oder von einem fremden ist.

»Was ist mit deinem Frauchen los?«, hat er mich gefragt. Ihm fiel also auch auf, dass sie anders ist als sonst.

»Weiß nicht«, hab ich geantwortet. »Sie benimmt sich schon eine Weile so komisch.«

Jacko legte den Kopf schief. »Das habe ich schon einmal erlebt. Warte, ich überprüfe das mal.« Er trottete auf mein Frauchen zu, begrüßte sie und schnüffelte ein wenig an ihr. Sie strich über sein glattes braunes Kopffell, und als er zurückkam, meinte er: »Das riecht gar nicht gut. Ich glaube, sie geht bald über diese bunte Brücke, von der die Menschen so oft reden.«

Den Begriff hatte ich auch schon gehört. »Du meinst die Regenbogenbrücke?«

Wenn die Herrchen und Frauchen aus der Nachbarschaft mit leiser Stimme berichten, ihr Hund oder ihre Katze sei über diese Brücke gegangen, sah ich diese Tiere nie wieder.

Jacko bellte zustimmend. »Ja, die meine ich. Ich fürchte, dein Frauchen stirbt bald, alter Kumpel. Sie ist ja auch schon ziemlich alt, oder? Ihr Fell ist noch grauer als das von Donnie.«

Er meinte den Rauhaardackel vom Haus an der Ecke, der kaum noch laufen konnte. Seit Jackos Bemerkung mache ich mir große Sorgen um mein Frauchen.

oOo

An diesem Abend sitzt Frauchen länger als sonst in ihrem Sessel und guckt in den Kasten, aus dem Bilder und Geräusche kommen. Draußen ist es schon lange dunkel. Normalerweise ist sie um diese Zeit längst in ihrem Körbchen, das sie Bett nennt. Sie sagt auch nichts, sitzt ganz still da. Ich verlasse meine Hundedecke neben der Tür und gehe zu ihr hinüber. Ihre Hände liegen auf den Lehnen, sie bewegt sich nicht. Ich setze mich vor sie hin und winsele ein bisschen, denn darauf reagiert sie immer. Diesmal aber nicht. Sie sieht mich nicht einmal an.

Ich stupse meine Nase gegen ihre Hand. Sie rutscht von der Lehne auf ihren Schoß. Die feuchte Spur, die meine Nase hinterlassen hat, glänzt im Lampenlicht, und anders als sonst wischt mein Frauchen sie diesmal nicht weg.

Mein Magen tut weh, ganz plötzlich. Er kommt mir so schwer vor, als hätte ich zehn Näpfe leergefressen. Aber es fühlt sich nicht angenehm an, sondern schrecklich. Ich muss an Jacko denken und an die Regenbogenbrücke. Kann mein Frauchen über diese Brücke gegangen sein, wenn sie noch hier sitzt? Beides passt nicht so recht zusammen, und das lässt mich hoffen, dass sie vielleicht doch nur schläft.

Um ihr eine Reaktion zu entlocken, springe ich hoch, so dass meine Vorderpfoten auf ihren Beinen landen, und lecke ihr über das Gesicht. Das mag sie nicht, sie schimpft mit mir, wenn ich das tue. Jetzt würde ich mich freuen, wenn sie ärgerlich wird. Doch sie rührt sich noch immer nicht. Ich belle sie an, erst leise, dann immer lauter. Ohne Erfolg.

Traurig nehme ich meine Pfoten wieder von ihren Beinen und setze mich vor sie hin. Was soll ich denn jetzt tun? Das Einzige, was mir einfällt, ist: Ich will möglichst nah bei ihr sein. Also lege ich mich auf ihre Füße. Und irgendwann schlafe ich ein.

oOo

Ich wache auf, als das Sonnenlicht durchs Fenster kommt, und bin erleichtert, denn ich hatte einen grässlichen Traum. Darin saß mein Frauchen auch still in diesem Sessel, wurde aber immer heller, fast durchsichtig, und war am Ende fort. Ich fühlte mich so elend, dass ich laut gejault habe.

Doch zum Glück war es nur ein Traum.

Ich möchte hinaus, außerdem habe ich Hunger, also setze ich mich auf und schaue mein Frauchen erwartungsvoll an. Es wird Zeit, dass sie sich um mich kümmert. Schwanzwedelnd winsele ich ein bisschen, belle zweimal kurz, und warte darauf, dass sie endlich von diesem Sessel aufsteht, um mich zu füttern und die erste Runde mit mir zu gehen. Es muss auch nicht weit sein, einmal um den Block reicht mir.

Aber Frauchen bleibt sitzen. Ich bin ratlos, weiß nicht, was ich tun soll. Mein Magen knurrt so laut, dass ich es trotz der Stimmen aus dem Flimmerkasten hören kann.

Ehe ich jedoch ans Fressen denken kann, muss ich dringend das Bein heben. Aber wo?

Unsicher schaue ich mich um. Ich weiß, dass Frauchen es gar nicht mag, wenn ich mein Geschäft auf ihrem Teppich verrichte. Sie erledigt ihres immer in dem Zimmer, wo sie sich auch wäscht. Also trotte ich dorthin und beschließe, in diese Kabine zu gehen, aus der es regnen kann. Mein Frauchen kommt immer ganz nass heraus. Zögernd setze ich die erste Pfote auf die glatte weiße Fläche. Mir steht nicht der Sinn danach, im Regen mein Geschäft zu machen. Aber es fällt kein Wasser herab, also wage ich es, ganz hinein zu gehen und hebe mein Bein. Erleichtert springe ich wieder hinaus. Das wäre erledigt! Aber was soll ich fressen? Immerhin ist noch Trockenfutter in meinem Napf, das schlinge ich hinunter und lösche anschließend meinen Durst. In meinem Trinknapf ist ausreichend Wasser.

Nun geht es mir besser. Aber mein Frauchen macht mir nach wie vor Sorgen. Wie sie da sitzt, so still und ohne sich zu rühren, das gefällt mir immer weniger. Ich schnüffele an ihren Füßen und wundere mich, wie kalt sie sind. Viel kälter als eine Hundeschnauze. Normalerweise fühlen sie sich warm an. Und sie riechen seltsam. Hier stimmt etwas ganz und gar nicht. Sie braucht offensichtlich Hilfe. Ich muss jemanden finden, der weiß, was zu tun ist. Also trotte ich zur Wohnungstür und beginne zu bellen. Ich kläffe so laut und alarmierend wie ich nur kann, in der Hoffnung, dass ein Nachbar auf mich aufmerksam wird.

Lange Zeit geschieht nichts. Ich laufe im Flur auf und ab, belle immer wieder, renne zwischendurch zu meinem Frauchen, um nachzusehen, ob sie endlich aufgewacht ist, und laufe anschließend enttäuscht zurück zur Tür, um weiter um Hilfe zu bellen. Wieso hört mich denn niemand?

Noch einmal muss ich in die Regenkabine. Zu Fressen habe ich nichts mehr, das Trockenfutter ist alle. Mit den Zähnen zerre ich an einer der Schranktüren bis sie sich öffnet, ziehe eine Schachtel heraus und beiße sie kaputt. Das Zeug darin ist hart und schmeckt mir nicht besonders, aber immerhin ist es was zu fressen. Dann mache ich mit dem Bellen weiter, und endlich höre ich mehrere Stimmen im Hausflur. Vor Aufregung tänzele ich vor der Tür, springe hoch, kläffe noch lauter und winsele zwischendurch. Es klopft und klingelt, doch Frauchen schließt die Tür abends immer ab. Ich kann sie leider nicht öffnen. Hätte ich doch auch solche geschickten Pfoten wie die Menschen. Die können so viele Sachen damit machen!

»Frau Meißner!«, ruft eine dunkle Stimme hinter der Tür. Es ist der Nachbar aus dem Erdgeschoss, den alle nur den Hausmeister nennen.

»Hier ist Egon Schulte von unten. Ich komme jetzt rein, Frau Meißner!«

Im Schloss rührt sich was. Ich spitze die Ohren, was bei Schlappohren wie meinen nicht so leicht ist, setze mich hin und starre auf die Tür. Sie schiebt sich langsam auf. Oh, bin ich froh!

Ich gehe ein paar Schritte zurück, winsele erfreut und mein Schwanz bewegt sich aufgeregt hin und her. Der Hausmeisterkopf ist zu sehen. »Na, Tasso?«, fragt er mich, »was ist denn los bei euch?«

Wenn ich das wüsste!

Er sieht über mich hinweg in die Wohnung. »Frau Meißner?«

Aus meinem Maul kommt ein Winseln, das ihm sagen soll, dass mein Frauchen ihm nicht antworten wird, und renne ein paar Schritte voraus Richtung Wohnzimmer. *Komm*, belle ich ihn an, *ich zeige dir, wo sie ist!*

Die Tür öffnet sich weiter und der Hausmeister tritt ein, gefolgt von einer Frau mit Einkaufstüten. Ich kenne sie flüchtig, ihr gehört Polette, eine weißgraue Perserkatze, die sich für etwas Besseres hält und jedes Mal faucht, wenn sie mich sieht. Ich mag sie nicht besonders.

Polettes Frauchen sieht sich neugierig um und entdeckt die Reste meiner letzten Mahlzeit auf dem Küchenfußboden.

»Du liebe Güte, sehen Sie mal, Herr Schulte. Der Hund hat vor lauter Hunger rohe Nudeln gefressen.«

»Der arme Tasso«, murmelt der Hausmeister und betrachtet mich mitleidig, ehe er mir folgt.

Dann wird es turbulent. Die beiden entdecken mein Frauchen, versuchen sie zu wecken, reden durcheinander, und Polettes Frauchen holt schließlich etwas aus ihrer Jackentasche und spricht kurz darauf damit.

»Wir haben eine Nachbarin tot aufgefunden, Frau Meißner in der Sigurdstraße 14, erster Stock«, sagt sie, »ja, kommen Sie bitte schnell.«

Der Hausmeister legt mir die Leine an und nimmt mich mit aus der Wohnung. Ich kläffe wütend und sperre mich, denn ich möchte bei meinem Frauchen bleiben, doch er ignoriert meinen Protest, redet aber beruhigend auf mich ein und zieht mich so bis in den Hausflur.

Bei ihm bekomme ich endlich etwas Leckeres zu fressen. Es sind offenbar seine Reste, aber die Soße schmeckt großartig und das Hackfleisch auch. Ich verputze alles in rekordverdächtiger Schnelligkeit. Kaum bin ich satt, geht Herr Schulte mit mir nach draußen. Während ich mein Bein am nächstbesten Baum hebe, was mir nebenbei bemerkt sehr viel besser gefällt als die Regenkabine, betrachtet er mich grübelnd. »Was soll denn jetzt aus dir werden, Tasso?«, murmelt er. »Bei mir kannst du leider nicht bleiben, meine Frau will kein Haustier.«

Ich kenne seine Frau. Sie ist lang und dürr und guckt immer so finster wie der Boxer des Fleischers, der Jacko und mich immer anknurrt.

Auf einmal zerreißt ein greller Ton die Ruhe in der Straße. Der Lärm tut mir in den Ohren weh. Ein großer Wagen kommt näher, der wie verrückt blinkt.

»Ah, der Notarzt«, sagt der Hausmeister. »Komm, Tasso.« Wir gehen zurück in seine Wohnung, und dort lässt er mich allein, weil er, wie er sagt, »hochgehen und nach dem Rechten sehen muss«, was auch immer das bedeutet.

Ich bleibe in seinem Flur sitzen und lausche. Stimmen, eilige Schritte, ein merkwürdiges Klappern. Dann wieder Schritte, langsamer als zuvor. Die Haustür schlägt zu und Autotüren knallen. Ich renne zu einem niedrigen Fenster und blicke hinaus. Der große Wagen fährt weg und wenig später kehrt der Hausmeister zurück. Er wedelt mit einem Stück Papier.

»Ich habe vielleicht ein neues Zuhause für dich«, sagt er und klingt sehr zufrieden dabei.

oOo

Die Nacht über darf ich beim Hausmeister und seiner dürren Frau bleiben, die mich misstrauisch beäugt, als sie nach Hause kommt. Kurz darauf geht sie wieder fort, kehrt aber schon bald wieder zurück, mit zwei Dosen Hundefutter, wie ich erleichtert feststelle. Sie kippt den Inhalt der einen Dose auf einen Teller und schiebt ihn mir hin. Als ich eine kurze Fresspause einlege und zu ihr hochschaue, lächelt sie zu meiner Überraschung. So böse wie ich dachte, ist sie vielleicht gar nicht.

Bleiben darf ich trotzdem nicht. Am nächsten Tag fährt der Hausmeister mit mir davon. Es ist erst das zweite Mal in meinem Leben, dass ich in einem Auto mitfahre. An das erste Mal kann ich mich kaum erinnern, denn da war ich noch sehr klein.

So eine Fahrt ist jedenfalls sehr aufregend. Alles saust so schnell an einem vorbei, dass man kaum erkennen kann, ob es ein Baum oder ein Laternenpfahl war, was ich da eben gesehen habe. Vor, hinter und neben uns sind überall andere Autos, und wie viele Häuser es gibt, habe ich überhaupt nicht gewusst. Staunend schaue ich hinaus und genieße es, wenn der Hausmeisterwagen vor einem roten Licht stehen bleibt, weil ich mir dann in Ruhe alles ansehen kann.

Bald werden die Häuser weniger, dafür gibt es mehr Bäume.

Wir rumpeln eine Straße entlang, die zu einem breiten und hellen Haus führt. Auf der Fläche davor sehe ich einige Hunde und ein paar dicke braune Vögel, die im Sand herumpicken. Auf der Treppe vor dem Eingang döst eine graugetigerte Katze und öffnet schläfrig ein Auge, als wir aussteigen.

Die Tür öffnet sich und eine rundliche Frau mit freundlichem Gesicht kommt die Stufen herunter auf uns zu.

»Frau Simons?«, fragt der Hausmeister.

»Moin, Herr Schulte«, erwidert sie und reicht dem Hausmeister eine Hand. Dann beugt sie sich zu mir herab und krault mich hinter dem rechten Ohr. Sie kann das gut. Wäre ich eine Katze, würde ich schnurren.

»Na, und du bist also Tasso«, sagt sie. Nun hockt sie sich vor mich hin und lächelt. »Willkommen bei uns.«

oOo

Tja, und so bin ich auf den Hof von Frau Simons gelandet. Hier leben unheimlich viele Tiere, außer Hunden und Katzen auch Pferde, zwei Esel und ein paar Kaninchen. Die dicken Vögel heißen Hühner, habe ich inzwischen gelernt. Jeden Morgen geht Frau Simons in ihren Stall und kommt mit einem Körbchen voller Eier wieder heraus.

Die graugetigerte Katze heißt Mo und ist für einen Kater ganz nett. Auch mit den anderen Hunden verstehe ich mich gut, obwohl sie alle viel älter sind als ich. Es ist schön hier und ich fühle mich wohl.

Aber mein Frauchen vermisse ich manchmal sehr.

Gerade fährt ein blaues Auto vor. Ein großer Mann steigt aus, eine kleinere Frau und zwei Kinder, ein Junge und ein Mädchen. Die beiden kommen gleich auf mich zu, halten mir ihre Hände vor die Schnauze, damit ich daran schnüffeln kann, und beginnen mich zu streicheln. Sie strahlen von einem Ohr zum anderen. Ich mag die beiden, sie sind lustig.

»Na, Tasso«, meint Frau Simons, die auf uns zukommt. »Was hältst du davon, bei Luis und Kaja ein neues Zuhause zu bekommen?«

Ich soll hier schon wieder fort? So genau weiß ich nicht, wie ich das finden soll. Andererseits ist es hier manchmal schon recht langweilig, weil die anderen Hunde nicht mehr spielen mögen. Und die beiden Kinder gefallen mir.

Wir werden bestimmt viel Spaß zusammen haben.

Am Berg ist der Himmel am nächsten

Nicole Stranzl

Mama hat die Berge stets geliebt. Wandern, Skifahren oder einfach nur die frische Luft genießen. Ich erinnere mich, dass mein Bruder und ich das Wandern hassten. Als wir älter wurden, fuhren Mama und Papa allein auf die Almhütte. Wir hatten anderes zu tun. Besseres.

Jetzt sitze ich hier vor der alten Almhütte auf der Bank, lasse mir die untergehende Sonne ins Gesicht scheinen und denke an Mama; stelle mir vor, ihr Geist ist bei mir. In meiner Vorstellung schwirrt er in den Bergen herum – weil sie diese immer so geliebt hat. Nach Mamas Tod kam ich öfters hierher. Hier fühlte ich mich mit ihr verbunden. Hier war es still. Hier hatte ich Zeit zu trauern. In unserer schnellen, hektischen Welt hat man die kaum. Ein wenig Trauer ist okay, aber bitte nicht zu viel. Und die Termine müssen auch eingehalten werden – zumindest nach ein paar Wochen wieder. Immerhin geht das Leben weiter. Also habe ich funktioniert. Nur hier, auf dieser alten Almhütte, die voller Erinnerungen steckt, habe ich getrauert. Ich habe geweint, geschrien und war ruhig.

So ruhig wie heute. Sanft streichelt meine Hand die Wange meiner kleinen Tochter. Vier ist sie. Vor ein paar Wochen erst geworden. Ihre Oma hat sie nie kennengelernt. Elisa regt sich. Ich denke schon, sie wacht auf, doch es ist bloß ihr unruhiger Schlaf. Schützend lege ich meine Hand auf ihren Kopf, versuche zu fühlen, ob sie wieder Fieber hat. Ich ziehe die blaue Fleece-Decke bis zu ihrer Nasenspitze, sodass ihr kleiner Körper bedeckt ist.

»Ihr zwei seid noch immer hier draußen?«

Leo steht hinter mir und ich zucke zusammen, weil ich meinen Mann gar nicht aus der Hütte habe kommen hören. Als Antwort nicke ich nur und lege meinen Zeigefinger auf meine Lippen. Elisa soll nicht aufwachen.

Ihren Namen gaben wir ihr im Andenken an ihre Oma – Elisabeth. Ich glaube, das hätte meiner Mama gefallen. Vielleicht bekommt sie es ja mit. Wie zur Bestätigung fährt eine leichte Brise durch mein Haar.

»Wollt ihr nicht reinkommen?«, erkundigt sich Leo leise. »Es wird langsam kalt.«

»Ein bisschen noch«, antworte ich.

»Es wird Zeit für ihre Medizin.«

»Ich weiß!« Ich habe ihn schärfer angesprochen als beabsichtigt und sogleich tut es mir leid. Das sage ich ihm.

Er nickt nur. »Schon gut. Ich weiß ja.«

Eine Weile sehen wir einander an. Ein ganzer Berg an unausgesprochenen Emotionen und Worten liegt zwischen uns. Früher konnte ich mit diesem Mann über alles reden – heute ist diese drückende Spannung zwischen uns. Ich lechze förmlich danach, alles rauszulassen, ihm alles zu sagen. Vielleicht geht es ihm ähnlich – doch ich weiß es nicht, denn als ich den Mund aufmachen und etwas sagen will, wendet er sich ab mit den Worten: »Ich warte drin vor dem Kamin.« Verzweifelt sehe ich ihm hinterher, doch ich höre nur den leisen Matsch unter seinen Sohlen, bis das Geräusch von der knarzenden Holztür abgelöst wird und Leo im Inneren der Hütte verschwindet.

Leise seufze ich, betrachte den Baum vor mir. Es ist eine alte Birke, glaube ich. Ich kenne mich nicht so gut aus mit der Natur. Meine Mama wusste das alles. Sie wusste genau, wie jede Pflanze heißt, und sie konnte Vögel meistens sogar an deren Gesang erkennen. Heute pfeift kein Vogel. Die Dämmerung hat bereits eingesetzt. Eigentlich ist es schon fast dunkel. Es könnte unheimlich sein, ist es aber nicht. Denn ich weiß, ich bin nicht allein. Mein Mann ist hier. Und meine Tochter. Und meine Mama. Wo sonst könnte man dem Himmel näher sein, als auf einem Berg? Eine Träne rinnt meine Wange hinab. Gefolgt von einer weiteren. Ich mache mir nicht die Mühe, sie fortzuwischen.

»Was ist denn los, Mama?«

Ich habe nicht bemerkt, dass Elisa aufgewacht ist. Sie sieht mich mit großen, dunklen Augen an. Es sind meine Augen. Die Augen meiner Mama. Ich muss noch mehr weinen. »Mama, du musst nicht traurig sein! Ich finde es schön hier! Und Oma auch!«

Nur mit Mühe unterdrücke ich ein Schluchzen, ziehe meine kleine Tochter enger in meine Arme. Möchte sie nicht loslassen. Am liebsten nie mehr loslassen.

»Ist doch gut, Mama!«

Ich fühle mich schäbig, weil dieser kleine Mensch mich trösten muss. Ich sollte doch für sie da sein. Sie beschützen. Sie aufwachsen sehen.

»Nina? Bitte kommt doch herein! Du weißt doch, dass Elisa nicht zu lange draußen bleiben darf!«

Jetzt fühle ich mich noch schlechter, weil Leo mir meine Gedanken soeben bestätigt hat: Ich bin eine schlechte Mutter! Ich kann mein Kind nicht beschützen. Da spüre ich eine Hand auf meiner Schulter. Ein sanfter Druck. Mein Mann seufzt. »Vielleicht nehme ich Elisa schon mal mit? Und du bleibst noch ein wenig allein hier?«

»Nein!« Es kommt fast panisch. Ich schlinge meine Arme noch fester um Elisa.

Leo seufzt schon wieder. Langsam nervt es mich. Am liebsten würde ich ihn schlagen und ihn anschreien, dass er mich zufriedenlassen soll. Doch ich bleibe ruhig.

»Mama ist doch nicht allein. Da drüben sitzt Oma.« Elisas fiebriger Blick richtet sich irgendwo ins Nirgendwo, zwischen ein paar Bäume.

»Na toll! Ich sagte doch, wir hätten zu Hause bleiben soll«, mault Leo. »Es war ja klar, dass es ihr hier schlechter geht – in dieser Kälte.«

»Ich habe dich gefragt und du warst einverstanden!«, kontere ich genervt.

»Ja, weil wir sonst wieder gestritten hätten!«

»Und was tun wir jetzt?«

Er seufzt bereits zum dritten Mal und dieses Geräusch lässt mich schließlich explodieren. »Das ist sicher nicht nur meine Schuld, ich …«

»Hört doch bitte auf zu streiten!« Elisas Stimmchen ist ganz zart.

Ich fühle mich noch schlechter. Meine vierjährige Tochter muss mich maßregeln. Sämtlicher Ärger ist verraucht. Ich fühle mich nur noch erledigt.

»Komm schon!«, versucht es auch Leo ruhiger.

»Na schön!«, gebe ich nach und will mich erheben, doch Elisa macht sich schwer auf meinen Armen und schüttelt den Kopf. »Nein! Ich will noch hierbleiben! Es ist so schön hier!«

»Aber es ist kalt«, erwidert Leo.

»Nein, mir ist nicht kalt. Mir ist warm.« Elisa lächelt. »Und da drüben steht Oma und winkt. Ich freue mich schon darauf, sie kennenzulernen.«

Es ist wie ein Schlag in den Magen. Ich schluchze leise auf. Auch Leo stehen die Tränen in den Augen. Es ist still. So still, wie es sich für eine Almhütte im Wald gehört. Mein Mann will sich umdrehen, doch ich halte seine Hand. Sehe zu ihm auf und erkenne, dass die heiße Flüssigkeit gewonnen hat und sich ihren Weg in einem kleinen Bach über Leos Gesicht erkämpft hat. »Bleib!«, bitte ich. Er nickt, setzt sich neben uns.

Es ist absurd, doch für einen kurzen Moment fühle ich Glück. So sollte es immer sein.

»Ihr dürft nicht so viel streiten«, sagt Elisa nach einer halben Ewigkeit. »Wer soll euch denn wieder gut machen, wenn ich nicht mehr da bin?«

Diese Worte sind wie tausend Messerstiche ins Herz. Als ich meine Mama verloren hab, dachte ich, es könnte nichts schlimmer sein. Ich habe mich geirrt.

»Wir werden nicht streiten, mein Schatz!« Es dauert eine ganze Weile, bis ich fähig bin, diesen Satz zu formulieren.

»Versprecht es mir!«

»Ich verspreche es dir!«

»Du auch, Papa?«

Zögern. Schließlich antwortet auch Leo: »Großes Papa-Ehrenwort.«

Elisa lächelt. »Gut.« Sie sieht zufrieden aus. Ruhig. Und das ist beängstigend. Ich höre die Stimme des Arztes in meinem Ohr. *Kurz vor dem Tod werden die Kinder häufig ruhig. Ich weiß, das ist schwierig, aber versuchen Sie, so gut es geht, Ihrer Tochter in diesem Augenblick Sicherheit zu vermitteln. Sie hat es dann bald geschafft. Sie muss nicht mehr leiden.*

Bis jetzt habe ich versucht, den Gedanken an das Unausweichliche so gut wie möglich zu verdrängen. Die letzten Tage ging es Elisa besser. Vielleicht war ein Teil von mir davon überzeugt, dass die Ärzte mit ihrer Diagnose alle falsch lagen. Vielleicht dachte ich, die alte Almhütte auf diesem Berg könnte sie retten. Vielleicht dachte ich, sie kommt über den Berg.

Es ist schwer, loszulassen. Am schwersten ist es jedoch die Hoffnung aufzugeben. Zu realisieren – und zwar nicht nur im Kopf. Meinem Verstand war klar, dass mir die Ärzte meine Tochter mit nach Hause gegeben haben, damit Elisa in Ruhe sterben kann. Keine schmerzenden Behandlungen mehr, keine Krankenhäuser. Nurmehr schmerzlindernde Medikamente. Sie sollte noch eine kurze Zeit in Frieden leben – soweit dies in so einer Situation eben möglich ist.

»Nina?« Leo berührt mich sachte am Arm. »Sie ist wieder eingeschlafen.«

Ich sehe hinunter. Lege meine Hand auf ihre Brust. Spüre den schwachen Herzschlag. Tatsächlich. Sie schläft bloß. Heute also noch nicht. Heute lernt sie ihre Oma noch nicht kennen. Vielleicht morgen. Vielleicht in drei Tagen. Aber nicht heute. Vor Erleichterung schluchze ich auf – doch ist es wirklich Erleichterung?

»Komm jetzt, Nina! Es ist kalt!«

»Kannst du sie reintragen?«, bitte ich Leo. »Ich brauche noch einen Moment.«

Er zögert, dann nickt er: »Natürlich.« Sanft hebt er unsere kleine, viel zu dünne und kahlköpfige Tochter hoch. Bevor er die Hütte betritt, lächelt er mich an. Zumindest versucht er es. In seinen Augen glitzern noch immer die Tränen.

Ich sehe ihm hinterher. Als die Tür ins Schloss gefallen ist, atme ich tief aus. Meine eingeschlafenen Beine ziehe ich auf die Bank und winkle sie an meinen Körper. Schlinge meine Arme um sie und halte mich selbst fest, während ich weine und weine und weine.

Irgendwo in der mittlerweile stockdunklen Nacht knackst es. Ich frage mich, ob das meine Mama ist, die mich trösten will.

»Du musst gut auf sie aufpassen, hörst du?« Ich bringe die Worte kaum über meine Lippen. Wie gerne hätte ich meine Mama nun hier, die mich in den Arm nimmt. Dann jedoch versuche ich mich mit dem Gedanken zu trösten, dass Elisa nicht allein sein wird. Sie wird hier in den Bergen sein – bei ihrer Oma.

Leo kommt nach draußen. »Nina!« Er hat meinen Namen leise ausgesprochen.

Ich wische die Tränen von meinem Gesicht. Versuche, mich zusammenzureißen. Zumindest solange Elisa noch hier ist. Solange werden wir hier bleiben – in den Bergen. Und dann werde ich sie den Bergen übergeben.

Und meiner Mama.

Mit diesem Gedanken folge ich meinem Mann in die Hütte.

Eine Art von Magie

Anna Dorb

»Oh! Ist das ein Engel?« In der Stimme des Mädchens, das gerade erst eingeschult worden war, schwangen Staunen, Interesse, Freude und Neugierde gleichermaßen, nachdem es sich zuvor bereits über unseren Weihnachtsbaum amüsiert hatte, der offensichtlich nicht seinen Vorstellungen entsprach.

»Der hat ja nicht mal Nadeln«, hatte die kleine Botanikerin auf den ersten Blick erkannt, als ich ihr im Wohnzimmer unseren Feigenbaum vorgestellt hatte. »Melanie, das ist Benjamin. Benjamin Ficus. Benjamin, das ist Melanie, die Tochter einer Freundin. Sie möchte mir dabei helfen, dich für Weihnachten zu schmücken.«

Den Gedanken daran, dass ich das Kind hierdurch womöglich verstört haben könnte, verdrängte ich sofort und drückte ihr ganz schnell die Schachtel mit den Weihnachtsbaumanhängern in die Hände, über deren Inhalt sie sich auch sogleich hermachte und jedes Teil für sich inspizierte. Nun also hielt sie ein baumelndes Etwas an der Aufhängeschlaufe zwischen Zeigefinger und Daumen in die Höhe und musterte es.

Die kleine Figur trug ein rosafarbenes Kleid; hatte ein rundes Gesicht mit einem Lächeln, das beinahe von einem Ohr zum anderen reicht; ihr Haar war zu einem Dutt hochgesteckt; in ihren Händen hielt sie einen Blumenstrauß und am Rücken trug sie Engelsflügel.

»Na, ja« überlegte ich schmunzelnd, »ich denke schon, dass die heilige Elisabeth ein Engel ist.«

»Das ist eine Geheiligte? Die schaut aber lustig aus.«

»Tja, ha. Ich hoffe, die echte Heilige ist mir nicht böse, dass ich diese Figur nach ihr benannt habe.«

»DU hast ihr den Namen gegeben?«

»Ja.«

»Woher hast du sie denn?«

Vorsichtig nahm ich ihr die kleine Statue ab und betrachtete sie selbst wieder etwas näher. »Die habe ich von einer lieben Freundin geschenkt bekommen. Sie bringt immer eine kleine Aufmerksamkeit für mich und unsere gemeinsame Freundin Anneliese mit, wenn wir drei uns einmal im Jahr zu einem Abendessen treffen. In der Regel wird es November bis wir uns auf einen gemeinsamen Termin einigen können. Das ist dann meistens so um den neunzehnten herum – und eben der Gedenktag der heiligen Elisabeth von Thüringen.«

»Und deswegen hast du die Figur so genannt?«

»Nicht nur. Auch und vor allem wegen des Blumenstraußes in ihren Händen. Siehst du? Hier.«

Ich zeigte auf die Blümchen, und das Kind bestätigte den Wahrheitsgehalt meiner Worte zunächst mit einem heftigen Nicken. Dann aber schielte es skeptisch zum Benjamin und wieder zurück, und ich sah mich genötigt, folgende Erklärung abzugeben.

»Ich finde, dass dieses Figürchen sehr gut in die Weihnachtszeit passt und somit auch an den Weihnachtsbaum. Nicht nur weil sie Engelsflügel hat, sondern auch und vor allem wegen der Wohltätigkeit, die die heilige Elisabeth zeitlebens den Armen zukommen ließ. Du musst wissen, dass sie eine echte Prinzessin war, es aber nicht ertragen konnte, dass sie in Saus und Braus leben durfte, während es den Menschen außerhalb ihrer Paläste schlecht erging, sie hungern und bitterste Not erleiden mussten. Obwohl es sich für jemanden ihres Standes nicht schickte, ging sie immer wieder heimlich zu den Armen hinaus und schenkte ihnen Brot. Und zwar nicht nur zur Weihnachtszeit.«

»Und so wird man heilig?«

Ich konnte mir ein Schmunzeln nicht verkneifen. War das doch exakt die gleiche Frage, die ich als Kind meiner Oma gestellt hatte, als sie mir diese Geschichte als erste von vielen über Heilige erzählt hatte.

»Nein«, antwortete ich ihr, »so einfach geht das nicht. Es braucht schon etwas mehr dazu. Der Legende nach soll sie von ihrem Mann einmal abgepasst worden sein, als sie gerade wieder mit einem Korb voll Brot das Schloss verlassen wollte. Er stellte sie zur Rede und sie musste ihm zeigen, was sie unter ihrem Umhang verborgen hatte. Und da geschah das Wunder: Anstatt Brot lagen da Rosen in ihrem Korb. Und so ließ er sie weitergehen.«

»Das ist ja mal cool«, meinte die Kleine offenbar schwer beeindruckt.

»Ja, cool und etwas Besonderes.«

»Genauso wie dein Weihnachtsbaum«, sagte sie und lächelte mit dem Engelchen um die Wette.

Der Problemstern

Eine Weihnachtszeitgeschichte

Anna Dorb

»Ich möchte aber lieber einen roten Stern!«, antwortete der jung gebliebene Mann an meiner Seite auf meinen Vorschlag, doch einfach einen Weißen zu nehmen. Einen solchen fände ich viel schöner, weil natürlicher. Einen roten, wie er ihn sich vorstellte, gab es jedoch nicht. Zumindest noch nicht in unserem Haus und auch nicht in jenem Laden, der einen solchen in einer bestimmten Größe gerade im Angebot hatte.

Ausverkauft!

Ich seufzte, denn ich wusste, was mich erwartete: Eine neue, zeitintensive und ermüdende Jagd nach einem bestimmten Produkt. Online bestellen? Das kann ja schließlich jeder.

Aber ich hatte Glück. Schon im nächsten angesteuerten Geschäft wurden wir fündig. Zwar war der gewünschte Stern dort nicht im Angebot, aber wegen zwei Euro mehr oder weniger, eine Odyssee zu starten, hielten wir dann doch beide für absurd.

Das »Ding« also mit nach Hause genommen. Da fingen die Probleme erst an.

»Wo wollen wir den hinhängen?«, überlegte er jetzt laut. Erwünscht war ein Platz, an dem man ihn von außen sehen könnte.

»Ja, da ins Fenster halt«, antwortete ich lapidar.

»Du bist gut! Und wie soll ich ihn an den Strom anschließen?«

»Ach, Strom braucht der auch noch?«

Ich lachte. »Gibt's den noch immer nicht kabellos?«

»Doch. Schon lange! Nennt sich Akku oder Batterie, ist an diesem aber nicht vorgesehen.«

Steckdosen sind aber auch Mangelware hier im Haus und Verlängerungskabel? Nee, wirklich nicht noch eins!

»Tja dann … Und jetzt?«

»Jetzt überlegen wir weiter.«

Mit einem alles verstehenden »Ah!« eilte ich davon – er überlegte weiter. Und zwar im ganzen Haus. Ich hörte ihn aus jedem Winkel, aus jedem Zimmer, aus jeder Ecke überlegen. Dann spürte ich einen kühlen Luftzug. Die Terrasse! Klar. Die ist *einsichtig*! Und durch den Balkon darüber überdacht. Was schon wegen der vorhandenen Steckdose darunter von Vorteil sein könnte.

»Schau mal!«, rief er von draußen rein.

Ich schaute und zog beim Anblick eines Trägers der roten Laterne amüsiert die Augenbraue nach oben. »Möchtest du über die Adventszeit so stehenbleiben?«

Nein, wollte er natürlich nicht. Er bohrte einen Haken unter den Balkon, an dem der Stern aufgehängt wurde.

»Und? Was meinst'?«

»Schön«, sagte ich mit dem Brustton der vollsten Überzeugung.

»Schön?«, fragte er plötzlich zweifelnd zurück, »Ich weiß nicht. Schaut ein bisschen nach Freudenhaus aus – dieses Rot. So weithin sichtbar.«

»♫ Freude schöner Götterfunken …♫«, stimmte ich kurz an.

»Na ja, wenn man es von weitem sieht, und nicht erkennt, dass es sich um einen Stern, also einen Weihnachtsstern handelt …« Ich kicherte.

Man(n) überlegte also weiter.

Ich erspare euch die vielen, vielen weiteren Versuche, Details, Probehängereien seinerseits und Kommentare dazu meinerseits, und komme lieber zum Schlussergebnis. Der rote Stern blieb an jenem Ort hängen. Und zwar zusammen mit einer weiteren, jedoch mit Batterien versorgten Lichterkette, die wir noch im Fundus hatten und darüber drapierten. So sah der rot-weiße Sternenhaufen eher aus, als wohnten hier Sith-Lords oder zumindest Fans der Star Wars-Reihe, und nicht mehr nur pure Freudisten!

Als wir uns die letztjährige Weihnachtsdeko Arm in Arm davorstehend gemeinsam ansahen, konnte ich wieder schmunzeln. Nicht unbedingt weil ich mich so freute, dass ein weiterer roter Stern von gefühlt 80 Millionen alleine in der Bundesrepublik erfolgreich installiert worden war und sogar leuchtete, sondern weil mir die Geschichte einer meiner Nichten einfiel, als sie ca. vier Jahre alt war. Sie sah zum ersten Mal in ihrem Leben den nächtlichen Sternenhimmel und rief ganz außer sich: »Schaut mal diesen tollen Stern! Habt ihr schon mal so einen tollen Stern gesehen? Und da ist noch einer, und noch einer und noch einer. So viele tolle Sterne!«

Wie sie wohl auf unsere kleine Galaxie reagiert hätte?

♫ Sterne, Sterne, Lichtermeer, wo kommen all die Lichter her … ♫

Balu braucht keinen Urlaub!

Sandra-Michelle Strausz

»Ach Schatz, ich freu mich so dass wir endlich wieder verreisen. Der Firmengutschein von 300 Euro für einen Flug ist mal wirklich ein großartiges Geschenk!«

»Naja, mein Schatz, du weißt schon ich arbeite am Wiener Flughafen. Der Flugbetrieb leidet an ständigem Rückgang, so wollen sie das etwas vertuschen.«

»Jetzt sei nicht so ein Schwarzmaler, wann haben wir schon so eine Chance! Ich habe auch schon ein fantastisches Angebot gefunden! In Mallorca und wir müssten nur 730 Euro draufzahlen und hätten dann sogar all inclusive. Wenn wir das buchen und Mary davon erzählen, kippt sie vor Freude aus den Socken und sieht uns bestimmt als Eltern des Jahres!« Isabel klickt sich durch die Hotelfotos. »Schau dir das an, da ist sogar eine Bühne und mit den Kindern wird eine Aufführung geprobt, die sie am Ende des Urlaubs aufführen können. Soll ich das buchen? Was sagst du? Nächste Woche würde es losgehen!«

»Ja wenn du meinst …«

»Ja ich meine! Dann buche ich okay?« Isabel sieht ihren Mann an.

»Ja bring‘s hinter dich!«

»Eine Stornoversicherung brauchen wir nicht, wenn es schon nächste Woche ist!«

»Nein was soll schon passieren. Darf ich es Mary erzählen?«, fragte Bernd.

»Könnten wir das gemeinsam machen? Ich möchte es auch erleben, wie sie darauf reagiert.«

»Okay aber ich erzähl‘s.«

»Abgemacht! Ach Mensch am liebsten würde ich sie aufwecken. Aber okay ich erledige erstmal alles, die Anzahlung gehört gemacht und einen Platz für Balu brauchen wir auch.«

»Können wir nicht deine Mama fragen? Sie hat so einen großen Garten, ruf sie doch mal an«

Er zückt sein Handy aus der Hosentasche und wählt die Nummer seiner Mutter. »Hallo Mama, entschuldige die späte Störung, wir haben gerade ganz spontan einen Urlaub nach Mallorca gebucht, da ich von der Firma einen Fluggutschein erhalten habe, der nur einige Monate gültig ist, die Reise wäre aber schon nächste Woche, da last-minute buchen viel günstiger war, kannst du eine Woche auf Balu achten?«

Balu sitzt in der Ecke und zuckt mit den Ohren, als würde er genau wissen, worum es gerade geht. »Nein Mein Schatz das kann ich nicht…« Seine Mutter hat noch nicht mal den Satz beendet, als Bernd sie auf Lautsprecher stellt, um seiner Frau nicht alles nochmal erzählen zu müssen. »…der ist soooo groß und wild, wir haben gerade überall neue Teppiche verlegt, die will ich mir eigentlich nicht zerstören lassen.«

»Ach, Mama bitte, er kann ja auch im Garten schlafen, es wäre doch nur eine Woche!«

»Mein Schatz du kennst mich, das halte ich nicht aus, wenn er mich mit seinen großen Kulleraugen anschaut, halte ich das einfach nicht aus und lass ihn rein! Aber bei uns in der Nachbarschaft gibt es ein Hundehotel, ich kann auch die Kosten übernehmen und ihn einmal am Tag besuchen, dass er nicht so allein ist!«

»Das klingt tatsächlich nach einer guten Idee, möchtest du nachfragen, ob sie vom 22. bis 31 Juli einen Platz frei haben? Die kennen dich sicher, vielleicht ist dann auch der Preis tragbarer.«

»Ja mein Schatz das mach ich, aber erst morgen! Um 23 Uhr nachts kann ich bestimmt nicht das beste Angebot aus ihnen herauslocken.«

Da musste Bernd grinsen. »Da hast du recht! Also hören wir uns morgen?«

»Ja tun wir! Schlaf gut Großer!«

»Du auch Mama, bis morgen.«

Isabel freut sich über die gute Nachricht. »Auch ich habe bereits alles erledigt! Mary wird morgen aus den Latschen kippen – ich freu mich!«

»Ich mich auch, aber jetzt lass uns wirklich ins Bett verschwinden!«

Am nächsten Tag in der Früh ist Mama schon ganz hibbelig, daher ist sie auch als erstes wach und bereitet das Frühstück vor, als Bernd und Mary sich noch den Sand aus den Augen waschen. Als Mary die Treppen sichtlich müde hinunterschleicht, ist sie dennoch verwundert!

»Was ist hier los, Mama? Du bist schon so aktiv, du bist doch sonst unser Morgenmuffel!« Mary hat sofort das Gefühl, dass etwas im Busch ist!

»Ich konnte nicht mehr schlafen und wollte meinen Liebsten eine Freude machen, selbst das Hundefutter für Balu steht schon am Herd auch er soll heute verwöhnt werden!«

»Balu? Wieso das?« Balu ist glasklar Marys Hund und wenn ihn jemand verwöhnt, sollte das auf jeden Fall immer sie sein, am liebsten wäre es ihr, er dürfte bei ihr im Bett schlafen, doch das mag Mama nicht. Schließlich ist er einfach zu groß und Mama hat Angst, dass das gesamte Bett zusammenbricht!

Als alle am Frühstückstisch versammelt sind, ist es endlich so weit! Papa und Mama verkünden die großartigen Neuigkeiten. Doch zu ihrem Entsetzen ist Mary alles andere als begeistert, von ihrem Plan!

»Und was ist mit Balu? Kann der mitkommen?«, lautet ihre einzige Frage.

»Leider nicht, es wäre ihm dort viel zu heiß, aber Oma versucht für ihn einen Platz im Hundehotel zu ergattern! Dort gefällt es ihm bestimmt!«

»Woher wollt ihr das wissen? Kann ich nicht mit Balu allein zuhause bleiben? Ich bin viel älter als dieser Kevin aus dem einen Film und sogar der konnte sich vor Einbrechern verteidigen!«

Da muss Mama fast schon schmunzeln. »Der blieb doch unabsichtlich zuhause! Mein Schatz ich weiß du bist wahnsinnig reif für dein Alter, aber ich lasse keine Neunjährige allein zuhause! Außerdem habe ich schon gebucht! All inclusive, wir können uns den ganzen Tag den Bauch vollschlagen!«

»Was habe ich davon, wenn ich nebenbei Balu vermisse!«

»Ach Maus wir dachten wir machen dir damit die Freude deines Lebens! Das war wohl ein Reinfall!«

Fast schon zornig verlässt Mary den Frühstückstisch. Becki ihre beste Freundin seit dem Kindergarten steht schon am Gehsteig bereit! »Hallo Becki!«, ruft Mary ihr zu.

»Was ist denn los?«, fragt Becki neugierig. »Du wirkst so gestresst!«

»Was soll ich dir sagen, anscheinend fliege ich nächste Woche in den Urlaub! Eine Woche nach unserer Klimawandelwoche in der Schule! Die Lehrer werden sich denken, na die hat aber nicht viel dazugelernt! Und stell dir vor, nicht mal Balu darf mit!«

»Oh je, ich versteh dich. Ich muss aber zugeben, ich würde mich trotzdem freuen. Wo geht es überhaupt hin?«

Mary tritt einen Stein so lange vor sich her, bis sie ihn aus Wut zu fest kickt. »Nach Mallorca! Anscheinend gibt es sogar ein Programm, wo ich am Ende der Woche ein Theaterstück mitspielen kann!«

»Klingt doch toll, du bist eine der besten in unserer Theatergruppe! Komm jetzt lass den Kopf nicht hängen! Es gibt doch Schlimmeres!«

»Da hast du wohl recht!«, sagt Mary, als sie gerade bei einem Zeitungsständer vorbei gehen, wo außer Krieg und Zerstörung nichts anderes zu sehen ist. Genau so schnell wie der Schulweg vergeht, vergeht auch der Rest der Klimawoche! Sich jeden Tag mit dem Thema so intensiv auseinanderzusetzen, macht es für sie nicht leichter. Im Gegenteil, das schlechte Gewissen nagt an ihr! Aber die Abendrunde mit Balu kostet sie dafür völlig aus, ganz allein und frei! Um dieses Gefühl zu verstärken, lässt sie sogar das Handy zuhause. Nur am letzten Abend nimmt sie es mit. Sie will ein Foto von sich und Balu schießen, um das Bild anschauen zu können, wenn sie ihn zu sehr vermisst!

oOo

Nun ist der Tag gekommen. Ob Mary will oder nicht, Balu wird zum Hotel *Zur Pfote* gebracht, das direkt in Himberg bei Wien liegt. Keine 10 Minuten von Oma entfernt. Mary gibt ihrem Hund einen dicken Schmatzer. »Balu ich werde dich so vermissen!« Mary hat das Gefühl, als würde Balu genau wissen, was gerade geschieht, zumindest hört er nicht auf herzzerreißend zu winseln. Tatsächlich, noch als Mary mit ihren Eltern ins Flugzeug einsteigt, hört sie Balu noch vor sich hin winseln. »Ach Mama tut dir Balu nicht leid?«

»Mach dir keine Sorgen, Balu geht es dort gut. Das Hundehotel hat bessere Rezensionen auf Google, als unser Hotel!«

»Ich glaube das macht es für Balu nicht besser!« Marys strich sie die Haare aus dem Gesicht, sie konnte die Eindrücke am Flughafen gar nicht genießen.

Mama nimmt ihr den Koffer ab, sie findet es einfach nur schön mit ihrer Tochter wieder zu verreißen und sagt: »Aber schau mein Schatz eine Woche ist schnell vorbei! Wollen wir mal einen Film ansehen? Dann sind wir auch schon fast im Hotel gelandet! Schau da gibt es sogar einen Film, der heißt »Das Hundehotel«, wäre doch lustig und passend!«

»Da würde ich bestimmt weinen müssen!«

»Wie wäre es mit Pitch Perfect!«

»Ja das nehme ich in kauf.« Und da haben ihre Eltern wohl recht, kaum ist der Film zu Ende, sind sie schon in ihrem Urlaubsdomizil gelandet! Als sie vom Bus abgeholt werden, macht sich erneut Zweifel bei Mary breit! Verträumt blickt sie auf ihr Handy, um den Schnappschuss von sich und ihrem Großen anzusehen!

»Was wohl Balu gerade macht?«, flüstert sie, aber laut genug, das Mama sie hören kann!

»Ach Schatz, sei nicht traurig, Balu hat nun auch Urlaub!«

»Ein Hund braucht keinen Urlaub. Ein Hund braucht seine Familie! Könnt ihr euch nicht an den Hunderatgeber erinnern, den ihr mir damals geschenkt habt, bevor ich Balu bekommen habe? Da stand es drinnen, ein Hund ist kein Wochenendgast. Ein Hund, der braucht dich immer, sei es, um spazieren zu gehen und ordentlich zu fressen. Hunde verzichten nämlich oft auf das Essen, wenn sie traurig sind, denn sie können nicht wie ich darüber sprechen!«

»Ach mein Schatz jetzt lass uns doch mal ankommen. Es wird bestimmt ganz großartig und das Vermissen wird besser!«

Marys Vater nickt ihnen zustimmend zu!

»Können wir bevor wir die Koffer auspacken noch im Hundehotel anrufen und ich erkundige mich nach Balu? Dann kann ich mich mit diesem Plan auch anfreunden«

»Einverstanden!«, versichert ihr ihr Vater! Mama reicht ihr das Handy weiter. »Du kannst meines nehmen. Ich habe mir extra Freiminuten fürs Ausland besorgt und die Nummer auf Kurzwahl drei gespeichert.«

»Wie schön!« Mary grinst ihre Mutter an. »Also ist dir Balu doch nicht egal?«

»Nein, mein Schatz, das war er mir nie, ich habe nur schon so das Meer vermisst!«

»Das versteh ich, aber jetzt vermiss ich Balu!«

»Aber nur diese Woche, dann kommst du zu Ruhe und bei mir fängt das Vermissen wieder an!«

»Ach Mama das versteh ich nicht! Bist du zuhause nicht glücklich? Also ich vermisse, wenn dann mein vertrautes Zuhause und nicht das, was in der Ferne liegt.«

»Ja mein Kind da habe ich wohl noch zu lernen!«

Zufrieden drückt Mary nun die Taste drei. Es läutet.

»Hundehotel *Zur Pfote*, was kann ich für sie tun?«

»Grüß Gott hier spricht Mary, ich wollte mich nach meinem Hund Balu erkundigen, geht es ihm gut? Hat er schon gefressen?«

»Ja es geht ihm gut, er hat schon ein wenig gegessen. Aber er scheint dich zu vermissen!«

»Könnten sie ihn von mir streicheln und sagen, dass ich ihn vermisse! Ich würde mich morgen Abend, wenn es in Ordnung ist, wieder nach ihm erkundigen.«

»Sehr gerne, bis morgen!«

»Wahnsinn mein Schatz wie selbständig du schon bist!«, sagt Papa begeistert.

»Na klar, ich weiß, was ich will, und das ist: Kein Urlaub ohne Balu!« Nun ist Mary fast schon motiviert ihren Koffer auszupacken und sagt zu ihren Eltern: »Wisst ihr ich freue mich jetzt sogar auf das Abendessen!«

Beim Abendessen kann sie ihren Augen nicht trauen, noch nie in ihrem jungen Leben hat sie so viele Köstlichkeiten auf einem Platz gesehen! Auch eine junge motivierte Gruppe war im Speisesaal versammelt, die von Tisch zu Tisch gehen und allen ein schönes Abendessen wünschen. Auch bei Marys Tisch machen sie Halt.

»Na hallo, neu hier? Ich bin Ben und das ist Ella! Wir leiten das Animationsteam und die Theatergruppe. Habt ihr schon unser Animationsprogramm gesehen? Wir würden noch jemanden für die Theateraufführung brauchen. Du wärst perfekt, um in unseren Stück mitzuspielen.« Am Freitag würden wird es aufführe! Wann reist ihr ab?«

»Am Samstag!«

»Na schau das wäre perfekt, dann können deine Eltern dich am letzten Abend auf der Bühne bestaunen.«

»Ja da mach ich gerne mit, ich bin auch in der der Schule zuhause in der Theatergruppe, also genau mein Ding. Wie heißt das Stück?«

»Endlich Urlaub!«

»Na, ich weiß nicht ich bin eher in der Stimmung: Urlaub brauch ich aber nicht!«

»Na, komm Morgen am Vormittag vorbei und schau es dir Mal an? Vielleicht hast du ja die eine oder die andere gute Idee und wir können das Stück verändern? Das wäre doch eine spannende Geschichte und vielleicht kommst du doch noch in Urlaubsstimmung und wir können das Stück es so lassen.«

»Das bezweifle ich stark!«, erwidert Mary. »Dazu müsste Balu hier sein!«

»Wer ist denn Balu?«

»Balu ist mein Hund!«

»Oh, wieso habt ihr ihn nicht mitgenommen, bei uns im Hotel sind Tiere doch eh erlaubt!«

»Ja ich weiß, aber Balu ist ein Border Collie und verfügt über eine unermüdliche Energie! Er braucht immer eine Beschäftigung. Ist ihm langweilig, kommt er immer auf die unpraktischsten Einfälle. Nicht mal Oma wollte ihn nehmen! Jetzt ist er im Hundehotel. Ich würde lieber darüber ein Theaterstück spielen, denn ein Hund braucht wirklich keinen Urlaub, und schon gar nicht von seiner Familie. Ein Hund fühlt sich wohl, wenn seine Bedürfnisse befriedigt sind. Jedem Menschen ist klar, dass ein Hund Futter und Wasser benötigt und raus muss, aber lässt ihn der Mensch, der auf ihn Acht gibt in Stich, nutzt das alles nichts! Außerdem wäre es doch auch für unsere Umwelt besser so zu verreisen, dass selbst Hunde, egal wie groß sie sind, mitkommen können.«

»Was wäre deine Idee dazu?«

»Zum Beispiel mit dem Zug verreisen! Das schont die Umwelt und mein Hund müsste nicht leiden! Auch Österreich hat schöne Plätze! Nach Kärnten wäre ich gerne gereist! Sicher gibt es da keine Palmen und Sandstrand. Aber dafür andere Sehenswürdigkeiten und im See kann man ja auch Baden! Urlaub zuhause kann so schön sein! So könnte das Stück heißen und wir erzählen es aus der Sicht von Balu. Vielleicht kann es damit starten, wie traurig er letztes Jahr war, als er im Hundehotel geparkt wurde.«

»Also Mary ich muss dir sagen das klingt fantastisch du bist wirklich kreativ. Ich muss sagen deine Ideen sind so inspirierend, ich lass mir was einfallen und am besten berichtest du Morgen am Vormittag deine Idee der restlichen Gruppe, die sind sicher dabei!«

»Passt, ich freue mich auf Morgen!«

Gestärkt nach dem Abendessen schläft sie nun fast zufrieden ein. Auf jeden Fall ist ein Funken Vorfreude auf Morgen dabei. Wer hätte das zu Beginn auch gedacht!

oOo

Am nächsten Morgen verschlingt sie das Frühstück förmlich. »Ach, Mama wieso vergeht die Zeit nicht auch schneller, wenn ich schon so schnell esse!«

Da muss Mama schmunzeln. »Wir können ja nach dem Frühstück noch eine Runde Skippo spielen, damit du nicht nur auf die Uhr starrst.« Mama kramt das Kartenspiel aus ihrer Tasche. Sie ist immer perfekt ausgestattet und hat für jede Situation das Passende dabei.

»Abgemacht!«, sagt Mary grinsend. Kaum haben sie zu spielen begonnen, bewegten sich die Zeiger schneller. Und als sich Mary gerade als Gewinnerin des Spieles küren darf, ist der Spuk des Wartens vorbei. Endlich ist der Moment gekommen und Mary kann ihren Plan vorstellen.

Die Gruppe ist mehr als begeistert und bringt sogar noch einige Idee ein! »Wir könnten doch mehrere Tiere haben. Alle lernten sich im Hundehotel kennen und jeder berichtet sein Leid. Und danach geht es mit Balu weiter, weil er aus erstes abgeholt wird«, sagt Amanda ein Kind aus der Gruppe.

»Spitze!« Mary grinst über beide Backen. Selbst Ella ist nur noch am Notieren. »Hast du das auch aufgeschrieben?«, fragt Mary sicherheitshalber nach.

»Ja habe ich und ich sag euch, das wird genial.« Keinen Tag lassen sie aus, oft proben sie sogar mehrere Stunden. Doch sie haben viel Spaß. Schon lange ist es her, dass sich Mary in einer Gruppe, die sie zuerst kaum kannte, so wohl gefühlt hat. Doch den Kontrollanruf in Balus Hotel vergisst sie nicht ein einziges Mal.

Bei der Generalprobe geht so gut wie alles schief. Ella meint zu Mary: »Da kann die Premiere nur ein Erfolg werden.«

Und genau das trifft ein!

Als die Aufführung zu Ende ist erhebt sich das Publikum und es gibt tobenden Applaus. Und Marys Eltern rufen ihr zu: »Okay mein Schatz du hast uns überzeugt. Kein Urlaub mehr ohne Balu!«

Tief unter dem Fell

Marie Bastide

Ich bin im Juli geboren. Wir hatten Glück. Als bei meiner Mutter die Wehen einsetzten und sie auf der Straße zusammenbrach, wurde sie von Ehrenamtlichen aufgenommen und betreut.

An die ersten Tage meines Lebens kann ich mich nicht erinnern. Später, als ich anfing, mich umzuschauen, war die Welt um mich herum warm, bunt und laut, ein Kaleidoskop sich bewegender Menschen und Tiere, von Geräuschen, Gerüchen und Düften. Schon morgens um sechs klapperten die Töpfe in der Küche, und dann gab es Essen für alle unter der Pergola im Garten. Lavendel, Jasmin und Majoran wehten mit der salzigen Brise vom Meer herüber, und unter den schattigen Palmen leuchteten rote Hibiskusblüten.

Meine Schwester und ich hatten den ganzen Tag nichts weiter zu tun, als zu spielen und immer neue Streiche auszuhecken. Wir versteckten uns zwischen den frisch gewaschenen Laken draußen auf der Leine und zerrten so lange daran, bis sie ins Gras glitten. Das fanden die Hunde besonders lustig, und sie stapften mit ihren sandigen Tatzen darauf herum, bis die Tücher aussahen wie große, zum Trocknen ausgelegte abstrakte Gemälde. Nur den guten Leuten oben in der Finca gefiel unser spontanes Kunstwerk leider gar nicht.

Immer häufiger standen sie zusammen und besprachen sich leise. Dann schauten sie zu uns herüber, zu meiner Schwester und mir, und tuschelten weiter. Was sie sagten, verstanden wir nicht. Also taten wir so, als wäre alles wie immer. Das war in dem Paradies, in dem wir lebten, nicht schwer. Der blaue Himmel, die stillen Wolken, das flüsternde Meer, die Zikaden, die Sonne.

Und dann kam der Herbst. Leise wie ein Wolf hat er sich in unsere Welt geschlichen und sie eingehüllt in sein wolliges Grau. Sein kalter Atem verwehte die Weinblätter an der Pergola, die Vipern verschwanden zwischen den Steinen und die Leute frühstückten in der Küche, eingehüllt in die Düfte und Dämpfe von Suppe und Brot. Auch wir lagen dort in der rauchigen Wärme und dösten. Da nahmen die Leute meine Schwester und mich auf den Arm und trennten uns.

»Es muss sein«, sagten sie. »Hier könnt ihr nicht bleiben. Hier will man euch nicht. Ihr fühlt Euch hier wie zu Hause, aber das ist keine Heimat für Euch. Ihr müsst gehen. Wir sind zu wenige, und ihr seid zu viele. Wir können Euch nicht auf Dauer beschützen.« Eine Frau, eine Unbekannte, packte meine Sachen, setzte mich in eine Tragetasche und nahm mich mit. Fort von der Finca und allem, was mir vertraut war. Die Reise war lang, erst auf der Straße und dann durch die Wolken mitten hinein in ein wattiges, dröhnendes Nichts. Meine Angst war sehr groß. Die Frau versuchte, mich zu beruhigen. Umsonst. Wir sind nicht dafür gemacht, den Himmel zu queren, ebenso wenig wie das Meer. Wir sollten auf dem Boden bleiben. In die Luft springen, schwimmen, das ja. Aber aus eigener Kraft oder nur, soweit die Schwerkraft es zulässt. Und immer auf den Boden unserer Heimat zurückkehren.

Und dann war es vorbei. Viele Menschen, hintereinander in schweigenden Reihen, gleißendes Licht. Der Herbstwolf war hier schon ganz weiß geworden. Sein Atem wuchs in Säulen aus dem Grau. Überall. Diese andere Welt hatte keine Farben. Schließlich wurde die Tasche geöffnet, und ich war frei. Frei und sicher. Keine Fesseln mehr. Aber auch keine vertrauten Gesichter. Jeder Geruch neu und fremd. Meine Augen tränten von der langen Reise, ich hatte Hunger, war müde, verängstigt. Vor allem aber hatte ich meine Familie verloren. Meine Mutter und jetzt auch noch meine Schwester.

Ich bin eine Sommerkatze, im Juli geboren. Im Dezember kam ich in ein anderes Zuhause, zu einer fremden Familie. Ich bin daran gewöhnt, mich einzugewöhnen. Es geht mir gut. Ich bin satt, ich habe Spielsachen und genug Raum, um zu rennen und zu schlafen. Ich lasse mich streicheln, und ich gebe Zärtlichkeiten zurück, jeden Tag ein klein wenig mehr. Ich bin jetzt eine Katze unter Hunden. Ich bin noch klein. Wenn ich groß bin, werde ich mich wie ein Hund benehmen, weil ich unter Hunden aufwachse. Aber tief unter dem weißen Fell, auf der inneren Seite meiner Haut, bleibe ich eine Katze. Tief unter meinem Fell ist ein Stück meiner Heimat.

Menschen in den reichen Ländern Europas nehmen jährlich rund eine Million Tiere auf, die aus dem Ausland Zuflucht suchen und von Flugpaten in ihre neue Heimat begleitet werden. Sie alle werden mühelos integriert. Eine Obergrenze ist nicht angepeilt. Europa, dieser Flickenteppich der Geschichte, muss auch die Menschen integrieren, die bei uns Schutz suchen.

Deshalb: Refugees welcome! Auf vier, aber auch auf zwei Beinen.

Die Nebelreiterin

Alexandra Richter

Inmitten des Schuljahres musste Lias Klasse aufgeteilt werden. Mit Herzklopfen betrat sie die neue Klasse. Freundlich begrüßte die Lehrerin sie und wies Lia auf einen freien Platz. Sie lief den Gang entlang. Das Getuschel überhörte sie. Sie kam sich schon jetzt wie eine Außenseiterin vor. Abschätzige Bemerkungen ignorierte sie. Damit kannte Lia sich aus. In der hintersten Reihe nahm sie Platz. Sie war überzeugt, dass es in die arroganteste Klasse, der ganzen Schule war.

»Hallo«, entgegnete leise ihre Banknachbarin Caro. Doch Lia war zu sehr in ihre Gedanken vertieft, um die Begrüßung zu hören. Frau Guth eröffnete ihrer Klasse, dass die geplante Klassenfahrt in zwei Wochen stattfinden sollte. Sie verteilte Informationsblätter und sagte dazu, dass die Einverständniserklärung zum Elternabend unterschrieben mitgebracht werden musste.

Die Mädchen jubelten, da die Fahrt auf den Pferdehof *Rosinante* ging. Ein Schüler sagte, dass er eine Allergie gegen Tierhaare habe, ein anderer meinte, es hätte keine Lust Pferdeäpfel wegzumachen. Lia rollte mit den Augen, das war das Letzte was sie brauchte.

oOo

In der Mittagspause entdeckte sie Roxana, die mit ihrer Mädchengang tuschelte.

»Ich reite seit ich fünf bin und kenne mich mit Pferden aus. Unserem Stalljungen riet ich gestern–«, Roxana hielt inne als Lia mit den Informationsblättern im Arm an ihnen vorbeiging. »Ja, Mädels, die ist eine Zehn«, sagte sie abfällig. Die Mädels kicherten. In Zahlen eingestuft zu werden war wohl so hohl wie Roxanas Kopf.

Eine Zehn, dass wusste Lia, war eine große Abwertung. Sie bekam einen roten Kopf und rannte weg, direkt dem Hausmeister in die Arme. Beim Zusammenstoß flatterten die losen Blätter auf den Boden.

Herr Yacnus bückte sich und half, die Blätter einzusammeln.

»Auf den Pferdehof soll es gehen?« Ohne ein Antwort abzuwarten sprach er weiter, »Ich habe gehört, der Hof ist verhext.« Herr Yacnus hielt ihr den Pferdeprospekt entgegen. Lia schnappte sich den und hielt für einen Moment inne. Auf dem Bild glaubte sie ein Einhorn gesehen zu haben. *Der Alte hat sie doch nicht mehr alle. So ein Blödsinn Einhörner sind genau wie Drachen Fabeltiere*, dachte sie.

»Wer ein Einhorn hat, hat die Macht«, nuschelte er.

oOo

Lia schmiss ihre Schultasche in eine Ecke und zog ihre Arbeitssachen an. Ihre Mutter brauchte jede Hilfe. Ihr kleiner Gnadenhof hielt sich mit dem Verkauf von Hühnereiern, selbst hergestellten Seifen und Spenden über Wasser. Die größten Einnahmen stammten aus der Unterbringung von Pferden. Lia kannte jedes Tier mit Namen. Egal wie alt oder krank es war. Sie war dem Tod schon oft begegnet.

»Dann hast du ein paar Tage Ferien. Ich freue mich für dich«, sagte ihre Mutter beim Abendbrot zu ihr und unterschrieb die Einwilligungserklärung. Schnell tippte sie sich eine Erinnerung für den Elternabend ins Handy ein.

»Ehrlich Ma, kann man drei Tage als Ferien bezeichnen?«

oOo

Lia brach es das Herz. Die Ärzte sagten, dass ihr Vater nach dem Unfall mit einem Traktor, noch mindestens drei Wochen im Krankenhaus bleiben müsse. Wer würde in der Zeit auf dem Gnadenhof aushelfen? Sie sollte doch in die Ferien fahren. Ihre hochschwangere Tante fiel auch aus. Ihre Mutter küsste sie auf die Stirn, als wenn sie Lias Gedanken erraten hätte.

Später am Abend schrieb und bastelte Lia in ihrem Zimmer.

In der großen Pause hängte sie ihren Aufruf für eine Aushilfe an das schwarze Brett. Ihr Tun blieb nicht unbemerkt. Die Mädchengang las abwechselnd den Zettel vor und Roxana wollte ihn gerade abrupfen, als der Hausmeister ihren Arm unsanft festhielt.

»Sie tun mir weh. Lassen Sie mich los. Ich werde Sie anzeigen«, brüllte sie.

Er schaute Lia an. »Wer nach Hilfe sucht«, antwortete er, »dem wird Hilfe gewährt«.

Verächtlich stolzierte Roxana mit ihrem Hofstaat ab.

oOo

»Alle Kinder sind anwesend, bis auf die vier die entschuldigt sind. Wird sind abfahrbereit«, sagte Frau Guth freudig. Die einstündige Busfahrt zum Pferdehof flog wie im Flug dahin. Lia's Stimmung war nicht so ausgelassen, wie die ihres Sportlehrers, Herrn Zeiss. Er hatte sich freiwillig gemeldet, denn ohne eine männliche Aufsichtsperson hätte die Klassenfahrt nicht stattfinden können. Seit er im Bus saß, pfiff er vor sich hin und strahlte an diesem Tag mit der Sonne um die Wette. Seine Fröhlichkeit stecke Frau Guth an und sie lächelte zurück.

Lia fühlte sich schlecht, musste ihre Mutter doch ohne sie auskommen. Ungeduldig wartete sie auf den vereinbarten Anruf ihrer Mutter. Vor dem Frühstück klingelte ihr Telefon. Ihre Mutter berichtete, dass sich jemand als Aushilfe angeboten hatte und sie jetzt die nötige Hilfe bekommen würde.

oOo

Weite Wiesen mit weißen Flecken, kündigten das Gestüt an. Ein halbes Dutzend Mädchen drückte ihre Nasen an der Fensterscheibe platt. Als sie Lipizzaner erkannten, kreischten sie vor Freude. Hinter den Koppeln gestikulierten Bauarbeiter geschäftig zwischen Baukränen und Baggern.

Nach dem Ausladen der Gepäckstücke begrüßte Frau Silberstein, die Besitzerin des Hofs, die Klasse und lud zu einem Rundgang auf dem Gestüt ein. »Die erste Regel für euch ist: Handys nur im

Notfall benutzen. Stellt sie jetzt stumm, nur auf euren Zimmern dürft ihr telefonieren. Ich betone nochmal: auf dem Hof bleibt das Telefon stumm. Die zweite Regel ist: Ihr betretet niemals allein die Ställe.« Die Schüler murrten und verdrehten die Augen. Ein Trupp Bauarbeiter in reflektierenden Westen begutachtete das Hofgelände. Lia schnappte Satzfetzen wie *Wellness Hotel* und *Golfplatz* auf.

Nach dem Rundgang führte Frau Silberstein die Schüler in einen besonderen Stall. Hier standen trächtige Stuten. Die Jungs verdrehten die Augen und liefen lieber rüber zum Hufschmied.

Erst schauten die Mädchen die Stuten aufmerksam an um dann gelangweilt aus dem Stall zu gehen. Das Wiehern einer Stute lies Lia neugierig werden, hörte es sich doch wie ein *Hallo* an. An der Stalltür hing einen kleine Tafel, Lia las den Namen: Oktavia. Die Angaben darunter waren verwischt und unlesbar.

Sie blinzelte mehrmals das Tier an, schimmerten ihre Mähne und Schweif doch wie ein Opal. Ungläubig schüttelte Lia den Kopf. *Hoffentlich gibt es bald Mittagessen, ich phantasiere schon*, dachte sie. *Ob die Aushilfe schon bei Mama, angekommen ist?* Sie zog ihr Handy aus der Hosentasche.

»Nein, nicht benutzen.«

Überrascht sah sich Lia um. Neben ihr stand Caro.

»Was?«

»Auch ein Bonbon?«, fragte Caro und hielt ihr eins entgegen.

»Nein, danke.«

Caro zuckte mit den Schultern. »Dann eben nicht.« Sie steckte ihre Tüte Bonbons in die Tasche zurück und ging weiter.

»Nimm das Bonbon an.« Hatte Caro ihre Meinung so schnell geändert?

Lia zischte. »Ich will kein Bonbon.«

»Sei nicht so streng.«

Lia verzog das Gesicht. Wieso redete Caro von draußen vom Hof aus mit ihr und drehte sich nicht mal zu ihr um?

»Entschuldige bitte, ich habe mich dir nicht richtig vorgestellt. Ich bin Oktavia.«

Langsam drehte sich Lia zu der weißen Stute um.

»Hallo. Renn nicht weg. Hab keine Angst. Ich brauche deine Hilfe.«

»Pferde können nicht sprechen«, erwiderte Lia.

»Ich kann mit *dir* sprechen. Wir können uns mittels unserer Gedanken verständigen.«

»Du bist in meinen Gedanken?«

Auf Oktavias Stirn funkelte jetzt ein Horn. Lias Herz raste, sie rannte los.

»Hast du ein Bonbon für mich?«, fragte sie Caro. Breit grinsend streckte Caro ihr die Tüte entgegen. Lia bekam einen strafenden Blick von Frau Silberstein. Verstieß sie bereits jetzt gegen die blöden Regeln. In diesem Moment summte Lias Handy kurz.

»Ihr habt nach dem Mittagessen eine Stunde Mittagsruhe. Wir treffen uns wieder hier«, ordnete Frau Silberstein an. Während des Essens ging Lia auf die Toilette, um in Ruhe ihre Nachricht lesen zu können.

Lia, Verstärkung ist angekommen! Twister hat den gleich abgeschleckt. Muss weitermachen. Kussi.

Beruhigt steckte sie ihr Handy weg. Twister, ihr Border Collie, der sonst jeden misstraute … *Das ist eine Überraschung,* dachte Lia.

Nach dem Mittagessen bezogen die Schüler ihre Zimmer. Einige telefonierten mit ihren Familien. Lia lief in dem großen Haus umher, sie schaute sich die verblichen alten Fotos an den Wänden an. Als sie an einer Tür vorbeiging hörte sie eine laute Stimme.

»Noch ist nicht Monatsende, der Vertrag beginnt erst in drei Tagen. Ich habe Rechte. Also pfeifen Sie ihre Leute zurück. Ich habe Gäste hier. Sie können es wohl kaum abwarten, die *Rosinante* platt zu machen.« Frau Silberstein schien wütend.

Lia wurde plötzlich ganz heiß. Weshalb wusste sie davon nichts? Deshalb standen am Wegrand die schweren Bagger! Hatte der

Pferdehof Geldprobleme? Ach du meine Güte, was würde aus den Pferden werden?

»Lia, deswegen habe ich dich um Hilfe gebeten«, sagte Oktavia in ihren Gedanken.

Die Tür flog auf und hätte Lia fast umgeworfen.

»Was treibst du hier?«, fragte Frau Silberstein.

»Ich, ähm, suche die Küche. Ich wollte meine Wasserflasche auffüllen«, stotterte sie und hielt ihr ihre leere Flasche entgegen. Frau Silberstein sah ihr kreideweißes Gesicht, glaubte ihre Notlüge und wies ihr den Weg zur Küche.

»Sobald ich kann, komme ich zu dir«, sagte Lia in Gedanken zu Oktavia.

oOo

Um den Reitlehrer zu beeindrucken, stolzierte Roxana in ihrer nagelneuen Reitausrüstung auf dem Hof auf und ab. Ein Blick von ihr reichte und ihre Freundinnen hörten auf zu kichern. Arendt Silberstein Junior hatte wahrlich andere Sorgen, als einer Schülerin zu gefallen. Er behandelte Roxana wie die anderen Reiterinnen. Doch als Arendt sie nach dem Ausritt Roxy nannte, wusste Roxana das sie sich sehr bald wiedersehen würden.

Die Jungs entschieden sich am Nachmittag lieber mit ihrem Sportlehrer an den Badesee zu gehen.

Körbe mit Äpfeln, Karotten und abgeschälte Melonen standen auf dem Hof für die Schüler bereit, die weder Lust auf das eine noch das andere hatten. Jeder füllte seine Taschen und sie wanderten gemeinsam mit Frau Guth über die Wiesen, hin zu den Koppeln. Frau Silberstein lies ausrichten, dass sie in Kürze nachkommen würde.

Lia nahm Caro beiseite. »Ich kann nicht mitgehen. Ich habe furchtbare Bauchschmerzen. Ich lege mich einfach ins Bett.«, täuschte Lia vor.

»Klaro, kein Problem. Das bekomme ich hin.« Caro musste sich beeilen, um die Gruppe einzuholen. Frau Guth war zu sehr damit beschäftigt den Schülern die verschiedenen Blumen zu erklären. Caro sah die weißen Pferde und war sofort schockverliebt. Sie vergaß Lia und so fiel ihre Abwesenheit niemanden auf.

Mit schlechtem Gewissen steuerte Lia die Unterkunft an. Kaum war Caro außer Sichtweite, flitzte Lia in den Pferdestall. Sie musste unbedingt zu Oktavia.

»Da bist du wieder. Ich habe deine Botschaft bekommen. Doch es fällt mir schwerer, auf Nachrichten aus solchen Entfernungen zu antworten. Hast du mir was zu essen mitgebracht?«

»Hast du gewusst das der Hof verkauft wird?«, platzte Lia heraus.

»Sei still! Wir tauschen uns nur noch über unsere Gedanken aus. Es ist zu gefährlich und nicht erlaubt. Wir dürfen uns auf keinen Fall erwischen lassen, ich vertraue dir. Leonore hast du das verstanden?«

»Ja, das habe verstanden.« Schon lange hatte Lia ihren vollen Namen nicht mehr gehört. Sie zuckte mit den Schultern. »Es ist doch normal, dass Menschen zu Tieren sprechen.« Sie streichelte Oktavias Mähne durch die Gitterstäbe. »Wann kommt dein Baby?«

»Ich bin nicht trächtig. Ja, der Hof ist verschuldet. Er wurde zwangsversteigert. Silbersteins Sohn hat alles verzockt. Er ist spielsüchtig. Und solange ich hier ihr bin, geht es dem Hof gut. Doch es zehrt an meiner Gesundheit. Ich habe keine Reserven mehr. Ich bin erschöpft.«

»Das ist eine Katastrophe. Und warum darf ich nicht zu dir sprechen? Wie soll es weitergehen?«

»Es strengt mich zu sehr an. Die Chefin hat mich weggesperrt. Sie ahnt wer ich bin. Wenn Sie spitzkriegt, das ich sprechen kann …« Oktavia schüttelte ihre Mähne. »Nicht auszudenken, was sie mit mir macht. Sie hofft noch immer darauf, dass ich ihr helfe. Doch ich bin ausgebrannt. Ich stehe hier schon seit vielen Generationen. Ich bin müde.«

Lia rannen Tränen über die Wangen. »Was passiert denn dann?«

»Sie schneidet mir meine Mähne ab, um wieder zu Wohlstand zu kommen. Aber ich bin so schwach, dass mich das dieses Mal umbringen wird.«

»Das lass ich nicht zu!«, sagte Lia. »Es muss einen anderen Weg geben. Es gibt immer einen Weg. Das sagt meine Mutter.«

Oktavia schmiegte ihren Kopf gegen die Eisenstäbe. »Es gibt einen Weg, Lia.«

»Was? Wie?« Lia war sofort hellwach.

»Es ist gefährlich. Heute Abend ist der zweite Vollmond in diesem Monat. Er wird Blue Moon genannt. Du musst mich einfach heute Abend freilassen.«

Lia schielte auf das Vorhängeschloß.

»Das Schloss ist kein Problem. Geh jetzt.«

»Ich werde da sein«, versprach Lia.

»Was treibst du hier? Ganz allein?«, zischte Frau Silberstein. Sie hielt eine schwere Schere in der Hand.

»Ich«, stotterte Lia. »Ich wollte nur nachsehen, ob schon ein Fohlen geboren wurde.« Lia konnte kaum glauben, wie leicht ihr diese Notlüge über die Lippen kam.

»Ich gebe euch rechtzeitig Bescheid. Nun raus hier«, herrschte sie Lia an. »Du hast gegen die Regeln verstoßen. Ich erteile dir hiermit Reitverbot.«

Lia spielte ihr Spiel mit. »Okay. Vielleicht kann ich in der Küche aushelfen?«

oOo

Mit Sonnenbrand kamen die Jungs vom Baden zurück. Gleichzeitig trudelte die Mädchengruppe ein. Sie brachten bunte Blumensträusse mit.

»Den habe ich für dich gepflückt«, sagte Caro und hielt Lia einen Strauss hin.

»Zuerst wollte ich dir von den rotvioletten Blumen einen Strauss pflücken. Doch Frau Guth hielt einen Vortrag, dass diese Orchideenart unter strengem Naturschutz steht. Stell dir vor, dort wo dieses *Rote Waldvöglein* wächst – übrigens ein lustiger Name, oder – darf nicht gebaut werden.« Lia freute sich über den Blumenstrauß und noch mehr über Caros Information.

Im Speisesaal eröffnete Herr Zeiss den Schülern, dass wegen der Hitzewarnung das geplante Lagerfeuer ausfiele. Ein paar Schüler beschwerten sich. Der Großteil zog sich auf die Zimmer zurück. Caro und Lia saßen nach dem Abendessen noch mit Jan und Tinka am Tisch.

»Der Reitlehrer, hat was mit Roxana am laufen«, flüsterte Tinka.

»Stimmt, das habe ich auch mitbekommen. Die wollen sich im Stall treffen«, antwortete Jan.

»In welchem?«, hakte Caro nach.

»Na bei den trächtigen Pferden«, erwiderte er.

»Wenn interessiert das schon?«, sagte Lia und stand auf. Niemand sah ihr ihre schlechte Laune an.

oOo

Diese Nacht lag Lia lange wach. Leise schlich sich Roxana aus dem Schlafsaal. Lia schwitzte und überlegte wann sie unbemerkt zu Oktavia gehen konnte.

Was soll ich machen?, fragte sie Oktavia. Sie bekam keine Antwort und schlief ein. Vor Sonnenaufgang krähte ein Hahn. Erschrocken hüpfte Lia aus dem Bett. Von Roxana fehlte jede Spur. Lia nahm ihren ganzen Mut zusammen und eilte in den Stall.

»Da bist du ja endlich. Beeile dich«, wisperte Oktavia.

»Es tut mir leid.«

»Leg deine Hand auf das Schloss.« Lia gehorchte. Dann rückte Oktavia mit ihrem Hinterteil nah an die Tür heran und schlang ihren Schweif um Lias Hand. Sie spürte ein leises, metallisches Klicken. In der Ferne hörte Lia wie die Bagger anfuhren.

»Was treibst du da?«, fragte hinter ihr stehend Arendt Silberstein. Er hielt eine massive Metallschere in der Hand. Roxana klammerte sich an seine Schulter.

Lia erstarrte.

»Lass mich das erledigen.« Oktavia trabte gemächlich aus ihrer Box heraus. »Keinen Schritt weiter.« Oktavia lies ihr Einhorn erscheinen und klopfte damit auf seine Schulter. Der herabrieselnde Glitzerregen lies ihn und Roxana schläfrig werden. Sie schlurften in die Box und legten sich auf den Boden. »Jetzt aber nichts wie weg. Spring auf«, befahl Oktavia.

Sie ritten zur Koppel. Die Bagger rammten ihre Schaufeln in den Erdboden, als das Paar vor ihnen stoppte. Oktavia stampfte mit ihren Hufen auf die Kornblumen. Wieder und immer wieder. Aus den Blumen löste sich ein blauer Nebel. Ein dicker, dichter Nebelschleier in allen Blautönen erhob sich und hüllte die Baumaschinen ein. Der Dunst schwoll zu einer Windhose an. Die Bauarbeiter sprangen verängstigt aus ihren Kabinen.

»Es ist verhext. Es ist hier verflucht«, schrien sie und rannten davon.

Alle Schüler sprachen beim Frühstück über den blauen Nebel der über der *Rosinante* hing. Da niemand vorhersagen konnte, wann er sich auflösen würde, beschlossen die Lehrer unter diesen Bedingung die Klassenfahrt abzubrechen. Frau Silberstein tobte, als sie Oktavias leere Box sah. Roxana und Arendt konnten sich an nichts mehr erinnern.

»Sie müssen sich mit der Naturschutz-Behörde in Verbindung setzten. Weder ihr Pferdehof, Frau Silberstein, noch die Wiesen dürfen bebaut werden. Die Orchidee die ich entdeckt habe, steht auf der Roten Liste«, sagte Frau Guth.

oOo

Twister kündigte Lia bellend an. Ihre Mutter und Herr Yacnus empfingen sie.

»Heute Nachmittag gehen wir beide deine Nichte im Krankenhaus besuchen«, sagte Lias Mama.

»Ich bin Tante geworden? Was macht denn der Hausmeister hier?«

»Herr Yacnus war meine Aushilfe. Stell dir vor, er nimmt keinen Cent an. Noch dazu backt er die beste Pizza, die ich je gegessen habe. Er bleibt solange bis Paps wieder gesund ist.«

»Lia hilfst du mir in den Ställen?«, fragte er. Lia zog in Windeseile ihre Arbeitssachen an und freute sich über Herr Yacnus Hilfe.

Auf dem Weg zum Stall fragte er: »Wie hat dir der Schulausflug gefallen? War der Pferdehof verhext?«

Ohne es zu wollen lief Lia rot an.

Sie lief ein paar Schritte in den Stall. Wie unter Schock ging Lia rückwärts wieder heraus. Um gleich wieder hinein zu rennen. Glücklich umarmte sie Oktavia, ihre Tränen versiegten in ihrer Mähne.

Behutsam legte sich eine Hand aufs Lias Schultern. Ihr stockte der Atem.

»Ohne dich, wäre Oktavia verloren gewesen«, sagte Herr Yacnus. Sie sah eine große Schere in seiner Hand. Entsetzen spiegelte sich in Lias Gesicht wider.

»Das dürfen sie nicht«, schrie sie ihn an.

Und ob der das darf. Lia es ist mir eine Ehre, meine Mähne bei dir zu lassen. Du hast mir das Leben gerettet. Nun ist euch Wohlstand gewiss. In Freiheit wächst sie ruck zuck nach.

»Er kennt dich?«

»Ja, wir kennen einander. Er ist ein Rückbringer. Nicht nur du hast mich auf dem Prospekt, gesehen, auch er. Er bringt mich zurück zu den Meinigen. Jetzt aber schneide. Wir haben noch einen langen Weg.

»Lia bitte beeile dich. Wer weiß schon, wann Frau Silberstein hier auftaucht.«

Schweigend schnitt Lia die Mähne ab. Es blieb nur ein kurzes Band übrig Ihr Herz zersprang fast vor Trauer. Herr Yacnus führte Oktavia ins Freie.

»Werde ich dich je wiedersehen?«

Gewiss Lia. Ich stecke in jeder Kornblume, sagte sie und schüttelte ihre lange Mähne.

Eine Erinnerung des Meeres

Annika Schüttler

Es war ein gespenstisches Glitzern, das von oben auf den Grund fiel. Das Wasser ließ so weit unten am Grund kaum noch Licht hindurch, nur Wispern und Raunen.

Der kleine Wasserdrache streckte seinen Kopf langsam aus einem schmalen Felsspalt. Vorsichtig, zaghaft, als hätte er Angst vor dem Draußen, das ihn erwartete. Unsicher blickten sich seine Bernsteinaugen um, versuchten, etwas im unendlichen Blau des Meeres zu erkennen. Etwas, das er kannte.

Er konnte kein Wissen verzeichnen über funkelnden Sand, angestrahlt von den Wünschen und Hoffnungen der Oberen Welt. Er musste noch lernen, was es außerhalb seines eigenen kleinen Horizonts zu sehen gab. Aber er lernte gerne.

Behutsam senkte er seinen königsblauen Kopf auf den Felsen, der seinen Spalt schmälerte, drückte mit seiner runden Schnauze dagegen, bewegte ihn langsam fort. Stückchen für Stückchen rutschte der Fels über den Meeresboden, hinterließ mit seinen Kanten einen Graben im Sand, der sich langsam tröpfelnd füllte mit den Zweifeln, die der kleine Drache hegte. Er hatte viel Zeit im Dunkeln des Schattens verbracht, der hinter ihm nach seinem schuppigen Körper griff, ihn festhalten wollte mit seiner Behaglichkeit, mit all den Erinnerungen, die der Drache seinen unsichtbaren Fingern verdankte. Doch war das kleine Geschöpf zu neugierig auf die Welt dort draußen, die ihn rief, viel verführerischer noch als die Höhle, die ihn geboren hatte aus Wasser und tiefblauem Stein.

Seine Beine glichen Flossen; es war nicht einfach, sie durch den schmalen Spalt zu ziehen, als er seinen langen Körper hindurchschob.

Hinaus ins offene Gewässer mit all seinen Abenteuern. Der kleine Wasserdrache hatte seine Höhle niemals zuvor verlassen und auch jetzt fühlte er sich seltsam verloren in der Weite des Wassers, das die sichere, schützende Enge der Höhle abgelöst hatte.

Sorgenvoll blickte er sich um, warf einen letzten Blick zurück und sah die Zweifel, die zwischen den Sandkörnern am Meeresgrund hockten, sich langsam auflösten im ewigen Gedächtnis des Meeres.

Er peitschte mit seinem schier endlosen Schwanz durchs Wasser und genoss die Grenzenlosigkeit seiner Kraft, die nicht mehr eingeschlossen war im Fels, wirbelte Meeresboden auf und Fische, die in hektischen Schwärmen vor der Bewegung flohen. Die Flinkheit ihrer kleinen, glänzenden Körper weckte seine Neugierde und er wandte den Blick ab von der Vergangenheit seiner Höhle mit all ihrer Vertrautheit. Es hafteten viele Erinnerungen an den Steinen darin.

Viele Träume hatte der kleine Drache in den Felsspalten versteckt, viele Wünsche in bunten Luftblasen verwahrt. Doch nun war er umgeben von allumfassender Weite, die so still um ihn ruhte, ihn behütete mit Fingern aus Erwartungen und Versprechungen. Sein blauer Körper trieb in sanfter Strömung, entfernte sich vom Eingang der Höhle mit zarter Leichtigkeit. Die Versuchungen waren größer als die Zweifel und so ließ er sie zurück.

Unruhig wandte er den Blick nach oben, zur Oberfläche, zur Trennlinie der Oberen Welt. Ihr Zauber umgab ihn von allen Seiten und er wollte sie durchbrechen, sehen was darüber war, verborgen vor seinen begierigen Augen. Er wollte selbst sehen, an was er sich eigentlich nur erinnerte.

Er war die Höhle leid, die Einsamkeit, die Gefangenschaft im Fels. Er wollte ihr entkommen, endlich. Entkommen und frei sein. *Wahrlich frei.*

Erneut wanderte der Blick seiner Bernsteinaugen zur lichtbehauchten Oberfläche, sah die leise Ahnung eines Himmels darüber, der sich mit all seiner Schönheit in den Wellen spiegelte, verzerrt von der Bewegung des Wassers. Der Drache durchschnitt das Meer mit seinem kleinen Körper und begann seine Suche nach allem, was er all die Zeit über in seiner Höhle vermisst hatte, was er in der Höhle nicht gekannt hatte. Abenteuer, vielleicht. Veränderung. *Freiheit.*

Bald würde er den Himmel selbst sehen können, der ihm entgegenblickte durch eine Trennung wie aus Glas. Er drängte ihm entgegen und bald würde der kleine Drache ihn sehen können.

Ohne Zeitgefühl zog sein schuppiger, tiefblauer Körper durch das klare, kristallene Wasser. Vielleicht hatte er es verloren, in den Schatten des Felsens, irgendwo zwischen all dem Warten. Vielleicht hatte er es auch nie gekannt.

Die unbekannte Sehnsucht, die unter seinem Schuppenkleid nistete, begleitete ihn wie ein unsichtbarer Weggefährte, geduldig zwar, doch ebenso lockend. Fordernd.

Der kleine Wasserdrache ertappte sich immer wieder dabei, wie er den Kopf nach oben hob, zur Oberfläche. Er wollte hinauf preschen und konnte es nicht erwarten, das Licht zu spüren, das nicht zu ihm hinabreichte, und dem Wispern zu lauschen, das von unerfüllten Träumen klagte.

Aber er hatte Angst. Und alle Hoffnung reichte nicht aus, um sie im Wasser zu verlieren. Noch nicht. Erst brauchte er einige Herzschläge, um sich zu gewöhnen an eine Welt ohne Grenzen aus Stein. Damit seine Seele zu zittern aufhörte.

Die Obere Welt war es, die ihm Angst machte mit ihrem Unbekannten. Doch faszinierte sie ihn in gleichem Maße. Er wusste, es war ihm verboten, sie zu sehen. Das Dunkel der Höhle hatte ihm diesen Gedanken mitgegeben auf seinen Weg, als hätte es gewusst, dass der Drache nicht ewig festzuhalten war. Als hätte es gewusst, dass die Träume nicht ewig verharren würden in ihren Felsspalten und die Wünsche nicht ewig warten konnten in ihren Luftblasen.

Die Erinnerungen an die Stunden im Fels waren verschwommen, wie von Seetang durchwebt und zu träge, um sie aus der Unendlichkeit seines Geistes zu befreien. Er konnte sich nicht mehr richtig erinnern an das *Davor*, bevor er gegangen war. Und auch nicht an den *Grund*, aus dem es ihn gab. Ob schon andere gegangen waren? Andere vor ihm?

Der kleine Wasserdrache sah stets nur einen Schleier vor sich, wenn er seine Gedanken zu ordnen versuchte; einen Schleier, der die Bilder wie Nebel umwob, sich nicht lüften ließ und ihn daran hinderte, all die Fragen zu beantworten, die ihn so lange schon bewegten.

Die Höhle hatte ihm keine Antworten mitgegeben auf seinen Weg.

Sein Blick suchte das Schimmern, das seinen Horizont zu begrenzen vermochte. Sie war so nah, die Welt, von der er sich Klarheit erhoffte. Doch gehörte er nicht dorthin, er könnte verloren gehen in all der Schönheit, die das ewige Blau des Meeres ersetzten würde, sollte er den Kopf über den Meeresspiegel heben, und so die klare Linie mit seinem Willen und seiner Hoffnung durchbrechen.

Es war nicht seine Aufgabe, zu *wissen*. Er sollte sich bloß *erinnern* an das, was war. Sollte *bewahren* und *schützen*, was so leicht in Vergessenheit geriet.

Er war die Erinnerung des Meeres.

Der Drache kannte all die Fehler der Oberen Welt, ohne sie verstehen zu können. In seinem Hort im Fels hatte er sie gesammelt, verwahrt wie in endlosen Schubladen, jederzeit dazu bereit, die Vergangenheit erneut heraufzubeschwören, um das Oben vor all dem Schrecken zu behüten, den es erneut zu begehen drohte. Das war seine Aufgabe.

Doch nun war er fort, frei. Er gehörte nicht länger dem Schatten des Felsens, der ihn in diese Welt geboren hatte. Er war nicht länger dem Meer verpflichtet, das ihm seine Erinnerungen geliehen hatte, um sie zu verwahren. Er musste nicht länger darauf aufpassen, dass die Vergangenheit verloren ging zwischen den Gläsern der Zeit, und von einer Zukunft verdrängt wurde, die ihren rechtmäßigen Platz beanspruchte. Er konnte die Vergangenheit gehen lassen und sie konnte ihn gehen lassen.

Trotz all der Bilder, die in seiner Höhle im Wasser schwammen, trotz all der Dinge, die er gesehen hatte zwischen den Felsen, so wusste er doch nicht, warum *er* es war, der dort saß, warum *er* es war, der die Erinnerungen sammelte. Für ihn schien es, als habe es niemals etwas anderes gegeben, obwohl er immer wieder sah, wie andere Leben geboren wurden und starben, wie sie *sich veränderten*. Der kleine Drache kannte keine Veränderung. Er kannte nur seine Höhle. Er kannte die Steine und die Spalten darin. Er kannte die kleinen Luftblasen, die sich immer an der felsigen Decke gesammelt hatten, und er kannte die fremden Erinnerungen, deren Hüter er war. Er kannte all die unsichtbaren Schubladen, in die er sie sorgfältig legte, fein säuberlich verwahrt.

Vielleicht gab es noch andere wie ihn, andere Drachen, die in anderen Höhlen saßen und andere Erinnerungen verwahrten. Andere Erinnerungen, die ihnen ebenso fremd waren.

Ob auch sie davon träumten, fortzugehen?

Ob auch sie davon träumten, frei zu sein?

Wahrlich frei?

Er war die Erinnerung des Meeres. Aber das Meer war groß. Wie konnte ein so kleiner Wasserdrache so viele Erinnerungen behüten? Wie konnte ein so kleiner, beinahe schon winziger Drache die Verantwortung tragen für eine so große Aufgabe?

Es war zu viel. Niemand könnte das tragen, schon gar kein kleiner Wasserdrache, der selbst so viele große Träume hatte.

Aber er mochte es, zu lernen. Er würde gerne andere Dinge lernen, vielleicht, nicht nur fremde Dinge. Aber er mochte es auch, die Erinnerungen zu betrachten, die den Weg in seine Höhle fanden. Zu beobachten, wie sie im Wasser trieben, bewegt von den Strömungen seines Körpers. Die Farben der Bilder waren von seinen Schuppen reflektiert und als kleine Leuchtpunkte auf die Steine geworfen worden. Manchmal hatten sie sogar die bunten Luftblasen zum Glitzern gebracht, in denen er seine Wünsche aufbewahrte. Ebenso fein sortiert wie all die Erinnerungen.

Es war wichtig, sie sicher zu verwahren, damit sich die Wünsche und Träume des kleinen Drachen nicht mit den Erinnerungen mischten. Manchmal fragte er sich wirklich, wie es war, so viele Erinnerungen zu haben. Tatsächliche, wahre, eigene Erinnerungen. Er kannte nur die fremden.

Vielleicht, ganz vielleicht würde er sich ja erinnern können an die Obere Welt, wenn er sie endlich sah.

Vielleicht würde ein anderer seine Aufgabe übernehmen. *Vielleicht.*

Der Drache wusste, dass sie wichtig sein musste, irgendwie. Er wusste nur nicht, warum. Es gab niemanden, der es ihm erklärte. Seine Höhle hatte immer geschwiegen.

Und die Obere Welt lockte.

Mit einem letzten Atemzug schoss der kleine Wasserdrache nach oben zum Himmel, ein tiefes Funkeln in den Bernsteinaugen.

Und die Wasseroberfläche zersplitterte durch die Kraft seines Körpers, seines Willens und seiner Hoffnung.

Zerbarst unter all den Träumen,
die so lange gewartet hatten.

Die zwei Schwestern

Yvonne Wundersee

In einem kleinen Dorf lebten einst zwei Schwestern. Die Jüngere war ein blondes, freundliches Mädchen, das immer hilfsbereit und fröhlich war. Ihr Name war Sunny. Die Ältere war sehr belesen, klug und sie konnte die Kräfte der Natur nutzen. Sie hatte seidig glänzende, schwarze Haare. Ihr Name war Loona. Die Eltern waren sehr stolz auf ihre Mädchen.

An ihrem sechzehnten Geburtstag nahm der Vater Loona an die Hand. Er ging mit ihr in den nahen Wald. Die Sonne schien durch die Baumkronen und sprenkelte den Waldboden mit Sonnenlicht. Die Vögel zwitscherten und im Unterholz raschelten kleine Tiere. Vater und Tochter kamen zu der kleinen Lichtung und setzten sich auf die Bank, die ihr Vater immer für die wichtigen Gespräche nutzte. Was würde jetzt passieren? Hatte der Vater ein weiteres Geburtstagsgeschenk für sie? Doch als er zu reden begann, verschwand Loonas Freude schlagartig.

»Mein liebes Kind. Du bist jetzt erwachsen und darfst deine eigene Familie gründen. Der Sohn des Vogts hat um deine Hand angehalten und ich habe ihm mit Freude meine Zustimmung gegeben. Im Sommer können wir deine Hochzeit feiern.«

Loona war außer sich vor Wut. Sie wollte nicht heiraten und erst recht den dummen Franz nicht. Mit geballten Fäusten baute sie sich vor ihrem Vater auf. Ihre Stimme überschlug sich, als sie schrie: »Ich will ihn aber nicht heiraten. Bin ich dir denn so wenig wert, dass du mich nicht fragst, was ich mir vom Leben wünsche? Du sagst, dass du mich liebhast, aber das kann doch nur eine Lüge sein. Heirate du ihn doch … Ich wünschte du wärst tot.«

Sie stampfte mit dem Fuß auf und die Natur rumorte. Dunkle Wolken zogen vor die Sonne und verwandelten den Tag in finstere Nacht. Ein Sturm peitschte über die Lichtung und trieb schwarze Schlieren vor sich her. Diese schlängelten sich um den Vater und fuhren in seinen Körper hinein. Er wurde ganz grau im Gesicht. Plötzlich griff er sich an die Brust und rang nach Atem. Loona hatte keine Zeit mehr, dem Vater zu Hilfe zu kommen, da sank er auch schon mit weit aufgerissenen aber leblosen Augen in sich zusammen. Eine Träne schlängelte sich aus einem Augenwinkel. Ein letzter Rest seiner zerbrochenen Liebe zu seinem Kind.

Loona stand eine Minute wie erstarrt. Das Denken fiel ihr schwer. Sie bemerkte nicht, wie sie vor ihrem Vater auf die Knie sank. »Das wollte ich nicht.« Sie nahm seine schlaffe Hand und legte sie an ihre Wange. »Ich mache es wieder gut, Papa. Und wenn ich meine Seele dem Belzebub verschachern muss. Ich mache es wieder gut.« Sie rannte in den Wald mit nur einem festen Ziel vor Augen. Sie wollte zum großen Hexenzirkel und dort zaubern lernen. Bestimmt würde sie dort etwas finden, um ihren Vater wieder in die Welt der Lebenden zu holen. Sie ging sieben Tage und Nächte bis sie den Hexenberg erreichte und sie wurde bereits erwartet. Die oberste Hexe, eine gütige Frau wurde bereits von ihrer Wahrheitskugel über die neue Hexenanwärterin informiert. Sie bekam ein eigenes Zimmer und durfte die Zauberei erlernen. Die schwarze Magie war ihr allerdings strengstens verboten.

Loona lernte verbissen Tag und Nacht, um einmal die stärkste Hexe der Welt zu werden. Bald hatte sie alle Bücher über gute Magie gelesen, alle Schriftrollen studiert und alle Glaskugeln befragt und noch immer keine Antwort darauf gefunden, wie sie ihren Vater retten könnte. Daher schlich sie sich eines Tages in die verbotene Bücherei. Niemand betrat diesen Bereich des Schlosses, es sei denn, um finstere magische Gegenstände für immer zu verbergen. Loona staunte nicht schlecht, als sie riesige Regale voller Bücher erblickte. Gegenstände wurden hinter dicken Glaswänden gesichert und Zauberstäbe lagen zerbrochen am Boden.

Da vernahm sie plötzlich ein leises Flüstern: »Komm, komm zu mir! Ich erfülle dir deine sehnlichsten Wünsche.« Loona folgte der Stimme, denn war es nicht genau das was sie brauchte? Sie erreichte einen schwarzen Kristall. Er schien alles Licht der Umgebung in sich aufzusaugen. »Bist du es, der mir sagen kann, wie ich meinen verstorbenen Vater wieder ins Leben zurückholen kann?«

»Nichts leichter als das«, sprach der Kristall. »Bringe mir reine Seelen. Ich werde sie der Unterwelt als Tausch gegen die Seele deines Vaters anbieten. Doch sei gewarnt. Wird der Handel verweigert, verwandelt sich der Mensch in einen Kiesel und seine Seele kann nicht frei sein, bis der Handel erfüllt wird.« Loona überlegte nicht lange. »Das werde ich tun.«

Von da an lockte sie jede Nacht Kinder zu dem Kristall. Sobald diese die schwarze Oberfläche berührten, stieg blauer Nebel aus dem Kristall auf und verwandelte sie in Kieselsteine. Doch keine Seele war für den Kristall rein genug. Loona trug die Kiesel regelmäßig in einem Eimer zum Strand. Dort wurden sie von den Wellen umspült, als weinte das Meer um die verlorenen Kinder. Auch Loona wurde immer trauriger. Sie wollte diesen Kindern kein Leid antun, trotzdem konnte sie die Rettung des Vaters nicht aufgeben. Der Gram ließ sie schneller altern, beugte ihren Rücken und grub tiefe Falten in ihr Gesicht.

Eines Tages stand sie vor dem Kristall, einen weiteren Kiesel in ihren Händen haltend. »Warum wird mein Opfer nicht akzeptiert? Was soll ich nur anders machen?«

Da sprach der Kristall: »Es gibt in deinem Leben einen Menschen, der die reinste und liebste Seele hat, wenn du diesen Menschen bietest, bekommst du deinen Vater zurück.«

Loona fiel nur ein Mensch ein, der dieser Beschreibung entsprach. Nur ihre Schwester Sunny war so rein wie ein Sonnenstrahl und so lieb wie die Liebe selbst. Also machte sich Loona auf den Weg nach Hause. Sie verbarg sich hinter einer dicken Eiche und beobachtete das Haus ihrer Kindheit. Die Tür öffnete sich und ihre Mutter betrat den Garten. Sie setzte sich auf die kleine Bank. Direkt hinter ihr folgte Sunny, ein Kind auf ihrer Hüfte und eine Decke auf dem Arm. Sie setzte das kleine Kind auf den Schoß der Mutter und legte die Decke über ihre Beine. Da kamen zwei ältere Kinder aus dem Haus gerannt. Sie lachten und wirkten so unbeschwert. Eines der Kinder zupfte Sunny am Ärmel, die sich lächelt herabbeugte.

»Was hast du denn, meine kleine Loona?«

Das Mädchen küsste ihr die Wange und sagte: »Ich wollte dir nur sagen, dass ich dich ganz toll lieb hab, Mama.«

Sie strich dem Kind über die dunklen Haare. »Ich dich auch, von ganzem Herzen.« Dann setzte sich Sunny zu ihrer Mutter. Sie beobachteten das kleine Mädchen, das lachend einem kleinen Kätzchen hinterherjagte.

»Was nur aus meiner Loona geworden ist? Ich hoffe sie ist glücklich dort, wo sie jetzt ist. Jede Mutter wünscht sich das für ihr Kind.«

Sunny legte der Mutter tröstend die Hand aufs Knie.

»Wir vermissen sie alle – jeden Tag.«

Da erkannte Loona, was sie getan hatte. Nicht nur, dass ihr verbissenes Streben nach Wiedergutmachung ihr ein glückliches und erfülltes Leben gestohlen hatte. Nein, sie nahm anderen Müttern ihre Kinder und beraubte sie jeglicher Zukunft. Sie lagen als Kiesel am Strand. Was war nur für ein Monster aus ihr geworden? Wollte sie tatsächlich das Leben ihrer Schwester opfern nur um ihren eigenen Fehler auszubügeln? Tränen traten ihr in die eingefallenen Augen, denn sie wusste, was sie tun musste. Noch einmal schaute sie auf die Familie, die ihr alles bedeutete, und ging zurück zu dem schwarzen Kristall.

»Du kommst ohne deine Schwester?«, fragte dieser.

»Ja, denn ich gebe dir meine Seele, um die Kiesel am Strand zurück zu verwandeln.«

»Damit bin ich einverstanden. Lege deine Hände auf mich und es soll so sein.« Loona tat wie geheißen. Ihre Seele wurde in die Unterwelt gesaugt und die Kiesel am Strand verwandelten sich in die Kinder zurück, die glücklich nach Hause liefen.

Loona erwachte auf einer Wiese. Löwenzahn zauberte gelbe Farbkleckse in das Grün. Der Wind wehte sanft und schob weiße Wolken über den azurblauen Himmel. Loona fühlte eine Zufriedenheit in sich, die sie seit Jahren nicht mehr gekannt hatte. Eine Silhouette tauchte auf und nahm immer mehr Gestalt an. Tränen traten Loona in die Augen und sie schlug sich die Hand vor den Mund, um ein Schluchzen zu verhindern.

Ihr Vater reichte ihr die Hand. »Du hast lange gebraucht, mein Kind.«

Die Hütte am Fluss

Ava Cooper

Dies war also seine ganze Zukunft. Eine kleine Hütte mitten im Nirgendwo, wo das einzige fließende Wasser dem Bachlauf entsprang. Von jedem vergessen würde er hier den Rest seines Lebens verbringen, um dem Fluss zu dienen. Dem Strom, der sie alle ernährte. Und den er bestohlen hatte. Nicht nur einmal, sondern viele Male. Um Maleyann zu retten – die Frau, die er so sehr geliebt hatte, dass es wehtat.

Die ihm auferlegte Bürde band ihn sicherer an den Fluss, als es Waffen und Bewacher hätten tun können. Das und seine Erinnerungen. Die Erinnerungen an ihr qualvolles Leiden übermannte ihn und er stöhnte verzweifelt auf, rieb sich müde mit der Hand über die Augen. Warum nur hatte das heilige Wasser ihr nicht helfen können? Dabei hieß es, die heilige Quelle des Aloran-Flusses würde alle Krankheiten heilen, alle Leiden davonspülen. Damit meinten sie wohl, alle Gebrechen, die körperliche Ursachen hatten.

Doch sie half nicht gegen diese Finsternis, die der Tiefe der Erde entsprang. Wo die Dunklen lebten, die voller Gier nach den Seelen und dem Blut der Menschen trachteten. Je reiner ihre Opfer waren, desto mehr machten sie sich einen Spaß daraus, sie zu quälen. Maleyanns Güte und ihr Liebreiz hatten sie magisch angezogen. Nichts davon war geblieben.

Er vergrub sein Gesicht in den Händen und spürte wieder das nackte Grauen, als seine Liebste sich durch ihren Fluch immer mehr veränderte. Ihre Haut wurde stetig dunkler, bis sie so schwarz schimmerte wie der dunkelste Obsidian. Doch das war nichts im Vergleich zu ihren Augen, in denen sich die Düsternis der tiefsten Abgründe auftat.

Er wusste nicht, was ihn mehr ängstigte: Maleyann anzuschauen oder wegzusehen. Stets malten ihre Finger seltsame Zeichen in die Luft. Es wirkte wie ein Ritual. Eines, das keinem guten Zweck diente, dessen war er sich sicher. Und ganz egal, wie viel Wasser er der Heiligen Quelle entnahm, es war nie genug für ihren Durst.

Er hatte die anderen Priester des Aloran-Flusses hintergangen, weil er dachte, dass er seine Frau damit retten könne. Doch das Wasser der Heiligen Quelle wirkte der Verdammung nicht entgegen, sondern förderte sie vielmehr noch. Je mehr Maleyann davon trank, desto schneller ging ihre Verwandlung voran. Vielleicht, weil auch die Dunklen einst Söhne und Töchter des Flusses waren. Bevor sie der Gier nach Macht erlagen – und zur Strafe in das kalte Erdreich verbannt wurden, weit weg vom Aloran.

Wären sie nur niemals diesem Reh gefolgt, das sie so tief in den Wald geführt hatte! Wo sie hilflos durch die Nebelbänke irrten. Bis sie auf sie stießen – die Dunklen, die einen Preis dafür forderten, dass sie zurück durften. Es klang so harmlos: Einer von ihnen sollte für eine Monddrehung sehen, was sie erblickten. Natürlich wählten sie Maleyann aus, deren Reinheit sie magisch anzog. Er hätte protestieren und diese Bürde von ihr nehmen müssen. Aber er hatte geschwiegen.

Denn er dachte in seiner Naivität, er könne seiner Liebsten dabei helfen, die Last zu ertragen. Sie sagten nicht, dass die Bilder sie für immer verändern, sie selbst in die Finsternis hinabziehen würden. Mit jedem Augenblick, den Maleyann länger mit ihren Augen sah, wurde sie mehr zu einer der Ihren. Weil die Bilder der Dunklen alles Helle in ihrer Seele zerstörten, bis nichts mehr übrig blieb von ihr. Nichts mehr außer der furchtbaren Finsternis. Schließlich wurde ihr Blick so kalt wie ihr Herz – das Herz, das früher so gütig war und das mehr an andere als an sich selbst gedacht hatte. Doch das war Vergangenheit.

Die Frau, die ihr Leben für immer mit ihm teilen wollte, gab es nicht mehr. Noch vor Ablauf der Monddrehung war sie eine lauernde Bestie geworden, die keinerlei Erbarmen mehr kannte.

Nie würde er vergessen, wie Maleyann ihn zuletzt angesehen hatte. Voller Bosheit und Gier.

Schlimmer als ihre Veränderung war allerdings das, was gleich geblieben war. Ihre Stimme klang so süß wie einst, als sie ihn schließlich aufforderte, ihre Tochter herzubringen, damit sie ihre Seele den Dunklen anbieten konnten. Dabei sah sie ihn kalt aus diesen grauenhaften, nachtschwarzen Augen an. In diesem Moment wusste er, dass die Liebe seines Lebens verloren war; verloren an die Düsternis.

Ihm blieb nur eins, um ihr Andenken zu ehren: Er musste sie töten, damit ihre Tochter leben konnte. Sie war keine sechs Jahre alt und sie war noch reiner als Maleyann – früher, bevor sie ein Zerrbild ihrer selbst geworden war. Er musste seine Tochter vor ihr schützen, sonst würde sie ebenfalls ein Gefäß des Bösen werden. Diesen Verlust konnte er nicht auch noch ertragen. Es war schon schlimm genug, dass die Dunklen ihm die Frau genommen hatten. Aber er würde zerbrechen, wenn seine Tochter zu einer Marionette des Bösen würde. Nein, das konnte er nicht zulassen!

Er war gewillt gewesen, Maleyann zu töten. Mit dem silbernen Messer, das er als Priester des Flusses immer bei sich trug. Die Erinnerung an seine schlimmste Stunde ließ ihn aufkeuchen. Sein Brustkorb krampfte sich zusammen und die Luft drang nur noch rasselnd in seine Lunge. Es war ihm egal, denn kein Schmerz war so schrecklich wie das, was er hatte tun wollen – tun müssen.

Blicklos starrte er in den Strom des Aloran, der gleichmütig an ihm vorbeizog. Welle kam auf Welle. Die Kümmernisse der Menschen machten ihn weder schneller noch langsamer. Er folgte nur seinem eigenen Rhythmus. In den Wassertropfen, die hin und wieder über den Flusslauf spritzten, sah er erneut das Grauen, das er erlebt hatte.

Er hatte sie wirklich töten wollen, seine geliebte Maleyann. Um ihre Tochter zu retten. Viel zu lange hatte er es bereits hinausgezögert. Aber dann sah er, wie seine Frau nach ihrem süßen Mädchen griff; ihre Hände voller Gewalt in ihre Schulter grub und sie dabei aus diesen seelenlosen Augen anstarrte. Mit dumpfem Schmerz erkannte er, es war zu spät für sie. Maleyanns Seele war bereits verloren.

Sofort stürzte er auf sie zu und riss das geweihte Messer hoch, um es in ihr Herz zu rammen. Ihre Tochter sah entsetzt von ihm zu seiner Liebsten, deren mattschwarze Finger sich eisenhart in weißes Fleisch bohrten, bis es anfing zu bluten. Dennoch bat ihre Tochter ihn schluchzend, die Mutter zu schonen. Er zögerte, denn die Bitte des Mädchens zerriss ihm das Herz.

Nun hob auch seine Frau ihre Stimme. Süß und sanft wie früher erklang sie, flehte ihn ebenfalls an, sie zu verschonen. Obwohl er wusste, dass es ein Fehler war, wandte er den Kopf, um sie anzuschauen. Er blickte in ihr Antlitz, das selbst mit dieser furchtbar düsteren Haut noch wunderschön aussah. Der Kummer und die Sehnsucht nach ihr, der einstigen Liebe seines Lebens, wollte ihn schier zerreißen. Nein, er konnte sie nicht töten. Nicht seine Maleyann.

Stöhnend ließ er die Hand mit dem Messer sinken. Sie lachte schadenfroh auf und sofort verschwand der Liebreiz aus ihren Gesichtszügen. Zornig brüllte er auf, riss die Waffe hoch und stieß damit nach ihr – doch sie verpuffte mit einem weiteren, verächtlichen Lachen zu einem gestaltlosen Schatten.

Aus schreckgeweiteten Augen starrte er in die Leere, die sie zurückgelassen hatte. Dann hörte er eine furchtbare, kratzende Stimme in seinem Kopf: *Ich werde wiederkommen und mir holen, was mir gehört.*

Da hatte er gewusst, dass sie nun seine Feindin war und etwas in seinem Herzen zerbrach für immer. Er begrub seine Gefühle, denn nur noch eins war jetzt wichtig: Maleyann durfte ihre Tochter niemals bekommen. Sie war alles, was von ihrer Güte geblieben war. Er hob das zarte Mädchen an und nahm es in seine Arme, um aus ihrem Heim zu flüchten. Ziellos rannte er durch die Gegend, wusste nicht, wohin es ihn trieb, bis er ein leises Gurgeln hörte. Der Aloran-Fluss hatte ihn zu sich geholt und er folgte diesem Ruf. Er wusste, dass sie ihn dort finden würden. Aber der Strom des Lebens würde ihn beschützen. Ihn und seine Tochter. Darauf hatte er vertraut, während er auf die Rückkehr der Dunklen gewartet hatte.

Sie kamen nur wenige Tage später, in einer mondlosen Nacht. Maleyann selbst führte die Armee an, die aus schweigender Finsternis bestand. Kurz zögerten sie, dann passierten sie den Fluss, der die Grenzen zwischen ihren Welten darstellte. Seine Schwäche hatte sie gestärkt. Nur deswegen konnten sie die Barriere überwinden. Er flehte den Fluss an, seine Tochter vor ihnen zu beschützen, und bot sich als Opfer an. Viele bange Augenblicke wartete der Aloran mit seiner Antwort. Zeit, in der Maleyann und ihre Armee der Bosheit mit Triumph im Blick näherkamen. Erst als sie fast an der Hütte waren, erhörte der Fluss sein Flehen.

Er wurde lauter und lauter, während die Fluten immer schneller anstiegen. Maleyann und ihre düsteren Soldaten schrien, als der Strom schließlich dröhnend über die Ufer trat und sie mit der Kraft des Lebens hinwegspülte. Sie verschmolzen mit den reißenden Fluten, die in der Nacht beinahe eben so düster waren wie sie. Binnen weniger Sekunden blieb nichts mehr übrig von ihnen. Zuletzt sah er, wie Maleyann gurgelnd unterging, die finsteren Augen anklagend auf ihn gerichtet. Als das Wasser wieder verschwand, waren die Dunklen hinfort gerissen. Doch er wusste, dass es noch andere gab, die darauf lauerten, weitere Opfer zu finden. Schweigend, düster und grausam.

Das Wasser rauschte etwas lauter, als wollte es ihn an ihre stille Übereinkunft erinnern. Der Strom des Lebens verlangte als Lohn für seinen Schutz, dass er die Grenze zwischen den Welten überwachte. Er musste dafür sorgen, dass niemand seinen Fehler wiederholte. Damit kein weiteres reines Wesen von der Düsternis zerstört wurde.

Wenn die Zeit reif war, würde seine Tochter einen Weg finden, die Dunklen zu besiegen. Denn kein Kind sollte jemals mehr Angst vor der eigenen Mutter haben müssen. Seufzend nahm er den goldenen Lichtstab und startete seine Patrouille, die ab sofort zu seinem Leben gehörte.

Er war bereit.

Wellengeflüster

Brina Stein

Es war einmal ... ein kleines weißes Kreuzfahrtschiff, welches die Sieben Meere der Erde befuhr. Heute Nacht stand die Fahrt durch die Straße von Messina an. Eine tückische Meerenge, die dem Kapitän großes Können abforderte, da es viele Riffe und Felsen gab. Das Seefahrtgesetz schrieb vor, dass ein Lotse an Bord kommen musste. So war es auch heute. Das Schiff verlangsamte in Höhe der sizilianischen Stadt Messina seine Fahrt und das Lotsenboot machte backbord fest. Amphitrite tauchte kurz aus dem Wasser und sah den Mann, der den heutigen Lotseneinsatz durchführte an Bord des weißen Schiffes gehen. Er war groß gewachsen, dunkelhaarig, braun gebrannt und sportlich.

»Ein Bild von einem Mann«, seufzte sie und tauchte wieder ins Meer hinab. Sie schwamm einige Zeit unter dem Schiff hin und her, darauf bedacht, nicht zu nah an die große Schraube zu kommen. Der Lotse ging ihr nicht aus dem Kopf. Dennoch war sie sich über diese unsinnigen Gedanken bewusst, zumal sie auch Poseidon versprochen war. Dieser hatte sie jedoch vor ein paar Tagen so stark bedrängt, dass sie aus den griechischen Gewässern in die italienischen geflüchtet war. Sie, als Göttin der Schifffahrt, hatte nämlich die Aufgabe, Schiffe heil durch schwere Passagen zu leiten. Niemals dürfte sie sich in einen Sterblichen verlieben. Die Menschen glaubten, dass ihre Navigationstechnik gepaart mit einem örtlichen Lotsen sie sicher durch enge Gewässer brachten. Doch das stimmte nicht immer. Oft hatte Amphitrite dem Schiff einen kräftigen Schubs gegeben, wenn es trotz Technik zu nah an einen Felsen fuhr. Wie alle Lotsen würde dieser das Schiff bis Naxos begleiten. Nach der Passage hatte er Freizeit bis zum frühen Morgen. In dieser Nacht fuhr das Schiff sicher durch die Straße von Messina. Als es die schwierigen Stellen passiert hatte, blieb Amphitrite in der Nähe.

Während sie nahe an der Oberfläche im Meer umherschwamm, landete etwas auf ihrem Kopf.

»Aua«, schrie sie auf. Schnell griff sie nach dem Gegenstand, der sich als Whiskyglas erwies.

»Wer wirft Gläser über Bord?«, dachte sie wütend. Sie schaute nach oben und berechnete, dass das Glas vom Heck aus geworfen wurde, denn das Schiff war schon einige Längen voraus. Vorsichtig schwamm sie dort hin und sah direkt in die tiefblauen Augen des Lotsen.

»Augen so blau wie das Meer«, staunte sie.

Er blickte ungläubig drein, schüttelte mit dem Kopf und nahm einen großen Schluck aus der Whiskyflasche.

»Man wirft keine Gläser in das Meer«, sagte sie zu ihm mit klarer, fester Stimme und strich sich eine nasse Haarsträhne aus dem Gesicht.

»Man schwimmt auch nicht abends im Meer herum«, entgegnete er.

Da mussten sie beide lachen. Sie konnte ihn genau betrachten, er stand auf Deck eins und war dem Meer sehr nahe. Sie bemerkte, dass die Whiskyflasche, die er in der Hand hielt, halb leer war. Aus der Nähe sah er noch besser aus, fand sie.

»Warum hast du das Glas geworfen?«, wollte sie wissen und schwamm lässig im Schiffstempo nebenher. Er wand sich ein wenig und murmelte etwas von unglücklicher Liebe.

Sie betrachtete ihn und dachte: »Welche Menschenfrau ist so dumm diesen Mann zu enttäuschen?«

Er sah sie an, nahm erneut einen kräftigen Schluck aus der Flasche und fragte: »Wie ist dein Name, schöne Frau?«

»Ich bin Amphitrite, die Göttin der Schifffahrt. Meine Aufgabe ist es, dieses Schiff sicher durch die Meerenge zu geleiten.«

Da lachte der Lotse laut auf und antwortete: »Das ist meine gewesen, Süße.«

Sie lächelte wissend.

»Sag mal, soll ich dir nicht für alle Fälle einen Rettungsring zuwerfen?«, fragte er zuvorkommend.

Amphitrite verneinte.

»Muss anstrengend sein, mit einem so hohen Tempo zu schwimmen«, ergänzte er charmant.

Amphitrite war nichts Irdisches fremd und sie erfasste, dass dieser Traummann reichlich angetrunken sein musste, sonst hätte er kaum mit einer Frau, die im Meer schwamm, ein normales Gespräch begonnen.

»Wir könnten uns doch morgen in Naxos an Land treffen«, schlug er unbedarft vor.

»Nein, das geht nicht«, gab sie mit bedauernder Stimme zurück, »Morgen habe ich insgesamt fünf Schiffe, die ich betreuen muss.«

Er nickte.

»Willst du mir von deiner unglücklichen Liebe erzählen?«, fragte sie einfühlsam, aber neugierig.

Da brach es aus ihm heraus. Nahezu eine Stunde sprach er ohne Pause. Sie lauschte gebannt und platschte ab und an mit dem Fuß.

Er, der erfolgreichste Lotse der Straße von Messina, hatte viele Frauen begeistert. Sie waren ihm in der Vergangenheit zugefallen, ohne dass er groß etwas tun musste, außer zu wählen. Nie war er einer lange treu, aber er verliebte sich auch nie richtig. Bis vor drei Wochen, da hatte es ihn erwischt. Sie kam vom Festland nach Messina, um Urlaub zu machen. Eine stolze Römerin mit einer Ausstrahlung, die ihn sofort in seinen Bann zog.

Vier Tage musste er um sie werben. Eine Ewigkeit für ihn. Dann endlich verbrachten sie die Nächte gemeinsam und in der Ersten merkte er, dass sie es war. Nie hatte er sich einer Frau so nahe gefühlt. Sie roch gut und hatte eine Leidenschaft an sich, die unbeschreiblich war. Sie verbrachten zehn wunderbare Tage gemeinsam, dann reiste sie zurück nach Rom.

Als sie weg war, konnte er es kaum ohne sie ertragen. Er nahm sich einige Tage Urlaub und reiste ihr nach. Tagelang suchte er sie verzweifelt in Rom. Die Adresse, die sie ihm hinterlassen hatte, stimmte nicht. Doch er war davon besessen, sie zu finden und lief tagelang ziellos durch die Stadt. Er hatte ein Foto von ihr und befragte Passanten, aber keiner schien dieses schöne Mädchen zu kennen.

Als er traurig und einsam auf dem Trevi-Brunnen saß, sah er sie plötzlich. Er wollte schon aufspringen, als er den Mann an ihrer Seite entdeckte. Er war älter, hielt sie zärtlich im Arm und flüsterte ihr ins Ohr. Sie warf ihre langen, schwarzen Haare zurück und lachte. Die zwei steuerten direkt auf den Brunnen zu. Der Lotse versteckte sich schnell hinter einer Statue. Arm in Arm warfen sie jeder eine Münze über ihre Schulter in den Brunnen, danach folgte eine innige Umarmung.

Dem Lotsen reichte das Gesehene aus. Noch in derselben Nacht hatte er Rom verlassen.

»Verstehst du jetzt?«, fragte er Amphitrite und deutete auf die fast leere Flasche.

»Nicht ganz«, gab sie zur Antwort. Er sah sie fragend an. Sie fuhr fort: »Was Du gesehen hast, ist eine Sache, aber du weißt nicht, wer der Mann war. Ihr Menschen seht nur mit dem Verstand, niemals mit dem Herzen. Und du, großer Lotse, hast nicht einen Moment für deine Liebe gekämpft«, endete sie mit trauriger Stimme, vollführte eine Drehung und tauchte unter Wasser.

»Amphitrite«, rief der Lotse und beugte sich gefährlich weit über Bord. Er leerte die Flasche mit einem letzten, kräftigen Schluck und wartete. Sie tauchte nicht auf. Der Lotse zog sich einen Stuhl heran und setzte sich. Er fixierte mit seinem Blick das Meer, doch seine Gesprächspartnerin blieb verschwunden. Schließlich schlief er ein, der Alkohol tat seine Wirkung.

Amphitrite schwamm derweil in wütenden Kreisen unter dem Schiff hin und her. Er hatte sie enttäuscht, sie hatte sich mehr Charakter von ihm versprochen und ihre Begeisterung war wie weggespült. Als sie nach einer Stunde doch noch auftauchte, sah sie ihn schlafend auf dem Stuhl sitzen. Er tat ihr leid.

»Nun gut«, dachte sie, »vielleicht war ich ein wenig hart zu ihm, er ist ja ein Mensch.«

Beeindruckt davon, dass er auf sie gewartet hatte, tauchte sie zurück ins Wasser und schwamm in großen Zügen bis zum Meeresboden. Schnell wurde sie fündig. Mit einer wunderschönen Herzmuschel in der Hand, erreichte sie die Wasseroberfläche, schwang sich lässig über die Reling und legte die Muschel in seine Hände, die gefaltet im Schoß lagen. Liebevoll strich sie ihm noch kurz über sein schönes, schwarzes Haar, dann sprang sie zurück ins Meer und kraulte an der Wasseroberfläche mit langen Zügen gen Messina zurück. Der Lotse erwachte beim ersten Sonnenstrahl. Müde schlug er seine Augen auf, und es war ihm, als ob weit in der Ferne eine Hand aus dem Meer herausragte, die ihm winkte. Ungläubig kniff er die Augen zusammen, starrte erneut in die Ferne, doch er sah nur das weite, glatte Meer.

»Was habe ich da bloß geträumt?«, dachte er verwirrt, als sein Blick auf die Herzmuschel in seinen Händen fiel.

Das Kreuzfahrtschiff erreichte eine Stunde später den Hafen von Naxos. Nachdem der Lotse geduscht und ein ausgiebiges Frühstück zu sich genommen hatte, ging er von Bord. Er kam sich albern vor, da er ständig ins Wasser sah. Ganz verstand er nicht, was vor sich gegangen war. Immer wieder betrachtete er die Herzmuschel. Heute Nachmittag musste er auf das nächste Kreuzfahrtschiff als Lotse aufsteigen und von Naxos zurück nach Messina fahren. Er würde die Augen aufhalten, er hatte noch viele Fragen an das Mädchen aus dem Meer, das sich ihm als Göttin vorgestellt hatte.

Amphitrite leitete auch dieses Schiff sicher durch die Straße von Messina. Heute hatte sie alle Hände zu tun. Aus dem häufigen Kurswechsel, den das Schiff nahm, erahnte sie, dass *ihr* Lotse an Bord war. Er schien unkonzentriert zu sein. Gern hätte auch sie ihn noch einmal gesehen und mit ihm gesprochen, doch sie verbot es sich aufzutauchen. Sie war sich sicher, dass sie ihn durch ihre Worte und die Muschel auf den richtigen Kurs in seiner Liebe gebracht hatte. Das musste genügen, leider.

Der Lotse verließ in Messina das Schiff, um sein Glück an Land zu finden.

Amphitrite gönnte sich eine Auszeit und tauchte hinab in die Tiefen des Meeres. Während sie so dahin schwamm, sah sie am Grund überall Herzmuscheln. Große, kleine, weiße, braune und gesprenkelte. Amphitrite staunte.

»Das muss ein Zeichen sein«, dachte sie. In dem Moment sah sie den Delphin. Sie zuckte zusammen.

»Ich komme von Poseidon, der sich untertänigst entschuldigt«, raunte er liebevoll.

Da ging Amphitrites Herz auf und sie schwang sich übermütig auf seinen Rücken und ritt mit ihm gen Hellas.

Schon wieder geblitzt ...

Carmen Görres

Wer mich kennt, kennt auch meinen südländischen Fahrstil. Kaum zu glauben, dass ich als Fahranfängerin das krasse Gegenteil war ... sehr verhalten und eher ängstlich. Einen LKW zu überholen, versuchte ich nach Möglichkeit zu vermeiden, und Strecken zu fahren, die ich kannte, war mir am liebsten. Mit der Zeit hat sich das jedoch geändert. Durch berufliche Langstreckenfahrten war ich gezwungen die Autobahn zu nutzen. So wurde ich immer sicherer und damit auch zügiger ... zuweilen ziemlich zackig.

Es gab eine Phase in meinem Leben, in der ich sowohl tagsüber als Angestellte arbeitete, als auch nebenberuflich an manchen Abenden ›on Tour‹ war, um hochwertige Backformen und das dazu passende Werkzeug an die Frau zu bringen. Dabei stand ich dann oft bis nach Mitternacht vor einer, in der Regel frauenlastigen, Gruppe, um vor deren Augen Backwaren herzustellen und währenddessen die verschiedenen Formen und Werkzeuge zu zeigen und zu erklären. Da ich mit Herz und Seele bei der Sache war, lief diese Nebentätigkeit sehr gut und mühelos. Dennoch wurde es mit der Zeit anstrengend, den ganzen Tag am Schreibtisch und anschließend bis in die Nacht hinein freiberuflich zu arbeiten. Die Müdigkeit im Büro ließ grüßen ...

Ab und an passierte es mir auf der nächtlichen Heimfahrt, dass ich schlaftrunken aufs Gaspedal drückte, weil ich von dem Wunsch getrieben war, so schnell wie möglich in mein Bett zu schlüpfen. Dadurch sauste ich selbst in die mir bekannten feststehenden Radarfallen, um dann, just in diesem Moment mit einem Schreck glockenwach zu sein! Super! Schon wieder so ein großartiges Foto geschossen ... Ich pflegte dann den Gedanken, dass ich an diesem Abend ›für umme‹

gearbeitet habe. Naja, das Bußgeld kommt sicher irgendeinem guten öffentlichen Zweck zugute … Und wer weiß, vielleicht wird zu meinen Ehren – als fleißige Spenderin – mal ein Denkmal in Karlsruhe aufgestellt.

Nun, so war das für mich schon fast normal, in unregelmäßigen Abständen einen ›Liebesbrief‹ der Bußgeldstelle zu bekommen. Mit den ›HappyDigits‹ aus Flensburg blieb ich zum Glück immer verschont.

An Tag X machte ich, wie üblich, meinen Einkauf in dem großen Einkaufszentrum unserer Nachbarschaft. Wie in vielen großen Supermärkten waren auch hier im Eingangsbereich mehrere kleine Geschäfte, wie z.B. eine Bäckerei, ein kleiner Juwelier, ein Schuhmacher usw. angesiedelt. Nachdem ich meinen Einkaufswagen aus seinem Unterstand gezogen hatte, schob ich diesen, meinen Gedanken nachhängend, in Richtung Haupteingang. Die große Schiebetür öffnete sich und ein paar Schritte weiter – ›Blitz, Blitz‹ – grell und hell leuchtete das Licht und ich zuckte erstmal kurz zusammen vor Schreck und dachte: ›So ein Mist!!! Schon wieder geblitzt …! Ach Mensch, hört das denn nie auf?‹ Dann wurde ich wieder klar und realisierte die Realität:

Erstens: Ich bin hier zu Fuß!

Zweitens: Ich schiebe einen Einkaufswagen!

Drittens: Zu meiner Linken steht ein Passbildautomat, in dem jemand ein Foto von sich machen ließ!

›Blitz, Blitz!‹

Als ich dies erkannte, lachte ich schallend los und konnte mich kaum noch bremsen. Sicher habe ich den einen oder anderen amüsierten und auch verständnislosen Blick auf mich gezogen. Selbst als ich mich wieder von meinem Lachanfall erholt hatte, erledigte ich mit einem breiten Grinsen und innerlich lachend meinen Einkauf.

Wie vergnüglich es doch sein kann, sich selbst und seine Gedanken zu beobachten!

Das Jahr der merkwürdigen Ereignisse

Marina Kienitz

Es war das Jahr der merkwürdigen Ereignisse. So nannte ich es später.

Es war das Jahr, indem der Winter auf der Insel kein Ende nehmen wollte und der lange Frost die Wasserleitungen in unserem Haus gefrieren ließ. Es war das Jahr, indem der Frühling so heiß war, dass die Blumen und Felder vertrockneten, indem der Sommer keiner war und die stürmischen Regengüsse die Felder in Seen verwandelten.

Es war das Jahr, indem die Natur verrückt spielte, Bäume entwurzelte und Blitze in Häuser einschlugen, wo ein Hagelkorn, groß wie ein Tennisball , die Frontscheibe meines Autos traf und sie wie ein Spinnennetz zerbarst. Das Jahr, indem die Natur Rache übte, an dem achtlosen Umgang mit ihr. Die Wolken am Himmel formten Bilder, die an Geister und Weltuntergang erinnerten, so als wäre der jüngste Tag gekommen.

Es war das Jahr, der unzähligen Schlaglöcher auf den Straßen, die vom Frost gesprengt waren und ich mich fragte, wieso es in der heutigen, hochmodernen Zeit nicht möglich war, Straßen zu bauen, die dem Frost standhielten.

Es war das Jahr der neuen Anfänge und Trennungen, der merkwürdigen Geschichten und Ereignisse, bei denen ich mich manchmal fragte, wie so etwas alles möglich war.

Es war das Jahr, indem ich begann die Kälte und die Dunkelheit zu mögen, um einen Grund zu haben, in der geschützten Wohnung zu bleiben, weil es so viele Tage gab, an denen ich niemanden sehen wollte. Es geschahen Dinge, die ich lieber nie gesehen, Worte, die ich lieber nie gesagt, Gedanken, die ich lieber nie gedacht, Dinge, die ich lieber nie getan und Gefühle, die ich lieber nie empfunden hätte.

Da gab es das Haus in diesem kleinen Ort auf der Insel, indem keiner wohnen wollte, in das wir dann aber einzogen, weil die Miete so preiswert war. Wir, das waren Claire und ich, sie wohnte unten und ich über ihr, unter dem Dach. Es war das Haus, indem es Geräusche gab, die keiner von uns beiden verursachte, die nirgendwo herzukommen schienen, wo es rumpelte und krachte obwohl es schon Ende März war und die Eiszapfen an den Dachrinnen längst weggeschmolzen waren. Nachts hörten wir das Knurren, Jaulen und Winseln von Hunden, das Krähen von Hähnen und das Wiehern von Pferden, obwohl es keine Tiere in dieser Straße gab.

Es waren auch nur Claire und ich, die es hörten, die Nachbarn verstanden nicht, wovon wir sprachen. Wenn jemand bei uns übernachtete waren die Tiere nicht zu hören, sie verstummten und wir wussten nicht, woran das lag. Manchmal öffneten sich in der Nacht von allein Fenster und Türen, obwohl wir sie fest verschlossen hatten, Rollos krachten auf den Boden, es ging der Fernseher an, obwohl der Stecker herausgezogen war und eines Morgens waren alle Saiten meiner Gitarre gerissen. Erst gegen Ende dieses Jahres, als es kurz vor Silvester wieder anfing zu schneien, hörten die Merkwürdigkeiten im und rund um das Haus auf, so, als wäre es jetzt genug und im neuen Jahr gehörten diese Dinge einfach nicht mehr dazu.

Es war das Jahr, indem meine Freundin Marie verschwand, einfach so, von heut auf morgen, wo ich jeden Tag über die Insel lief, an allen Stellen suchte, an denen wir beide gewesen waren, in der Hoffnung sie zu finden. Ich lief bis mir die Füße schmerzten, und ich mich aufs Feld legte, um in den Himmel zu starren, als ob der eine Antwort wüsste.

Wochenlang sah man mich laufen und die Leute dachten, sie sucht sie immer noch, sie hört damit nicht auf und sie fragten sich, wie lange das noch so gehen soll. Erst als ich diesen Husten bekam, der mir die Luft zum Atmen nahm und mich ans Bett fesselte, da hörte ich mit dem Suchen auf und wusste plötzlich, Marie kommt nicht mehr wieder.

Es war das Jahr, wo die langjährige Lebensgefährtin meines Vaters starb und er immer noch für zwei Personen einkaufte und auch als ich ihn fragte, wer das alles essen soll, damit nicht aufhörte. Es war das erste Mal, dass er nicht zu meinem Geburtstag anrief und ich aus Angst, ihm könnte etwas passiert sein, auch nicht bei ihm anrief.

Auch als meine beste Freundin Mo sagte: „ Ruf doch an, er lebt bestimmt noch!“, tat ich es trotzdem nicht und hörte erst zu Weihnachten wieder von ihm.

Es war das Jahr, indem meine Schwester Lucie Berlin verließ, um auf ihre Glücksgefühlinsel Fehmarn zu ziehen und sich von niemandem verabschiedete, auch nicht von ihren Freunden, die sich fragten: „Was will sie denn auf dieser Insel, was will sie denn dort machen, Lucie hat doch alles in Berlin, was sie braucht?“, und Lucie keine Antwort gab und den Kontakt mit allen abbrach. Niemandem erzählte sie warum sie Berlin hatte verlassen müssen, vielleicht wusste sie es selbst nicht. Es war, als hätte es ihr vorheriges Leben nie gegeben.

Es war das Jahr, indem meine Bekannten Jenny und Jakob sich trennten und Jenny Socken zu stricken begann. Man sah sie nur noch stricken, Socke um Socke und auch als ihre Mutter fragte: „Wer soll die denn alle tragen, jeder Mensch hat doch schon welche?“, hörte sie damit nicht auf. An jedem freien Platz im Haus lagen gestrickte Socken herum, es schien, als wollte Jenny die Leere, die Jakob hinterlassen hatte, mit Socken füllen, als ob das möglich wäre.

Es war auch das Jahr, indem ich mich unglücklich verliebte, sich das Gefühl in meinen Eingeweiden einnistete, wucherte, mutierte und schmerzte und ich nicht wusste, wie das vorbeigehen soll, einfach so. Ich begann Collagen aus Zeitungen zu machen, schnitt und klebte, bis mir die Finger schmerzten und wund wurden. Zuerst stapelte ich sie in einer Ecke meines Wohnzimmers, dann legte ich viele Ordner an und sortierte sie nach Themen, als würden sich damit auch die Gedanken in meinem Kopf ordnen und das Chaos beseitigen. Obwohl sie niemandem so recht gefielen, hörte ich damit nicht auf.

Erst als Claire sagte: „Das ganze Haus riecht nach Klebstoff, es ist zu kalt, um den ganzen Tag die Fenster zu öffnen, wir werden noch krank!“, ließ ich es irgendwann sein.

Es war das Jahr, indem ich mich so oft stritt wie nie zuvor in meinem Leben und manche Menschen kein Wort mehr mit mir sprachen.

Mo sagte zu mir: „Was ist mit dir los, du bist doch sonst nicht so?“, konnte ich darauf keine Antwort geben.

Ich stritt, bis ich keine Luft mehr hatte und nicht mehr wusste, wie es ging, das Atmen. Erst da hörte ich mit dem Streiten auf, es war, als hätte jemand die Luft aus mir herausgelassen. Das war der Zeitpunkt, wo ich anfing zu schreiben, alles, was mir in den Sinn kam und die Gedanken aus mir herausflossen wie aus einer unaufhörlichen Quelle.

Auch als Claire mich fragte: „Wer soll das alles lesen, wen interessiert das?“, schrieb ich weiter, Zeile um Zeile, es musste aus mir heraus. Ich schrieb, als würde mich jemand hetzen, als könnten die Gedanken verloren gehen und als Claire mich fragte,: „Wo sollen sie denn hingehen, deine Gedanken, sie sind doch in deinem Kopf?“, da wurde ich ruhiger.

Es war das Jahr, indem meine Friseurin Maike dauernd meinte von der Insel fliehen zu müssen, als ob Fehmarn ihr etwas getan hätte und ich auf die Frage: „Wo willst du denn hin, was suchst du denn?“, keine Antwort erhielt. Sie fuhr Kilometer um Kilometer, als führe sie ihrem Leben davon und immer wenn ich eine Unfallmeldung im Radio hörte, dachte ich, jetzt hat es sie erwischt, sie hat die Kontrolle über ihr Auto verloren. Sie konnte nirgendwo bleiben, es trieb sie immer weiter und bis heute weiß ich nicht, ob sie immer noch durch die Gegend fährt oder ob sie nun einen Ort gefunden hat, wo sie bleiben kann.

Es war das Jahr, indem der sechsjährige Finn aus der Nachbarschaft mich oft besuchte, nur um auf das Dach zu gehen und um mir zu sagen, wie das Wetter werden würde. Er hörte, was der Regen und die Schneeflocken sagten, roch den Jahreszeitenwechsel und fühlte, wenn es kälter oder wärmer werden würde. Er sagte allen, nur er könne es hören und riechen, es seien die Vögel und der Wind, die mit ihm sprachen und niemand sagte etwas dagegen.

Claire und ich beließen es dabei. Er fertigte Zeichnungen vom Wetter an, die er bei mir in der Dachkammer stapelte und die ich niemandem zeigen durfte, weil sie geheim waren. Erst als er lange im Krankenhaus liegen musste, weil er zu weit in die Ostsee hinausgeschwommen war, um die Fische sprechen zu hören und ihn die Wasserwacht retten musste, hörte er damit auf.

Es war das Jahr, indem mein Bruder allen Leuten erzählte, er hätte eine Wanze im Ohr und dass er von Stimmen belästigt wurde. Erst als er zur Polizei ging und gegen die Stimmen Anzeige erstatten wollte, ging ich mit ihm zum Arzt, der ihm Tabletten verschrieb, die er nicht einnahm. Erst als der Ohrenarzt die Wanze nicht entfernen konnte und sie beim täglichen Schwimmen auch nicht herausgespült wurde, nahm er die Tabletten ein und es wurde besser.

Es war das Jahr, indem ich im Frühjahr, immer gegen Abend, Flammen bei den Nachbarn aus dem Schornstein kommen sah und erst als der Schornsteinfeger sagte: „Das kann nicht sein, es ist alles in Ordnung", feststellte, dass es die rote Abendsonne war, die sich im Rauch rot färbte. Ich konnte es nicht glauben, dass so eine optische Täuschung möglich war, stand immer wieder an meinem Fenster und versuchte zu erkennen, wo sich die Sonne spiegelte, doch es blieb ein Rätsel. Ich machte Fotos und zeigte sie meinem Nachbarn, weil ich wollte, dass er mir auch glaubte. Erst später, als die Sonne höher zu stehen begann, sah ich es nicht mehr, dieses Feuer. Es war, als hätte es die optische Täuschung nie gegeben.

Es war das Jahr, indem die Schwester von Finn, Adrienne, alle drei Tage hohes Fieber bekam und kein Arzt die Ursache herausfinden konnte. Alle fragten sich:" Woher kommt das Fieber, es muss doch einen Grund geben, der die Körpertemperatur in die Höhe schießen lässt?" Erst als sich die 17jährige Adrienne am Ende dieses Jahres von ihrem Freund trennte, verschwand das Fieber, so als bräuchte ihr Körper ohne den Freund auch das Fieber nicht mehr.

Es war das Jahr, indem ich nach und nach erfuhr, dass alle Menschen um mich herum eine verkorkste Kindheit gehabt hatten, eine Kindheit, die eigentlich keine gewesen war. Menschen, die aufgewachsen waren ohne Beachtung und Liebe, die ungewollt auf die Welt gekommen waren und nicht in das Leben der Eltern hineingehörten. Es waren die Menschen, die ihr Leben lang umherfuhren, weil sie auf der Suche waren und nie das fanden, was sie zur Ruhe kommen ließ. Sie wussten selbst nicht, wonach sie suchten, weil man Eltern, die es eigentlich nie gab, nicht finden kann. Es fiel ihnen schwer, Dinge anzunehmen, weil sie es nicht gewohnt waren, etwas zu bekommen. Menschen, die immer alles allein meistern wollten, auch wenn sie am Ende ihrer Kraft waren.

Es war da Jahr, indem ich das Gefühl hatte, plötzlich eine Tochter zu haben, die nicht meine war und es vom Alter her auch nicht sein konnte, ich aber alles tat, was Mütter eigentlich tun, wenn sie der Rolle gewachsen sind. Ich versuchte, ihr in ihrer Lage zu helfen mit den Mitteln, die ich zur Verfügung hatte, aber es dauerte dieses ganze Jahr, bis es ihr endlich besser ging.

Es war das Jahr, indem die Tauchlehrer Lasse und Flo keine Freude mehr am Leben finden konnten, weil sie ihre Tauchschule schließen mussten, als zwei Kinder beim Tauchen in der Ostsee im trüben Wasser ertranken. Die Kinder hatten die Orientierung verloren und konnten nicht rechtzeitig auftauchen, weil die Gewichte zu schwer waren. Es waren die Vorwürfe, die sie sich tagein, tagaus machten und die ihr Leben trübe und schwer wie Blei machte, so als würden sie selbst ertrinken.

Es war das Jahr, indem meine andere Freundin Laura anfing, Geschichten zu erzählen, die immer seltsamer wurden, und ich mich mehr und mehr zu fragen begann, ob es möglich war, dass ein Mensch so etwas alles erleben kann.

Auch als Claire zu Laura sagte: „Was erzählst du denn für Märchen, was sind das alles für Lügengeschichten?“, hörte sie nicht auf, jeden Tag kam eine neue unglaubliche Geschichte hinzu.

Ich beschloss, ihr zu glauben, obwohl es mich zeitweise verrückt machte und mir den Schlaf raubte. Erst als sie es endlich schaffte, gegen Ende dieses Jahres die Insel zu verlassen, und ich nur noch selten von ihr hörte, wusste ich, in diesem neuen Jahr, braucht sie diese Geschichten nicht mehr, denn es wurde still um sie, so, als hätten die merkwürdigen Ereignisse sie mit dem Verlassen der Insel auch verlassen.

Es war das Jahr, indem mich die Fehmarnsundbrücke verzauberte und ich vom Betrachten der Brücke nie genug bekommen konnte.

Auch als meine Kosmetikerin Frau T. sagte: „Sie müssen doch mal etwas anderes sehen, was finden Sie denn so toll an dieser Brücke?“, konnte ich ihr darauf keine Antwort geben und fuhr weiterhin zum Fehmarnsund, um mich auf den Deich zu setzen, weil man von dort den besten Blick auf sie hatte.

Es war das Jahr, indem Mos Stiefmutter Chris starb, einfach so mitten in der Nacht und niemand verstand, warum sie so früh hatte sterben müssen, als ob der Tod sich vorher hätte ankündigen müssen. Chris hatte mehrmals täglich bei immer denselben Leuten angerufen, obwohl es nichts zu erzählen gab. Niemand wusste, warum sie das tat, wir alle nahmen es hin, es gehörte einfach zu Chris Leben dazu. Nach Chris Tod wurde es still in den Wohnungen, weil das Telefon einfach nicht mehr klingeln wollte, als gäbe es keins mehr, seit Chris nicht mehr da war.

Erst als dieses Jahr zu Ende ging, als kurz vor Silvester mit den ersten Schneeflocken die seltsamen Geräusche im Haus verschwanden und es nicht mehr nach Klebstoff roch, wurde es ruhiger. Es schien, als hätte dieses Jahr alles preisgegeben, was es an Ungewöhnlichem zu bieten hatte, als hätte es sich austoben müssen. Es kam einem so vor, als hätte es an diesem Jahr gelegen und nicht an den Menschen.

Wir sprachen immer von diesem Jahr und jeder wusste, welches gemeint war.

Auch als Claire sagte: „ Was kann denn das JAHR dafür, JAHR ist doch nur ein Wort, es ist der Mensch, der es mit Inhalten füllt", ließen wir uns nicht davon abbringen.

Es war das Jahr, das kein Ende zu nehmen schien und doch so kurz war, dass es in eine Geschichte passte.

Zwei mit Hund und Katz

Alina Jipp

Wachküssen im Film: Er beugte sich über sie und hauchte ihr zärtlich Küsse aufs Gesicht, bis sie sich langsam regte.

Wachküssen in meiner Realität: Ein fast sieben Kilo schwerer Kater legte sich auf meine Seite und schlabberte mir über die Wange, bis ich stöhnend erwachte.

»Charlie! Runter.«

Er dachte natürlich gar nicht daran, sondern begann Milchtritt auf meiner Blase zu machen. Das war doch Absicht!

Stöhnend wälzte ich mich herum und suche nach meinem Handy, um die Uhrzeit zu checken. Erst fünf Uhr dreißig. Genervt stöhnte ich auf. »Charlie, es ist Sonntag! Ich darf ausschlafen.«

Natürlich antwortete der Dicke mir nicht, stattdessen schnurrte er und trampelte weiter auf meiner Blase herum. Wie sollte er auch antworten? Er war nur eine Katze, obwohl ich ihm das selbstverständlich nicht sagen durfte. Eine von fünf Katzen, die hier bei mir lebten, um genau zu sein. Wenngleich ich erst vierundzwanzig war, hatte ich etwas von einer verrückten alten Katzenlady. Zumindest behauptet meine Mutter das immer und prophezeite mir, dass ich so nie einen Mann finden würde. Okay, damit würde sie wahrscheinlich Recht behalten, aber mich störte das nicht. Noch nie hatte ich eine wirklich längere Beziehung gehabt oder mich auch nur so richtig verliebt. Ich lernte Männer kennen und genauso schnell vergaß ich sie wieder und sie mich ebenfalls. Und einer, der mit meiner Tierliebe nicht zurechtkam, hatte bei mir sowieso keine Chance.

Doch jetzt war nicht die Zeit, darüber nachzudenken, denn auch die anderen Vierbeiner fingen nun an, das Bett zu erobern.

»Ja, ich stehe ja schon auf. Darf ich noch aufs Klo, bevor ich euch füttere?« Natürlich antwortete mir keiner, dafür tapste die Bande hinter mir her ins Bad und wartete, bis ich endlich fertig war. Publikum auf den Thron, wer wollte das nicht?

Erst als ich im Anschluss ihre Näpfe gefüllt hatte, ließen sie mir etwas Ruhe. Ich streichelte Charlie einmal den Kopf und Mischa über den Rücken, dann sah ich ihnen noch kurz beim Fressen zu. Außer Charlie, den ich mir bei einer britisch Kurzhaar Züchterin gekauft hatte, als mein alter Kater Harry gestorben war und sein Kumpel Ron nicht allein bleiben sollte, hatte ich keins meiner Tiere bewusst angeschafft. Ron war inzwischen auch mit vierundzwanzig Jahren friedlich eingeschlafen, dafür hatte ich Mischa übernommen, der übrigblieb, als unser Nachbar in ein Pflegeheim musste. Fred, George und Ginny waren Findelkinder, die ich im Laufe der Jahre aufgepäppelt und behalten hatte. Die meisten Tiere, die auf Umwegen bei mir landeten, vermittelte ich ja weiter, aber die Weaslys, wie ich die drei gern nannte, verschwanden immer spurlos, wenn Fremde die Wohnung betraten, was eine Vermittlung unmöglich machte.

Mein erster Weg nach der Raubtierfütterung führte mich zur Kaffeemaschine. Ohne mein Lebenselixier ging gar nichts. Nachdem die Tasse voll war, setzte ich mich mit ihr ans Küchenfenster. Wie gern hätte ich einen Garten oder wenigstens einen Balkon, um draußen sitzen zu können, aber so etwas konnte ich leider nicht bezahlen.

›Wenn du mal einen anständigen Job annehmen und weniger Geld in deine Tiere stecken würdest, könntest du dir auch eine vernünftige Wohnung leisten‹, hörte ich die Stimme meines Vaters in meinem Kopf. Er verstand nicht, warum ich nicht ehrgeiziger war. Schon als Kind hatte ich alle Lebewesen retten wollen und mehr als einmal verletzte Tiere mit nach Hause gebracht und aufgepäppelt. Ich war mit den Hunden der Nachbarn spazieren gegangen und hatte im Tierheim geholfen.

Sehr zum Missfallen meiner Eltern hatte sich das bis heute nicht geändert. Oft nannten sie mich Träumerin und prophezeiten mir, dass ich noch aufwachen würde. »Du kannst nicht allen helfen«, sagte mein Vater immer wieder.

Als wüsste ich das nicht selbst. Natürlich konnte ich das Tierleid auf der Welt nicht beenden und meine Hilfe war sicher nur ein Tropfen auf dem heißen Stein. Aber für jedes gerettete Tier bedeutete es, dass es leben durfte und das war es wert.

So gern ich einen Garten hätte, dafür meine tierischen Mitbewohner aufgeben würde ich nie. Außerdem mochte ich meinen Job als Verkäuferin in einem kleinen Laden für Tierbedarf. Okay, da verdiente ich nur den Mindestlohn, aber ich arbeitete trotzdem gern dort, da ich die Menschen beraten konnte, wie man Tiere halten sollte. Bei uns gab es keine winzigen Käfige für Nager oder Vögel. Wir erklärten den Kunden, warum es nicht artgerecht war, und boten alternativ Volieren und Gehege in geeigneter Größe an. Die Besitzerin war genauso eine Tiernärrin wie ich und froh, dass sie sich auf mich verlassen konnte.

In der Wohnung unter mir begann der kleine Mischlingshund Bonny wie wild zu bellen. Das kannte ich so gar nicht von ihm. Eigentlich war er ein friedlicher Zeitgenosse.

Während ich meinen Kaffee trank, lauschte ich nach unten, ob sich Bonnys Bellen veränderte oder ob sein Frauchen mit ihm schimpfte, aber es geschah nichts. Normalerweise hätte die liebe Frau Behrends, der er gehörte, ihn längst zur Ruhe gerufen. Ob ihr wohl etwas passiert war?

Als Bonny zehn Minuten später immer noch bellte, hielt ich es nicht mehr aus. Deshalb zog ich mir schnell etwas über, schnappte mir vorsichtshalber den Ersatzschlüssel zur Wohnung, den sie mir für Notfälle gegeben hatte, und ging hinunter.

Bonnys bellen wurde lauter, je näher ich der Tür kam. Natürlich klingelte ich zuerst. Doch drinnen rührte sich nichts, außer dem Hund. Ich klopfte und lauschte, aber weiterhin war da nur Bonnys Bellen. Es klang sauer.

Ob ihr etwas passiert war? Frau Behrends hatte keine Familie in der Nähe, deshalb kaufte ich manchmal für sie mit ein oder führte Bonny spazieren, wenn sie einen längeren Termin hatte. Aber ich glaubte nicht daran, dass das jetzt der Fall war. Sie hätte mir sonst doch Bescheid gesagt. Außerdem konnte der Hund auch gut alleine bleiben und bellte dann nicht die ganze Zeit, so wie jetzt.

In mir wuchs die Angst, dass ihr etwas passiert sein könnte. Eigentlich war sie ja sehr fit für ihr Alter, aber manchmal konnte das ja leider schnell umschlagen. Vielleicht war sie gestürzt oder so und Bonny bellte jetzt nur, um darauf aufmerksam zu machen.

Nochmal klopfte und klingelte ich, um Frau Behrends vorzuwarnen. Als dann noch immer keine Antwort kam, nahm ich den Schlüssel und öffnete die Tür. Sie hatte ihn mir für Notfälle gegeben oder halt, damit ich Bonny wieder hineinlassen konnte, nach unseren Runden.

»Frau Behrends?«, rief ich laut und trat zwei Schritte in den Flur. Bonnys Bellen verstummte endlich, stattdessen hörte ich Pfotengetrappel. Freudig mit dem Schwanz wedelnd kam der kleine Kerl auf mich zu. Er sah richtig erleichtert aus, ein bekanntes Gesicht zu sehen.

»Na, Bonny. Was musst du denn so schimpfen? Und wo ist dein Frauchen?« Ich beugte mich hinunter und streichelte den kleinen Hund, der sich an meine Beine schmiegte.

»Erwarten Sie wirklich eine Antwort von dem Kläffer?«, fragte auf einmal eine fremde Männerstimme hinter mir. Ein Mann drängte sich durch die immer noch geöffnete Tür herein.

Mir blieb vor Schreck fast das Herz stehen, dann begann es im doppelten Tempo wieder zu schlagen. Schnell richtete ich mich auf, um mich vor dem Eindringling zu verteidigen.

Der sah mich aber eher amüsiert an als bedrohlich.

»Wer sind Sie?«, fragte ich trotzdem und musterte ihn. Gut sah er aus. Groß, dunkelhaarig, feine Gesichtszüge und unter seinem Shirt zeichneten sich Muskeln ab. Wie ein Einbrecher sah er eigentlich nicht aus, oder? Aber was wusste ich schon davon, wie Diebe aussahen?

»Wer sind Sie denn? Und warum dringen Sie einfach in die Wohnung meiner Tante ein?«

Seiner Tante? Das erklärte zumindest, was er hier wollte. Oder war es nur eine Ausrede? Er sprach so von oben herab mit mir, dass ich automatisch in Abwehrstellung ging.

Bevor ich allerdings erklären konnte, was ich hier zu suchen hatte, begann Bonny an der Tür zu kratzen und zu winseln. Sie musste raus, eindeutig. Aber der Neffe machte keine Anstalten, sich darum zu kümmern.

»Ich wohne eine Etage höher und gehe ab und zu mit Bonny Gassi – was jetzt auch nötig wäre. Ihre Tante hat mir einen Schlüssel für Notfälle gegeben und ich dachte, dass ihr vielleicht etwas passiert ist, weil Bonny so ein Theater macht. Normalerweise ist er sehr friedlich, aber er muss wohl dringend raus. Übernehmen Sie das?«

»Schon wieder? Ich war erst vor zwei Stunden mit ihm draußen.« Er sah vom Hund zu mir. Dann setzte er ein Lächeln auf. »Ich muss gleich weg, meine Tante liegt im Krankenhaus und ich will ihr Sachen bringen, die sie braucht. Könnten Sie vielleicht den Hund nehmen?« Er sah ein bisschen überfordert aus. Tiere waren wohl nicht so sein Ding. Schade.

»Klar, mache ich. Zumindest eine kleine Runde schaffe ich, bevor ich wegmuss.« Meine Eltern erwarteten mich ja erst zum Mittagessen.

Er schenkte mir ein Lächeln und allein das brachte mein Herz dazu, schneller zu schlagen. Dabei hatte ich so viele Fragen. Nach Frau Behrends verbleib, wie es ihr ging und so weiter. Aber vielleicht konnte ich die später noch stellen.

Bonny beruhigte ich, als ich den gewohnten Weg in Richtung Park mit ihm einschlug.

»Du vermisst bestimmt dein Frauchen, oder? Aber sie ist sicher bald wieder da.« Zumindest hoffte ich das. Warum hatte ich eigentlich nicht gefragt, wieso sie im Krankenhaus lag? Weil ihr Neffe mich völlig durcheinanderbrachte. So hatte ich noch nie auf einen Mann reagiert.

Zum Glück – oder doch leider? – war er nicht mehr da, als ich Bonny zurückbrachte. Schnell füllte ich den Wassernapf des Hundes und überlegte, ob ich ihn füttern sollte, hatte der Neffe – ich hätte ihn wenigstens nach seinem Namen fragen sollen – ihn schon gefüttert? Da Bonny aber nicht hungrig wirkte, gab ich ihm nur eine kleine Portion und schrieb dann einen Zettel.

Habe Bonny eine viertel Dose gefüttert und lasse ihn jetzt allein. Falls Sie später noch Hilfe brauchen, können Sie mir gern schreiben. Ich bin allerdings bis zum Nachmittag unterwegs. Liebe Grüße von der »Einbrecherin« Ulrike.

Einen Moment lang überlegte ich, dann schrieb meine Handynummer darunter und verließ die Wohnung. Kurz sah ich noch einmal oben bei mir nach dem Rechten, aber meine Katerbande hatte sich schon zum Schlafen zurückgezogen. Katze müsste man sein. Schlummern, fressen, Blödsinn machen und dafür Streicheleinheiten kassieren.

Dann machte ich mich auf den Weg zu meinen Eltern, die mich sicher wieder damit nerven würden, wann ich endlich einen Mann fand. Als würde es im einundzwanzigsten Jahrhundert noch immer nichts Wichtigeres geben.

oOo

Und natürlich lief es genauso ab, als ich bei meinen Eltern war. Meine Mutter hatte zwar extra mein Lieblingsessen gekocht, weil ich meistens zu faul war, für mich allein so etwas Aufwendiges zu machen, aber gleich nach dem Essen, kamen wieder dieselben Fragen.

»Bei uns in der Firma wird eine Stelle in der Buchhaltung frei. Das könnte doch etwas für dich sein Ulli.« Mein Vater strahlte mich an, als hätte er damit ein riesiges Geschenk für mich.

»Ach, Papa, du weißt doch, dass ich keine Buchhalterin bin und Büro so gar nicht mein Ding ist. Die Arbeit mit Menschen und Tieren liegt mir viel mehr, als die mit Zahlen und Formularen.« Das war meine höfliche Art zu sagen, dass ich in einem Bürojob eingehen würde. Aber auch das war eine Sache, die meine Eltern nie verstehen würden. Für sie gab es nichts Besseres als einen geregelten Job, möglichst jeden Tag zu jeder Zeit dasselbe tun. Für sie mochte das ja auch perfekt sein, für mich allerdings nicht.

Meine Mutter seufzte über meine Antwort, bedrängte mich aber nicht weiter. Um das Thema zu wechseln, erzählte ich lieber von Frau Behrends, Bonny und kam dummerweise auch auf den Neffen zu sprechen.

»Das ist ja lieb, dass der Neffe extra herkommt, um sich um seine Tante zu kümmern. Wie alt ist er denn?« Die Stimme meiner Mutter klang ganz unschuldig, aber ich wusste, worauf sie hinaus wollte.

»Etwas älter als ich, schätze ich mal. Gefragt habe ich ihn nicht und ich kenne auch seinen Namen nicht. Du brauchst dir also keine Hoffnung auf mehr zu machen. Unsere Unterhaltung ging nur um den Hund und seine Tante.«

Meine Mutter seufzte. »Du bist echt ein hoffnungsloser Fall.«

Das war ich wohl, denn dieses Mal hoffte ich tatsächlich auf ein Wiedersehen, aber das erzählte ich meinen Eltern lieber nicht.

Obwohl ich die beiden wirklich liebte, war ich froh, als ich mich am späten Nachmittag von ihnen verabschieden und nach Hause fahren konnte.

Irgendwie hatte ich ja gehofft, dass der Neffe sich melden würde, bisher war jedoch keine Nachricht gekommen und auch aus Frau Behrends Wohnung war nichts zu hören. Natürlich könnte ich mit dem Schlüssel nachsehen, aber ich tat es nicht. Das jetzt war ja kein Notfall.

Auch in den nächsten Tagen hörte ich nichts von unten, obwohl ich immer wieder lauschte. Hatte der Neffe von Frau Behrends Bonny mitgenommen oder weggebracht? Hoffentlich war der kleine Hund an einem guten Ort, es würde der alten Dame das Herz brechen, falls es ihrem Liebling nicht gutging.

Doch meine Gedanken wanderten nicht nur zu ihr und ihrem Hund, sondern auch immer wider zu ihrem Neffen. Warum, konnte ich mir selbst nicht erklären. An so etwas wie Liebe auf den ersten Blick glaubte ich nun wirklich nicht. Der romantische Typ war ich auch noch nie gewesen und außerdem brauchte ich keinen Mann zum glücklich sein. Vor allem keinen, den ich nur fünf Minuten gesehen hatte und dessen Namen ich nicht mal kannte.

Ständig sah ich ihn vor mir. Bei der Arbeit in der Zoohandlung, bei der Hilfe im Tierheim, in dem ich ehrenamtlich half und auch, als ich abends mit meinen Katern auf dem Sofa saß. Vielleicht sollte ich morgen mal ausgehen, jemanden kennenlernen, um auf andere Gedanken zu kommen. Ja. Das wäre wahrscheinlich am besten.

Am nächsten Morgen war viel zu tun im Geschäft, wie immer am Freitag. Die Leute brauchten Vorräte fürs Wochenende, also musste ich die Regale mit Tierfutter auffüllen, die Einkäufe der Kunden abkassieren und zwischendurch beraten.

Als es gegen Mittag ruhiger wurde, wanderten meine Gedanken wie von selbst wieder zu Frau Behrends und ihrem Neffen. Innerlich verfluchte ich mich dafür. Was hatte ich nur immer mit diesem Kerl? Er hatte mich nicht freundlich behandelt, mich nicht angerufen und auch mit Bonny hätte er liebevoller umgehen können. »Außerdem suche ich ja gar keinen Mann.«

»Häh?« Der irritierte Blick eines Kunden brachte mich in die Wirklichkeit zurück. Wahrscheinlich dachte er, dass ich ihn meinte. Wie peinlich. Dabei hatte ich echt nicht vor, hier im Laden Kunden anzubaggern.

Ich verzog meine Lippen zu einem Lächeln, das hoffentlich entschuldigend aussah. »Sorry, ich war in Gedanken gerade ganz woanders.«

Der Kunde ging kopfschüttelnd weiter und ich versuchte, ein professionelles Lächeln aufzusetzen und mich auf meine Arbeit zu konzentrieren. Zum Glück hatte ich auch gleich darauf wieder etwas zu tun, um mich von meinen Gedanken abzulenken. Eine Frau kam auf mich zu.

»Haben sie auch Kleintiere? Ich suche ein Kaninchen für meine Tochter.« Sie deutete auf ein etwa zweijähriges Kind, das sie an der Hand hielt.

Kurz musste ich schlucken. Warum dachten so viele Leute immer noch, dass Kaninchen so etwas wie ein Kinderspielzeug wären? Am liebsten hätte ich ihr einfach zu einem Kuscheltier geraten. Aber das konnte ich leider nicht tun. Denn dann würde sie womöglich woanders hingehen und sich ein armes Tier holen, das ohne Aufklärung vermutlich den Rest seines Lebens in einem viel zu kleinen Käfig dahinvegetieren müsste, wahrscheinlich falsch ernährt würde, wenn nicht sogar misshandelt. Das Mädchen konnte es in dem Alter gar nicht besser wissen. Manchmal musste ich mich sehr zusammenreißen, um den Kunden nicht einfach meine Meinung direkt ins Gesicht zu brüllen, stattdessen setzte ich ein freundliches Lächeln auf.

»Nein, wir verkaufen keine Tiere, aber ich kann Ihnen gern die Adresse von einer Pflegestelle für Kaninchen hier in der Nähe geben und auch die vom Tierheim, die suchen immer gute Plätze für ihre Schützlinge. Ich kann ihnen alle nötigen Informationen mitgeben.«

»Geben Sie mir einfach die Adresse, das reicht dann schon. Andere Informationen sind ja nicht nötig, es geht doch nur um ein Kaninchen.«

Dieser eine Satz ließ mich bereits schlucken, aber zum Wohle der Tiere, riss ich mich zusammen.

»Es geht nicht nur um ein Tier. Kaninchen sollten nie allein gehalten werden, da es sehr soziale Lebewesen sind. Das müssen Sie unbedingt bedenken und auch, dass diese Haustiere sehr aktiv sind, viel Platz und täglich Frischfutter brauchen. Die meisten Menschen unterschätzen die Anforderungen, die solche Tiere haben.«

Die Frau sah schon genervt aus. »Es sind Käfigtiere, die ein paar Monate leben, werden Kaninchen nicht eh höchstens ein Jahr alt?«

»Oh da irren Sie sich. Kaninchen können sogar zehn bis zwölf Jahre alt werden«, mischte sich eine Stimme ein, die ich kannte. War das nicht der Neffe von Frau Behrends? Sofort klopfte mein Herz schneller. Was hatte es nur, wenn es um diesen Mann ging?

Ja, er war es wirklich und er hatte Bonny an der Leine dabei, der fröhlich mit dem Schwanz wedelte, als er mich sah.

»So alt? Ich glaube, das ist dann doch nichts für uns. Komm, Louisa, wir gehen.«

Mit gemischten Gefühlen sah ich der Frau hinterher. Hoffentlich informierten sie sich jetzt besser, bevor sie ein Tier einfach so anschafften.

»Sorry, nun habe ich dir wohl eine Kundin vergrault.« Er lächelte mich entschuldigend an.

»Ich glaube, das haben wir gemeinsam geschafft. Hoffentlich kauft sie der Kleinen nun ein Kuscheltier.«

Er nickte. »Besser wäre es. Und zur Entschädigung für den entgangenen Umsatz kaufen wir jetzt eine Box für mein Auto, damit ich Bonny sicher transportieren kann.«

Er wollte den Hund mitnehmen? Warum das denn?

»Geht es deiner Tante so schlecht?«, fragte ich und konnte die Besorgnis kaum aus meiner Stimme halten.

»Jein, sie hat sich den Oberschenkelhals gebrochen, das kann in ihrem Alter gefährlich sein, aber zum Glück geht es ihr den Umständen entsprechend sehr gut. Doch bis sie den Hund wieder versorgen kann, wird es dauern, wenn es überhaupt geht. Deshalb nehme ich Bonny erstmal mit zu mir. Tante Frieda freut sich darüber und ich habe ihr versprochen, dass Bonny und ich sie in der Reha besuchen. Dafür brauche ich auch die Box fürs Auto.« Er schenkte mir ein Lächeln, das mein Herz dazu brachte einen Schlag auszusetzen, um danach doppelt so schnell weiter zu pochen.

Bonny kuschelte sich an sein Bein und er beugte sich hinunter, um den kleinen Vierbeiner zu streicheln. Der erste Eindruck hatte also getäuscht, er mochte den Hund wohl doch.

»Ich freue mich, dass Sie Bonny nicht einfach abschieben, sondern sich um ihn kümmern. Nicht jeder würde das tun.«

»Du, bitte. Ich bin Henning.« Wieder schenkte er mir eins dieser waffenscheinpflichtigen Lächeln.

»Ulrike. Aber das hatte ich dir ja geschrieben.«

»Geschrieben?« Sein Gesichtsausdruck sah ehrlich verwirrt aus.

»Hast du den Zettel nicht gefunden? Ich hatte dir meine Nummer aufgeschrieben, damit du dich melden kannst, wenn du noch Hilfe brauchst.«

»Nein.« Er schüttelte den Kopf und sah nachdenklich aus. Dann schien ihm ein Licht aufzugehen.

»Als ich zurückkam, lagen ein paar Papierschnipsel herum. Bonny hat wohl irgendetwas zerlegt, als ich nicht da war. Vielleicht deinen Zettel?«

Das konnte die Erklärung sein. Normalerweise machte der kleine Hund ja nichts kaputt, zumindest laut der Aussage seiner Besitzerin, aber an dem Tag war ja nichts normal gewesen.

»Und ich dachte, du magst mich nicht und meldest dich deshalb nicht«, rutschte es mir heraus. Zumindest unterdrückte ich den Nachsatz, dass er mir nicht aus dem Kopf gegangen war.

»Dabei musste ich ständig an dich denken. Ich bin sogar hochgegangen und habe geklingelt, als ich Bonny abgeholt habe, aber es hat keiner geöffnet.«

»Meine Katzen können die Tür zum Glück noch nicht öffnen und sonst war niemand zuhause.«

Er lächelte. »Vielleicht sollte ich es ihnen beibringen, wenn ich das nächste Mal klingele.«

»Wirst du das denn tun?« So ganz konnte ich immer noch nicht glauben, dass Henning jetzt vor mir stand und mich anscheinend ebenfalls nicht aus den Kopf bekam. Oder bildete ich mir das nur ein und er wollte nur höflich sein?

»Sehr gern. Hoffentlich vertragen sich Bonny und deine Katzen.« Er musterte den Hund.

»Da musst du dir keine Sorgen machen. Die kennen sich nämlich schon und es funktioniert.«

»Gut, denn zwei *mit* Hund und Katz gefällt mir viel besser, als zwei *wie* Hund und Katz.« Er zwinkert mir zu. »Wann hast du Feierabend? Dann holen wir dich ab, falls es dir Recht ist.«

War das hier gerade real? Mein Herz klopfte wie wild. Konnte aus Frau Behrends Unfall etwas Neues entstehen? Etwas Gutes? Eigentlich brauchte ich zwar keinen Mann, aber diesen hier wollte ich zu gern näher kennenlernen und vielleicht würde aus uns ja wirklich etwas werden. Ein Versuch war es wert, oder?

Tam-Tam aber machte mein Herz

Juliane Sophie Kayser

ursprünglich erschienen: Interkulturelles Zentrum Heidelberg (Deutsch), Weltwanderausstellung Museum of Broken Relationships (Englisch in LA, und Kroatisch in Zagreb)

Für meine geliebte Schwester Clara

Ich weiß es noch wie gestern. Eines Tages bekamen wir, die 2A an der Grunewald Grundschule in der Delbrückstraße, Berlin, einen neuen Mitschüler vorgestellt. Er hieß Manuel Thureaut und war direkt aus Paris zu uns gekommen. Er sah allerdings nicht besonders französisch aus. Er hatte porzellanfarbene Haut, vereinzelte Sommersprossen, walnussbraunes glattes Haar mit einem Wirbel, den er nicht bändigen konnte, was ihn wahnsinnig machte.

Obwohl er mitten im Schuljahr ganz neu in die Klasse kam, war er überhaupt nicht schüchtern. Er bewegte sich sehr selbstbewusst und gelassen, so als wäre er schon immer einer von uns gewesen. Dabei war er gänzlich anders. Nicht nur anders als sämtliche Jungs in meiner Klasse, er war auch anders, als alle Jungs, die ich überhaupt kennengelernt hatte. Während ich bis dahin über kreischende Mädchen in meiner Klasse, die einen bestimmten Jungen süß fanden, nur den Kopf schütteln konnte, erwischte es mich, als ich Manuel kennenlernte, zum ersten Mal in meinem Leben so richtig. Ich verliebte mich auf der Stelle in ihn. Und ich musste mir eingestehen, dass ich Manuel süß fand.

Er sprach akzentfreies Deutsch. Egal was er tat, ich fand es süß. Meldete er sich in Deutsch, um eine seiner originellen Geschichten vorzulesen, fand ich ihn süß. Wenn er sich in Mathe meldete, um nachzufragen, weil er etwas nicht verstanden hatte, fand ich das genauso süß. Nur eine Sache, die fand ich überhaupt nicht süß. Ich war nicht das einzige Mädchen, das sich für Manuel interessierte. In der Hofpause war er stets von einer großen Traube Mädchen umringt.

Er war verträumt, jedoch zugleich hellwach. Er wirkte stark, jedoch auch feinfühlig. Er war charmant und witzig, aber auch nachdenklich. Ich konnte mit ihm stundenlang über das Leben nach dem Tod sprechen, um mich wenig später mit ihm kaputtzulachen über unsere dicke Sachkundelehrerin, die jedes Mal, wenn ein Kind mit offenem Mund gähnte, sagte: »Hand vor den Mund, Kinder! Wäre ich nicht so dick und fett, dann wäre ich glatt hineingefallen.« Wobei wir natürlich nicht über ihren unlustigen Witz lachten, sondern über sie.

Wir erzählten einander aus unseren Lieblingsbüchern. Seins war *Momo* von Michael Ende. Meins war *Ben liebt Anna* von Peter Härtling. Wir hatten beide Spaß am Geschichten erfinden und eine heftige Abneigung gegen Mathematik. Immer wenn ich mit Manuel zusammen war, musste ich mich vergewissern, dass ich mich nicht in meinem eigenen Traum befand. Ich dachte, so vollkommen kann ein echter Junge aus Fleisch und Blut doch gar nicht sein. Also kniff ich mich regelmäßig in den Oberarm. Autsch, jetzt wusste ich, dass ich nicht träumte! Wir begannen uns immer öfter zu verabreden.

Manuel traf sich allerdings mit einigen Mädchen aus der Klasse. Was die Anzahl der Verabredungen anbelangte, war Elena ungefähr im Gleichstand mit mir. Elena hatte blondes seidiges glattes Haar, himmelblaue Augen, ein Pony und eine Zahnlücke. Zum Fasching in der Schule erschien sie in einem goldglänzenden Prinzessinnenkleid, dass ihr ihre Mutter eigens für diesen Anlass selbst genäht hatte.

Ich hatte keine Mutter, die sich um derlei Dinge kümmerte. Aber ich hatte meine vier Jahre ältere Schwester Clara, die dafür Sorge trug, dass ich überhaupt am Faschingsfest der Schule teilnehmen konnte. Kurzerhand zog sie mir ein zu kleines Hemd meines Vaters über, stopfte mir zwei Sofakissen drunter, und stülpte mir ihren Papierkorb über den Kopf. Sie verstand es, aus beinahe gar nichts etwas zu zaubern.

»Und als was genau soll ich jetzt gehen?« fragte ich verdattert.

»Ist doch ganz klar: Du bist ein Clown,« sagte sie während sie ihren Papierkorb mit rotem Tonpapier verkleidete und noch jede Menge bunte Luftschlangen am »Clownshut« antackerte. Während Elena in ihrem goldenen Prinzessinnenkostüm die Aufmerksamkeit sämtlicher Jungs in der Klasse auf sich zog, natürlich auch die von Manuel, bekam ich leider einen Hitzestau, weil das mit den Kissen einfach zu warm wurde über den Nachmittag. Schließlich wurde ich ohnmächtig. Während Elena also elfengleich mit ihren Silberballerinas über den Boden schwebte und so Manuel schöne Augen machte, war ich als ohnmächtig gewordene Lachnummer für diesen Festtag aus dem Verkehr gezogen.

Inzwischen war schon ein Jahr vergangen, seit Manuel zu uns gekommen war. Wir waren jetzt in der dritten Klasse. Dass er Elena ebenso oft traf wie mich, war mir natürlich ein Dorn im Auge. Nächtelang überlegte ich hin und her, welches das größere Leiden sei. Meine Liebe für Manuel unausgesprochen mit ins Grab zu nehmen oder die Demütigung zu ertragen , mir, nachdem ich ihm meine Liebe gestanden hatte, anhören zu müssen, dass er seinerseits jedoch Elena lieben würde. Ich entschied mich dafür, dass die Drangsal, die Liebe unausgesprochen mit ins Grab zu nehmen, die schlimmere sei, und nahm mir vor, ihm meine Liebe bei unserem nächsten Treffen zu gestehen.

Bei meinen beiden älteren Schwestern hatte ich genau beobachtet, wie sie ein Date vorbereiteten. Ich legte eine Joan-Baez-Schallplatte auf und entzündete die Kerzen und Räucherstäbchen, Marke Cinnamon Rose, in meiner Sitzecke. Diese bestand aus einer roten Kiste, die als Tisch diente, und zwei indischen Sitzgelegenheiten. Tausend Mal war ich diese Situation in Gedanken durchgegangen. Doch jetzt, als

Manuel tatsächlich vor mir saß, wusste ich überhaupt nicht, wie ich anfangen sollte. Aber das machte überhaupt nichts. Denn wer jetzt das Wort ergriff, war Manuel.

»Juli, ich wollte es dir schon so lange sagen. Ich habe mich einfach unsterblich in dich verliebt.« Ich konnte mein Glück nicht fassen. Natürlich war es jetzt viel leichter für mich, auch über meine Gefühle für ihn zu reden. Mein Glück fühlte sich so an als ob jedes noch so kleinste Teilchen in mir am Summen war. Der Plattenspieler dudelte das Lied »Eleanor Rigby«. Und ich? Ich versuchte einfach nur, mein Glück zu fassen.

Dieses währte nicht lange. Ich bemerkte, dass Manuel irgendwie niedergeschlagen aussah. »Was hast du?«, fragte ich ihn.

»Ich muss dir leider etwas ganz Trauriges sagen«, er flüsterte fast. »Am Montag ziehen wir zurück nach Paris.«

Die Worte schwirrten durch meinen Kopf, doch Verstand und Herz weigerten sich, ihren Sinn zu erfassen. Ich spürte augenblicklich die Kälte, die durch die Anwesenheit der grauen Herren aus Manuels Lieblingsbuch Momo in meine Dachbodenkammer getreten war. Sie waren gekommen, um uns zu bestehlen. Sie raubten uns unsere gemeinsame Zeit. Ich fröstelte.

» Aber warum hast du mir das nicht früher erzählt ?« fragte ich ihn.

» Meine Eltern haben es mir verboten.«

» Aber warum denn bloß?« entgegnete ich fassungslos.

»Mein Vater sagte: Ich möchte nicht, dass zu deinem Abschied ein Tam-Tam gemacht wird. Aber ich habe dir etwas mitgebracht.« Manuel zog ein kleines Päckchen aus der Tasche. Darin war eine kleine, quadratische Schachtel, eingepackt in Geschenkpapier.

Ich riss das Schmetterlingspapier entzwei und öffnete die Schachtel. Ich erblickte einen Eulenring, der irgendwie richtig gut zu Manuel passte und damit auch zu mir. Manuel steckte mir den Ring an den Finger. Dann haben wir noch stundenlang zusammen geweint. Wir waren inzwischen bei der nächsten Joan-Baez-Platte angelangt bei dem Lied »Simple Twist of Fate«, als wir uns ewige Liebe schworen. Später hat er sich mit einem flüchtigen scheuen Kuss auf meinen Mund von mir verabschiedet. Unsere Liebe sollte ein Geheimnis bleiben. Wir konnten ohnehin nicht verstehen, wie der Rest der Klasse täglich versuchte, ein so großes Gefühl in kleine Zettel mit vorgefertigten Worten zu zwängen: Willst du mit mir gehen? Kreuze nun an. Ja, Nein, Vielleicht.

Am Montag teilte Manuel der Klasse seinen überraschenden Abschied mit und teilte Hanutas an alle aus. Elena fing an zu weinen und griff unsere Lehrerin an. »Du hast es gewusst. Gib es zu. Du hast es ganz genau gewusst!«

Frau Lawerenz, meine Lieblingslehrerin, guckte entschuldigend. »Ja, aber ich durfte es euch doch nicht sagen, Kinder.«

Die ganze Klasse fragte: »Aber warum denn nicht?«

»Der Vater von Manuel wollte, dass bei Manuels Abschied kein Tam-Tam gemacht wird.« Das erzählte mir alles meine beste Freundin Katja hinterher.

Ich selbst war nicht in die Schule gekommen. Ich fühlte mich nicht gut und lag mit Fieber im Bett. Es war ein bisschen so wie in meinem damaligen Lieblingsbuch *Ben liebt Anna* in dem Kapitel: Ben wird krank und Anna geht. Bloß, dass nicht ich ging, sondern er.

Ich dachte über die Worte von Manuels Vater nach: *Ich möchte nicht, dass bei deinem Abschied ein Tam-Tam gemacht wird.*

Mein Herz aber machte TAMTAM. Und was für eins.

Liebe passiert einfach

Maike Johnke

Ich stöhnte genervt und drückte willkürlich diverse Tasten auf der Tastatur. Der Computer gab ein empörtes Piepen von sich. Das war aber auch schon alles. Die neue SAP-Software, die gerade eingeführt worden war, wollte sich mir einfach nicht erschließen. Ich hatte die letzten zwanzig Jahre sehr gut mit dem alten System gearbeitet. Die Neuerungen, die das neue Management eingeführt hatte, passten mir überhaupt nicht. Alles sollte moderner und schneller werden. Mit dem Puls der Zeit gehen, hatten sie gesagt. Was die Mitarbeiter und Anwender zu diesem Thema zu sagen hatten, war zweitrangig.

Für den Moment gab ich es auf und beschloss, mir erst einmal im Pausenraum einen Kaffee zu holen. Danach würde ich mir noch einmal meine Notizen anschauen, die ich bei dem entsprechenden Lehrgang für das System gemacht hatte.

Ich strich mir durch mein bereits angegrautes Haar, das mich nachhaltig daran erinnerte, dass ich kein junger Hüpfer mehr war. Die Jahre waren wie im Flug an mir vorbeigerauscht und mir wurde bewusst, dass ich bereits mein gesamtes berufliches Leben in dieser Firma verbracht hatte. Die jahrelange Schreibtischarbeit hatte mich etwas bequem werden lassen, was sich deutlich an meiner Figur bemerkbar machte. Zum Glück konnte ich das durch meine Größe gut kaschieren.

Diese SAP-Sache würde ich auch noch auf die Reihe kriegen, ging es mir durch den Kopf. Mit Mitte vierzig hatte ich keine große Lust mehr, mich umzuorientieren.

Als ich den Pausenraum betrat, erstarrte ich innerlich. Da saß er, der Neue. Die Marketing-Abteilung hatte sich vergrößert, deshalb war es in diesem Jahr zu ein paar Neueinstellungen gekommen. Darunter war auch er gewesen. Fröhlich saß er am Tisch, plauderte mit Carina, einer Kollegin, und biss dabei in eine Banane. Ich gab mir die größte Mühe, meine Gesichtszüge nicht entgleisen zu lassen und einen neutralen Ausdruck beizubehalten. Da waren sie wieder. Diese unangebrachten Gefühle, die ich nicht mochte. Immer wenn ich ihn sah, kamen sie hoch, wieder und wieder.

Ich konnte nur noch daran denken, wie Felix in diese Banane biss. Felix, so hieß der Neue, hatte vor etwa zwei Monaten bei uns in der Abteilung angefangen. Er war 25 Jahre jung und kam frisch von der Uni. Seine Haare waren dunkelblond und die Augen von einem tiefen, dunklen Braun. Für einen Mann war er recht klein und zierlich, dafür sehr quirlig. Er hatte ein sehr fröhliches, einnehmendes Wesen und knüpfte schnell Kontakt.

Mit jedem, außer mit mir, denn ich hielt mich bewusst sehr zurück. Diese Gefühle waren schuld. Sie waren in der Vergangenheit auch immer mal wieder aufgetreten, doch ich hatte sie mir stets verboten. Ich war schließlich verheiratet und Vater von zwei Kindern. Dass ein Mann gegenüber Männern solche Gedanken hegen konnte wie ich sie hin und wieder hatte, erschien mir mehr als fragwürdig. Das konnte nicht richtig sein. Das entsprach in der Gesellschaft nicht dem »Normalbild« eines Mannes.

Selbstverständlich hatte auch ich mitbekommen, dass immer mehr Menschen aus der LGBTIQ-Community mittlerweile hochrangige Ämter bekleideten. Auch, dass sich die Gesetze dem aktuellen Leben angepasst hatten und alles, was die Community betraf, mehr Akzeptanz gewonnen hatte, doch so war ich nicht erzogen worden. Zu präsent war die Erinnerung an den Gürtel meines Vaters auf meinem Hosenboden. Mit Strafe kannte ich mich aus. Immer wenn ich mich nicht wie ein richtiger Mann benommen hatte und zu weich gewesen war, hatte mich mein Vater als »Schwuchtel« beschimpft und das »Weibische« aus mir herausschlagen wollen. Für ihn waren feminine Männer und ganz besonders Schwule immer ein rotes Tuch gewesen.

oOo

Ich goss mir mit zitternden Händen einen Kaffee ein und wollte gerade die Flucht nach draußen antreten, da hörte ich Felix Stimme hinter mir und drehte mich um.

»Hi Stefan, komm setzt dich doch zu uns, wir diskutieren gerade über das neue System. Was denkst du darüber?« Felix Lächeln war einladend. Der Blick aus seinen braunen Augen bohrte sich so tief in meine Seele, dass ich nicht in der Lage war, dem Blick auszuweichen. Lange schwarze Wimpern umrahmten die Augen, die hübsch in Form getuscht waren.

War er etwa geschminkt? Aber er war doch ein Mann!

Nur Frauen und Männer der LBTIQ-Community schminkten sich meines Wissens nach. Ich konnte die Bezeichnung für sie noch nicht einmal denken, so sehr stresste sie mich. Hieß das, er war auch einer von denen?

Wie magisch angezogen ging ich zu einem freien Stuhl an seinem Tisch und setzte mich. Felix reckte sich, demonstrativ in meine Richtung schauend, nahm das letzte Stück Banane in den Mund und lehnte sich gemütlich in seinem Stuhl zurück. Ich musste schlucken und hatte plötzlich einen Kloß im Hals. Ich spürte Blut dort, wo es nicht sein sollte, und das machte mich unglaublich nervös. Halt suchend klammerte ich mich an meinem Kaffeebecher fest und nahm erst einmal einen Schluck, um mein inneres Gleichgewicht wiederzufinden.

»Das neue System bereitet mir unheimliches Kopfzerbrechen. Es macht nicht das, was ich will«, presste ich dann schließlich heraus und war erstaunt, dass sich meine Stimme ganz normal anhörte. Bei dem Aufruhr, der in mir tobte, hatte ich mit dem Schlimmsten gerechnet. Ich war zu alt für diese Art von Stress. Das machten meine Nerven nicht mehr mit.

»Dann ist es gut für dich, dass ich genau weiß, wie der Hase läuft und ich dir gerne dabei behilflich bin.« Selbstbewusst unterstrich Felix seine Worte mit großer Geste. Ein Seitenblick zu Carina sagte mir, dass diese von der Idee, dass Felix mir half, begeistert war.

Auch Felix hatte ein engagiertes Funkeln in den Augen, sodass ich mich meinem Schicksal ergab und zustimmte. Ich nahm mir noch eine Sekunde Zeit, um mich zu sammeln, bevor ich Felix zu meinem Büroplatz folgte. Leider konnte ich es nicht ganz vermeiden, dass er mitbekam, wie mein Blick auf seinem Hintern hängenblieb und dort zu lange verweilte. Röte stieg mir über den Hals zum Gesicht und ich wäre am liebsten in einem Erdloch verschwunden. Konnte es noch schlimmer werden? Nicht nur, dass ich in meinem eigenen Leben eingesperrt war wie ein Vogel ohne Flügel, nein, jetzt zog ich auch noch meinen Arbeitsplatz in meine Probleme mit hinein.

Die Scheidung, die inzwischen zwei Jahre zurücklag, hatte mir bereits ordentlich zugesetzt. Claudia, meine Exfrau, war mit einem Kurschatten durchgebrannt und hatte unsere Kinder mitgenommen. Die Streitereien über Unterhaltszahlungen und Besuchszeiten hatten einfach nicht aufhören wollen. Hinzu kam, dass ihr Neuer der Prototyp Mann war, bei dem mein Vater gejubelt hätte. Dies half nicht gerade dabei, mein fragiles Selbstbewusstsein aufrecht zu halten.

Ich knirschte vor Anspannung mit den Zähnen, doch Felix schien von meinem Dilemma nichts mitbekommen zu haben. Er zog sich einen Stuhl heran und setzte sich viel zu nah neben mich an den Computer. Sein Aftershave stieg mir in die Nase und betörte mich. Es roch wie eine frische Brise, die sanft vom Meer herüber wehte und hatte einen leicht holzigen Abgang. Wenn ich die Augen schloss, konnte ich mir einen sonnigen Nachmittag am Meer, das von einem Nadelwald gesäumt wurde, vorstellen. Mein Puls beschleunigte sich automatisch. Ich konnte mir nur mit Mühe eine entsprechende Fantasie mit ihm an diesem Ort verkneifen. Ich rieb meine feuchten Hände an meiner Jeans ab, in der Hoffnung mich ausreichend abzulenken.

Verdammt, ich hatte gewusst, warum ich mich von dem Jungen ferngehalten hatte. Ich konnte schließlich sein Vater sein.

oOo

Felix schenkte mir immer wieder ein schelmisches Lächeln und drückte wie unbeabsichtigt sein Knie gegen meins. Irgendwann konnte ich mich seines Charmes nicht mehr erwehren und lächelte reflexartig zurück.

Tatsächlich verstand er etwas von dem Programm und ich lernte, trotz meiner Verwirrtheit, etwas dazu. Wir schweiften immer häufiger vom eigentlichen Thema ab und unterhielten uns über Gott und die Welt. Felix schien es nicht eilig zu haben, wieder an seinen Arbeitsplatz zurückzukehren und ich wünschte mir, dieser Tag würde nie enden. Als er mich nach ungefähr einer Stunde wieder verließ, hatte das den Beigeschmack von Verlust und Bedauern. Die Zeit war viel zu schnell verflogen und der Stuhl neben mir fühlte sich kalt und leer an. Dieser harmlose Flirt hatte in meinem Herzen einen Flächenbrand entfacht.

oOo

Die nächsten Tage im Büro richtete ich es so ein, immer wieder kleine Zeitinseln mit Felix verbringen zu können. Ich kam mir dabei vor wie ein alberner Teenager. Der Pausenraum war dafür meine liebste Anlaufstelle. Hin und wieder traf ich ihn auch dort allein an. Irgendwann nahm ich dann meinen ganzen Mut zusammen und sprach ihn auf die Wimperntusche an.

»Ich trag sie, weil es mir gefällt, wie meine Augen damit aussehen. Ich bin ein freier, schwuler Mann, der sich nicht einschränken lassen will. Du etwa nicht?«, war seine lapidare Antwort.

»Nein«, antworte ich. »Ich bin vieles, aber nicht frei.«

Dass ich vergessen hatte, mein Schwulsein zu verneinen, fiel mir erst viel später auf. Laut meiner Erziehung hätte ich das machen müssen. Wollte ich aber irgendwie nicht. Etwas in mir wollte, dass Felix sich für mich interessierte und warf ihm eine Brotkrume hin.

Freiheit beginnt im Kopf hatte ich mal gelesen. Wenn es danach ging, dann war ich nicht nur ein Vogel ohne Flügel, sondern saß auch noch in einem viel zu kleinen Käfig fest. Ich haderte mit mir und beschloss, mich vorsichtig in meinem Umfeld umzuhören, wie deren Meinung zum Thema *Schwulsein* war.

Das Feedback, das ich bekam, erschreckte mich zutiefst und förderte meine Angst vor Entdeckung erheblich. Meine sogenannten Freunde, mit denen ich mich regelmäßig in unserer Dorfkneipe traf, versuchten sich, was abfällige Bemerkungen gegenüber Schwulen betraf, gegenseitig zu übertrumpfen. Demnach hatte ich von meinem Umfeld weder Akzeptanz noch Unterstützung zu erwarten.

Mittlerweile flatterten jedes Mal kleine Schmetterlinge durch meinen Bauch, wenn ich Felix sehen konnte oder, noch besser, mit ihm sprach. Ich war hin- und hergerissen zwischen meinem alten Leben und einem möglichen neuen. Einem mit Felix an meiner Seite. Aber außer ihm hätte ich dann niemanden mehr. Dass Felix an mir interessiert war, gab er mir deutlich zu verstehen, aber war es das wert?

Niemand wusste von meinem Geheimnis. Nur Felix schien etwas in dieser Richtung zu vermuten und meine subtilen Hinweise zu verstehen. Er flirtete hartnäckig mit mir, aber immer noch gerade so am Rande des Offensichtlichen.

Als ich mir wieder einmal im Pausenraum einen Kaffee eingoss, trat Felix neben mich und legte mir vertraulich den Arm um die Taille.

»Gießt du mir bitte auch einen ein«, gurrte er und ich tat wie mir geheißen.

»Könnt ihr Tucken nicht woanders rummachen? Das muss nicht im Büro sein«, hörte ich Kevins Stimme von der Tür her und erstarrte. Felix drehte sich cool um und erwiderte forsch: »Brauchst du etwa auch etwas Liebe, Kevin? Es ist genug für alle da.«

Kevin schnaubte angewidert und ging. Mir war mit einem Mal schlecht. Mein Magen verkrampfte sich und ich fühlte, wie mir der Schweiß ausbrach.

»Ich muss gerade mal an die frische Luft«, entschuldigte ich mich und rannte fast aus dem Raum. Ich stieg in den Fahrstuhl und fuhr bis ganz nach oben auf die Dachterrasse. Dort angekommen merkte ich erst, dass ich die ganze Zeit so flach geatmet hatte, dass mir schwindlig war. Deshalb sog ich jetzt gierig die frische Luft in meine Lungen. Gedanken überschlugen sich in meinem Kopf. Hatten die anderen bereits etwas mitbekommen? Tuschelten sie schon über mich? Der peinliche, alte Mann, der einem jungen Kerl nachstieg. Wie erbärmlich!

Ja, ich war erbärmlich. Anders konnte man das nicht nennen. Meine Gefühle versanken im Chaos und es wurde mir deutlich klar, dass ich so nicht mehr weiterleben konnte. Mein Leben stand eindeutig an einem Scheideweg und ich wusste nicht, in welche Richtung ich laufen sollte. Ich konnte die Stimmen meiner Bekannten in meinem Kopf geradezu hören. »War der nicht mal mit einer Frau verheiratet? Hat der nicht Kinder? Jetzt also Männer. Die Frau wollte ihn auch nicht mehr.« Die Stimmen in meinem Kopf wurden immer lauter und ich hielt mir die Ohren zu. Ich wollte das nicht hören. Meine Schande, meine Schmach, mein Versagen. Orientierungslos wankte ich bis zum Rand der Terrasse und hielt mich an der brusthohen Mauer fest. Dort blickte ich hinab. Hier ging es ganz schön tief runter. Das Gebäude hatte zehn Stockwerke und ich stand ganz oben. Das war schon einiges. Wenn ich jetzt springen würde, dann würde ich ein paar Sekunden fallen und alles wäre vorbei. Dann wäre da nur noch ein schwarzes Nichts. Dann wäre ich frei.

oOo

Mit wenig Aufwand schaffte ich es, mich auf die Mauer zu setzen. Es war ruhig hier oben. Ich hörte nur meinen eigenen Atem und aus der Ferne das leise Rauschen der Autos. Gerade als ich mich sammeln wollte, hörte ich eine wohlbekannte Stimme hinter mir.

»Untersteh dich, hier irgendeinen Blödsinn zu veranstalten, Stefan!« Die Stimme gehörte Felix und zitterte verdächtig. Ich senkte den

Kopf. Noch saß ich weit genug von der Kante entfernt, sodass ich dort sicher aufgehoben war.

»Ich kann das alles nicht mehr, Felix.« Es war das erste Mal, das ich diese Worte laut aussprach. Sonst hatte ich immer alles mit mir selbst ausgemacht.

»Was kannst du alles nicht mehr?« Die flehende Stimme erklang jetzt näher hinter mir.

»Ich bin nicht so offen und frei wie du. Für mich fühlt sich das alles falsch an.« Ich konnte es immer noch nicht aussprechen, hoffte aber, dass Felix verstand, was ich meinte.

»Ja, am Anfang ist es immer schwierig und ja, es gibt Leute wie Kevin, die blöd reagieren. Aber da wächst man hinein. Es gibt viele Männer, die ihre Neigung erst spät erkennen und dann doch noch ihr Glück finden. Gib dem Ganzen doch eine Chance. Wenn deine Familie und deine Freunde dich fallen lassen, dann haben die dich auch nicht verdient. Du wirst neue Menschen in deinem Leben finden, die dich aufrichtig lieben, so wie du bist.« Felix Emotionen drangen aus jedem Wort, das er sprach. Dann stand er direkt hinter mir und packte mich am Hosenbund. Als würde der kleine Kerl mich ernsthaft halten können, wenn ich springen würde.

»Verlass mich nicht.« Er wisperte jetzt und legte seine Stirn an meinen Rücken.

»Aber du bist noch so jung und ich …« Ich ließ den Satz unvollendet.

»Ich bin alt genug, um selbst zu entscheiden, was ich will. Und ich will dich.« Seine Stimme war jetzt fest und entschlossen. »Komm da jetzt bitte runter«, forderte er nachdrücklich.

oOo

Irgendwas in mir schmolz und gab nach. Gegen Felix war ich machtlos. Ich fühlte ihn in meinem Herzen, und die Angst in mir begann, sich zu lösen. Hatten wir eine Chance zusammen? Konnte das gutgehen? Eine innere Stimme in mir flüsterte: ›Du wirst es nie herausfinden, wenn du jetzt springst.‹ Was waren Freunde und Familie wert, wenn man sich für diese verbiegen und verleugnen musste? Felix hatte Recht. Ich rutschte von der Mauer herunter und kam neben ihm auf die Füße. Mit Tränen in den Augen presste er sich an meine Brust und ich schloss die Arme um ihn, um ihn ganz festzuhalten.

»Deine Wimperntusche verläuft«, murmelte ich in sein Haar. Ich war viel zu aufgewühlt, um einen klaren Gedanken zu fassen. Ohne zu antworten, zog er mein Gesicht zu sich herunter und küsste mich. Erst zögerlich, dann neugierig ließ ich mich auf die Liebkosung ein. Dies war mein erster Kuss mit einem Mann, aber mein Herz spürte den Unterschied zu früher sofort. So fühlte sich also Liebe an. Sie hatte mich endlich gefunden. Jetzt war ich mir endgültig sicher, dass wir beide das zusammen schaffen würden.

Ein Midsommer-Märchen

Regine Seemann

Die zierliche, schmutzig-graue Stute ließ sich artig auf den Auslauf führen, wo sie von Gaston, unserem Pferde-Opa, und seiner Gefährtin Jikke, einer alten Friesin mit Senkrücken, begrüßt wurde. Die drei Pferde steckten die Köpfe zusammen, quiekten und grunzten kurz. Dann wandte Gaston sich ab und trollte sich in den Schatten des Offenstalls.

»Das ist ja eine lahme Vorstellung.« Ich lehnte mich mit dem Rücken an meinen Ehemann und genoss den Körperkontakt. Louis zuckte mit den Schultern. »Wahrscheinlich ist den Pferden auch zu heiß für Action.«

Eine kurze angenehme Brise ließ staubig-aufgeladene Partikel in der Sonne tanzen. Der Horizont war ein flimmernder Vorhang. Seit Tagen schon.

Das Windspiel, das am Schmetterlingsflieder vor unserem Küchenfenster hing, begann klare, aber monotone Töne zu erzeugen. Nach der dritten Fehlgeburt war ich gerade wieder in das beschauliche Leben auf unserem Hof zurückgekommen. Alles, was eintönig war, schien momentan für mich passend. An Langeweile konnte ich mich festhalten.

»Vielleicht kriegen wir die Stute so weit hin, dass sie vermittelbar ist.« Louis nickte in Richtung des strubbeligen Pferdes. »Denn du weißt ja: Wir können uns nicht noch einen Fressgast leisten.«

Ich seufzte. Eigentlich sollte ich es wohl bereuen, dass ich mich von Gesine Radtke hatte breitschlagen lassen. Aber die Stute schien in einem ähnlich bedauernswerten Zustand wie ich selber. Vielleicht konnten wir aneinander gesunden.

Ich hatte Gesine vor einer Woche in unserem kleinen Krämerladen getroffen und sie hatte mir von dem Pferd erzählt, das seit einem Jahr auf ihrer Reitanlage stand. Es war damals wie aus dem Nichts aufgetaucht, ein Besitzer wurde nie ermittelt. Zum Reiten schien die Stute nicht gemacht zu sein. Alle Versuche, um ihr schmales Rückgrat herum Muskulatur aufzubauen, waren an ihrer Gegenwehr gescheitert. Sie war nicht aggressiv, sie arbeitete nur nicht mit.

»Ich habe es versucht«, hatte Gesine gesagt, »aber die Stute passt nicht zu meinen Sportpferden.«

Keno, der Golden Retriever unserer Nachbarn, begann zu bellen. Die neugeborene Elise, die in ihrem Stubenwagen auf der Terrasse der Müllers lag, wimmerte laut. Zwar war das Nachbarhaus mindestens dreihundert Meter entfernt, aber für Lautäußerungen von Babys schienen meine Sinne überaus empfänglich zu sein.

Ich widerstand dem Impuls mir die Ohren zuzuhalten.

»Ich lege mich einen Moment hin«, sagte ich und versuchte zu lächeln.

Er wusste natürlich, was in mir vorging. »Ja, ruh dich aus. Ich mache inzwischen das Abendessen.«

oOo

Das schwere Holzbett knarrte, als ich mich hineinlegte, ohne meine Kleidung auszuziehen. Ich warf einen Blick auf die kleine Nische neben dem Fenster, in der das Bettchen hatte stehen sollen. Wahrscheinlich war es wirklich an der Zeit einzusehen, dass wir keine Kinder bekommen konnten.

oOo

»Los, du Faulpelz. Willst du die ganze Zeit vertrödeln. Nun gib dir mal einen Schubs.«

Sehr langsam erwachte ich aus tiefem Schlaf und fühlte mich bleiern. Der Blick auf die Uhr sagte mir jedoch, dass ich nur eine Viertelstunde geschlafen haben konnte. »Lass mich doch, Louis. Nur noch 5 Minuten.«

Mit einem Ruck setzte ich mich auf. Es war nicht mein Mann, der eben gesprochen hatte. Es war weder seine Stimmfärbung noch seine Tonlage gewesen. Ich stand auf und ging zum Fenster auf dessen Sims eine Taubenfamilie nistete. Im Nest saß ein einziges Küken und blinzelte den Altvogel an, der aufgeregt mit den Flügeln flatterte.

»Wenn du nicht bald anfängst zu fliegen, wird dich der Marder holen.«

Ich kniff mir in die Wange. Der kurze Schmerz war sehr real, genauso wie das Gespräch zwischen den beiden Vögeln. Langsam schlich ich mich zur Tür. Hatte mich die erneute Trauer um meine ungeborenen Kinder doch wahnsinnig werden lassen? Im selben Moment, als ich die Türklinke herunterdrückte, hörte ich wie Louis die Treppe heraufkam.

»Liz«, keuchte er. »Ich weiß, es klingt verrückt, aber eben hat Maunzi an der Tür gekratzt und sich darüber beschwert, dass nichts in ihrem Futternapf ist.« Er hielt kurz inne. »Ich meine, sie hat sich wirklich darüber beschwert. Mit menschlichen Worten.« Er schüttelte fassungslos den Kopf.

Ich nahm seine Hand und wir gingen dicht nebeneinander an der Küche vorbei zur Haustür.

»Nun gib nicht immer so an.« Unser erdbraunes Huhn Mia saß im Sand und zeterte Bruno, den Hahn, an. »Unterm Strich bist du auch nur ein Mann und Wichtigtuer mit deinem Bonbon-Gefieder und der ganzen Plusterei. In der Wildnis könntest du nicht einen Tag überleben.«

Ich blickte in Louis ratloses Gesicht. Spielte uns jemand einen Streich? Oder fielen wir gerade einer Partner-Halluzination zum Opfer?

»Da sind sie!«, kreischte Donkey, der Esel, der wie immer frei auf dem Hof umherlief.

Ich tippte mir auf die Brust. »Sprichst du mit uns?«

Donkey wendete seinen Kopf erst zur einen und dann zur anderen Seite. »Ist hier denn sonst noch jemand?«, fragte er und begann, sich mit dem Hinterbein am Kopf zu kratzen. Er sah aus als würde er eine Yoga-Übung aus meinem Schwangerschafts-Vorbereitungskurs machen und ich musste erneut schlucken.

Nachdem er den Juckreiz offensichtlich in den Griff bekommen hatte, begann Donkey an Louis Ärmel zu ziehen. »Sie ist etwas Besonderes«, sagte er, »Und sie kommt aus einer anderen Welt.«

»Wer?«, fragte ich und wunderte mich in derselben Sekunde darüber, dass ich mich gerade mit einem Esel unterhielt.

Donkey schüttelte den Kopf. »Der Name ist kompliziert. Ich habe ihn vergessen. Aber die Schweine wissen ihn bestimmt. Sie sind so schlau!«

Louis zog mich in Richtung der an den Pferdepaddock angrenzenden Schweinewiese. Ich hatte seit jeher ein Faible für Schweine. Es war daher eine wunderbare Überraschung gewesen, als Louis mir zu meinem fünfunddreißigsten Geburtstag unsere beiden Schweinemädchen, Hanni und Nanni, geschenkt hatte. Beide Borstentiere waren gerade in ein Streitgespräch vertieft. Nanni hatte einen Stock im Maul und schien etwas in den Sand zu schreiben, was Hanni aber sofort mit ihren Klauen wieder wegwischte. Als sie sahen, dass wir an den Zaun traten, hielten sie einen Moment inne und musterten uns.

»Moin Louis, moin Liz!« Nanni nickte uns zu. »Ich schreibe jetzt auf wie sie eigentlich heißt.« Und wieder malte das Schwein Zeichen auf den Boden. Dieses Mal schien Hanni zufrieden zu sein und machte keine Anstalten, das Wort zu zerstören, das nur aus Konsonanten mit einigen wenigen Umlauten darin zu bestehen schien.

»Da ihr Menschen das sowieso nicht aussprechen könnt, dürft ihr sie Luna nennen. Sie ist ein magisches Tier, ein Einhorn. Und sie braucht eure Hilfe.« Nanni watschelte zum Tor, das den Schweineauslauf vom Pferdepaddock trennte. Dort stand die schmutzig-graue Stute und schien zu dösen. Das Zucken ihrer Ohren signalisierte jedoch Anspannung.

»Hallo Luna«, sagte ich und klopfte ihr den Hals. Sie öffnete die Augen und sah mich verwundert an, sagte aber nichts. »Und warum spricht sie nicht?«, fragte ich.

»Weil sie zu erhaben ist, um mit Menschen zu reden. Das ist nicht ihre Kommunikationsebene«, grunzte Hanni.

Louis räusperte sich. »Und wo ist überhaupt ihr Horn?«

Nanni schnalzte missbilligend mit der Zunge. »Ich würde sagen, es sitzt mitten auf ihrer Stirn. Aber ich weiß, dass Menschen es nicht sehen können. Sie haben sich bereits zu sehr von ihren spirituellen Ursprüngen entfernt, um Magie zu erkennen.«

Nun war ich auch nicht unbedingt ein bedingungsloser Menschenfreund, aber ich fragte mich doch, warum Luna unsere Hilfe brauchte, wenn wir Menschen doch offensichtlich nichtsahnende und wahrnehmungsarme Wesen waren.

»Sie muss an einen bestimmten Ort gebracht werden«, sagte Nanni als könnte sie Gedanken lesen.

»Sie kennt den Namen, aber sie weiß nicht, wo es ist.« Ich hatte den Eindruck, dass das Rosa von Hannis Wangen unter den Borsten noch einen Tick dunkler wurde. Vielleicht schämte sie sich, dass sie die Unterstützung der minderbemittelten Menschen benötigten. Ich brauchte einen Moment, um meine Gedanken zu sortieren. Das dauerte den Schweinedamen wohl jedoch zu lange.

»Ihr müsst heute handeln. Nur an Midsommer ist das magische Tor geöffnet. Luna hat nur diese eine Chance. Wenn sie die nicht nutzt, wird sie für immer eine kleine, schmutzig-graue Stute bleiben.«

»Und sie wird ihre Familie nie wiedersehen.« Hannis Blick aus feuchten Augen traf mich mitten ins Herz. Mit dem Wort »Familie« hatte sie mich am Haken. Ich sah Louis an, dass es ihm genauso ging.

»Nur eines noch: Seid ihr ab morgen wieder stumm? Oder muss ich mir jetzt jeden Morgen Beschimpfungen von Maunzi gefallen lassen, weil ihr das Diätfutter nicht schmeckt?«

»Wir sprechen nur durch ihre Magie«, antwortete Nanni. »Wenn sie weg ist, wird es sein wie immer.«

oOo

Niemand wusste, warum die ehemalige Pferdeweide an der Autobahnabfahrt den Namen »Himmelswiese« trug. Morsche verblichene Holzfragmente der früheren Umzäunung lagen überall herum wie die Knochen eines Riesen. Das Gras, das in der Frühsommerhitze verdorrt war, ließ die Weide eher nach einer Steppe aussehen.

Gegen Abend schoben sich Wolken vor die untergehende Sonne und bald war es komplett bewölkt und dunkel. Der Mond war nicht zu sehen. Ich blickte zweifelnd zu Louis, der die kleine Stute abgeladen hatte und sie an einem um ihren Hals gelegten Halfterstrick auf die Himmelswiese führte. »Die Schweine waren sich zu 100 Prozent einig, dass Luna diesen Ort gemeint hat. Aber, ich weiß nicht so recht! Hier sieht es alles andere als magisch aus.«

Als die Stute das rostige Tor passiert hatte, fing sie jedoch an zu tänzeln. Die Bewegungen steckten so voller Leichtigkeit wie ich es nie zuvor bei einem Pferd gesehen hatte.

»Ich kann sie nicht mehr halten«, rief Louis.

In diesem Moment brach der Mond durch die Wolkendecke und Luna trabte, nein schwebte, auf die Schneise zu, die das Mondlicht auf die Wiese zauberte. Ihre Hufe berührten den Boden nicht mehr und bei jedem Schritt stieg sie ein Stück höher. Als sie den Lichtkorridor erreichte, war sie bereits mehrere Meter von der Erde entfernt.

Ich wusste nicht, was ich mir vorgestellt hatte, was passieren würde. Vielleicht ein alles erhellender Blitz am Himmel oder ein ohrenbetäubendes Donnergetöse.

Aber nichts von dem geschah.

Luna verschwand innerhalb von Sekundenbruchteilen.

Kurze Zeit später schob sich eine dunkle Wolke vor den Mond und die Schneise war weg.

oOo

Auf der Rückfahrt zum Hof wechselten Louis und ich nicht ein Wort. Jeder hing seinen eigenen Gedanken nach. Ich fragte mich, ob Luna uns wohl ein Zeichen geben würde, dass sie gut bei ihrer Familie angekommen war.

Auf der Einfahrt stieg ich aus dem Auto und Louis fuhr zu den alten Stallungen, um den Anhänger abzustellen. Hanni und Nanni standen am Zaun und hatten ihre Schnauzen auf der Suche nach etwas Essbarem in den Sand gesteckt.

»Mission erledigt«, rief ich ihnen zu. Aber sie sahen nicht einmal auf. Vor der Haustür saß Maunzi und miaute. Es war, als hätte es nie eine Unterhaltung mit unseren Tieren gegeben.

In dieser Nacht schlief ich unruhig. Ich stand einige Male auf und sah mir den Mond an, der nun wieder an einem völlig klaren Nachthimmel zu sehen war.

Louis schlief wie ein Stein.

oOo

Einige Wochen nach den unerklärlichen Ereignissen an Midsommer merkte ich, dass ich wieder schwanger war. Ich war hin- und hergerissen zwischen der Hoffnung, dass es dieses Mal klappen könnte, und der Sorge auch das vierte Kind wieder zu verlieren.

Aber darüber konnte ich mit Louis nicht reden. Wir unterhielten uns ja nicht mal darüber, was geschehen war.

Im April brachte ich ein gesundes Kind zur Welt. Es war ein Mädchen. Als die Hebamme mir das Neugeborene nach der Geburt auf den Bauch legte, flüstere Louis mir zu, dass unsere kleine Tochter bestimmt das Dankeschön des Einhorns dafür sei, dass wir es zu seiner Familie zurückgebracht hatten. Wir nannten sie Luna.

Seitdem sind viele Midsommer vergangen. Keines unserer Tiere hat jemals wieder mit uns gesprochen. Und langsam verblasst meine Erinnerung an die magische Nacht. Aber immer, wenn ich meine Tochter ansehe, weiß ich, dass es Wunder gibt.

Die Sache mit der Zeit

Susanne Timm

Es war Samstagabend. Draußen war es schon dunkel. Noah war bei Oma zu Besuch. Schnee lag auf dem Fenstersims vor Omas Küchenfenster. Es hatte den ganzen Tag geschneit. Noah saß am Küchentisch und schaute missmutig den fallenden Schneeflocken zu, während Oma den Teig für ihre leckeren Weihnachtsplätzchen vorbereitete, die es morgen zum 3. Advent geben sollte. Eigentlich hätte Noah der Oma helfen wollen, wenn …ja, wenn er nicht so traurig gewesen wäre.

»Oma?«, fragte Noah mit hängendem Kopf. »Kannst du mir Geld geben?«

»Wieso?«, fragte Oma. »Wozu brauchst du das?«

»Ach«, meinte Noah daraufhin, »bald ist doch Weihnachten!«

»Ja und? Das ist doch toll. Aber statt dich zu freuen, hängst du da wie ein Trauerklos. Was ist los?«

»Ich wollte Mama und Papa so gerne was Tolles schenken. Aber ich habe doch kein Geld!«

»Du brauchst kein Geld, um etwas zu schenken, Noah. Du kannst doch so toll mahlen. Mahle doch ein schönes Bild für sie und schenke es deinen Eltern. Oder du bastelst was Schönes!«

»Ich bin schon sieben, Oma!«, protestierte Noah. »Basteln ist doof. Das ist was für Babys. Ich möchte ihnen was richtig schenken! Damit sie sehen, wie lieb ich sie habe.«

»Hm«, meinte daraufhin die Oma nachdenklich. »Das ist natürlich schwierig.«

Noah seufzte und schaute wieder aus dem Fenster.

»Habe ich dir eigentlich schon die Geschichte von Gevatter Zeit erzählt?«, fragte plötzlich die Oma.

»Nein.«

»Soll ich sie dir erzählen, Noah?«

»Ja, gerne!«

Oma wusch sich den restlichen Teig von den Händen und setzte sich auf das alte Sofa, dass in der Wohnküche in der Ecke stand.

»Na dann setze dich mal zu mir!«

Noah schob sich neben seine Oma auf die Couch und kuschelte sich behaglich bei ihr ein. Draußen tanzten die Schneeflocken, als Oma zu erzählen begann:

»Es war einmal eine Königsfamilie. Der König hieß Alexander und die Königin Anastasia. Beide waren sehr glücklich, denn sie hatten drei wunderbare Söhne. Die Königsfamilie war nicht sonderlich reich und sie besaßen nur ein kleines, ein klitzekleines Land. Die Bürger dieses klitzekleinen Königreiches aber lebten in Zufriedenheit und bescheidenem Wohlstand, denn sie hatten in König Alexander einen sehr weisen und gerechten König, der mit Herz und Verstand zu regieren vermochte.

Die Königsfamilie lebte in einem kleinen Schloss mit fünf spitzen Türmen. Für jedes Familienmitglied stand ein Turm. Für König Alexander stand der größte Turm und war ganz in blau. Daneben stand ein fast ebenso hoher Turm, der von Königin Anastasia in Gelb. Dann folgte der Turm des ältesten Prinzen, er war grün, des mittleren Prinzen, er war ganz rot, und schließlich der kleinste Turm für den Jüngsten. Dieser Turm war kunterbunt gestrichen und sah von allen Türmen am lustigsten aus. Das mit den Farben hatte sogar eine Bewandtnis. Blau stand für den Himmel und gelb für die Sonne. Grün stand für die Hoffnung auf einen guten Thronerben und stand gleichzeitig für die Fruchtbarkeit des kleinen Landes. Rot war die Farbe der Liebe und sollte als Zeichen stehen, dass alle Menschen des Reiches liebevoll und mit Respekt miteinander umgehen sollten.«

»Und der bunte Turm?« fragte Noah dazwischen, »Wofür stand der?«

»Nun, der stand für das Glück, das sich in allen Farben und Fassetten im Leben zeigt. Und das Glück hatte wahrhaft in diesem kleinen Königreich Einzug gehalten.

Nun begab es sich, dass der König des Landes bald Geburtstag feiern sollte. Und da König Alexander sehr beliebt war, freuten sich schon alle sehr und waren emsig bei den Vorbereitungen. Alle dachten sich etwas Schönes aus, besorgten Geschenke, kochten oder buken die tollsten Leckereien. Kurzum, jeder wollte zum Gelingen des Geburtstages seinen Beitrag leisten.

Ein Tag nun, vor dem großen Ereignis, saß unsere Königsfamilie in ihrem kleinen, lustigen Schloss zusammen und frühstückte. Dabei sah sich König Alexander seine drei Söhne und seine Frau an und verspürte tiefe Dankbarkeit und Freude, weil er so eine tolle Familie hatte und es ihnen allen so gut ging. Da meinte er zu seinen Söhnen: ›Liebe Söhne, ich habe Euch alle drei sehr lieb. Und wisst ihr, dass ich das Wertvollste zu meinem Geburtstag schon bekommen habe? Denn ich glaube zu wissen, dass sich jeder von Euch wieder etwas sehr Schönes zu meinem Geburtstag ausgedacht haben wird, doch nichts wird dem gleichkommen, was ich bereits habe, nämlich Euch!‹

Am Abend dann, als die drei Prinzen auf ihre Gemächer gingen, prahlte der Älteste. ›Über mein Geschenk wird sich Vater sicher sehr freuen. Ich habe mein gesamtes Taschengeld dafür ausgegeben. Ich habe ihm eine neue Krone anfertigen lassen, mit Diamanten besetzt. So wie die großen Könige aus den großen Ländern eine haben. Denn unser Vater ist mir mehr wert als alles auf der Welt. Und was hast Du für ihn?‹, fragte er den mittleren Prinzen.

›Ich habe auch ein richtig tolles und teures Geschenk für ihn. Ich habe ihm ein neues Ross gekauft, mit edlem Zaumzeug, wie die großen Könige aus den großen Ländern eines haben. Denn auch mir ist unser Vater mehr wert, als alles andere auf der Welt!‹

Dann fragte er den Jüngsten: ›Und was hast Du?‹

Der Jüngste nun, gerade acht Jahre alt, wurde bei dem Gehörten sehr traurig. Sein Geschenk hatte nicht so viel gekostet. Er hatte selber etwas gebastelt und hatte nun Angst, von seinen Brüdern verspottet zu werden. Oder dass jemand auf den Gedanken käme, er, der jüngste Prinz, hätte seinen Vater nicht genug lieb. Darum sagte er seinen Brüdern nur, dass sein Geschenk noch geheim bleiben müsse, da es eine große Überraschung sei.

In Wahrheit hatte der kleine Prinz seinem Vater einen lustigen, kunterbunten Drachen gebastelt, mit genauso einem lustigen Drachenschwanz, passend zu den Farben seines Turmes. Dieser sollte König Alexander Glück und Freude bringen, wenn er ihn steigen lassen würde. Der König hatte nämlich im Herbst Geburtstag.

Der kleine Prinz hatte in sein Geschenk ganz viel Zeit und Mühe hineingesteckt und der Drache sah prächtig aus.

Was aber würden alle anderen denken? Die beiden Älteren hatten so teure Geschenke besorgt. Und er?

In seiner Verzweiflung lief er überall im Schloss umher, um jemanden zu finden, den er um Rat fragen könne.

Doch alle waren sehr beschäftigt durch die Geburtstagsvorbereitungen und meinten zu ihm, sie hätten jetzt gerade keine Zeit. Selbst seine Mutter und sein bester Freund, der Küchenjunge, waren zu beschäftigt. Verdrießlich und traurig ging der kleine Prinz zurück in seinen kunterbunten Turm, holte seinen Drachen hervor und betrachtete ihn so lange, bis ihm die Augen zufielen und er einschlief.

Im Traum ging er über eine grüne Wiese. Schmetterlinge flogen umher. Viele bunte Blumen standen hier, die ihren Duft an den Wind weitergaben. Wie nun der Jüngste so vor sich hinging, veränderte sich die Landschaft allmählich und aus der Wiese entstand ein wolkiger, watteartiger Untergrund. Rechts und links taten sich riesige Felsen auf. Inmitten dieser Felsen saß ein alter Mann auf einem Schemel. Vor sich hatte er ein Spinnrad, das sich unentwegt drehte. Zwischen den Felsen stand ein riesiger Webstuhl, bespannt mit einem ebenso großen, bunten Teppich. Mal war er durchwebt mit den schönsten Farben, mal war er eher grau, versetzt mit wenigen farblichen Akzenten.

Als der jüngste Königssohn näher an den Alten herantrat, hob dieser freundlich den Kopf und grüßte ihn, ohne dabei seine Arbeit zu unterbrechen. Unentwegt, immer im selben Takt surrte das Rädchen des Spinnrades, glitt der Faden durch die Finger des alten Mannes.

›Einen schönen guten Tag, Großväterchen! Wer bist du und was machst du da?‹

Wieder blickte der Alte hoch, ohne seine Arbeit zu unterbrechen, antwortete aber freundlich:

›Dir auch einen schönen Tag, kleiner Prinz. Schön dich zu treffen. Ich bin Gevatter Zeit und ich spinne den Faden, aus dem die Zeit dann gewebt wird. Den Rest vollendet dann mein Zauberwebstuhl hinter mir. Er webt diesen Teppich daraus, den du hier sehen kannst. Du musst wissen, kleiner Prinz, die bunten Teile des Teppichs sind die glücklichen Jahre der Menschen, die weniger farbigen, sind die weniger glücklichen, kommt immer ganz darauf an.‹

›Worauf kommt es an?‹

›Nun, was die Menschen aus ihrer Zeit machen auf der Erde. Ob zum Beispiel Krieg ist oder Frieden, ob sie strebsam sind oder faul, einfach: Ob sie ihre Zeit sinnvoll nutzen. Oder auch, womit sie ihre Zeit füllen, die sie haben.‹

Ungläubig schaute der kleine Prinz auf den Webstuhl.

›Stell Dir mal ein leeres Glas vor‹, meinte daraufhin der Alte.

›Du sollst dieses Glas mit Steinen, Kies und Sand füllen, bis es voll ist. Nun kannst Du Dein Glas mit ganz vielen kleinen Steinen füllen oder mit feinem Sand. Versuche dann, anschließend noch die großen Steine in das Glas zu geben, und Du wirst sehen, dass dies nicht mehr geht, da Dein Glas bereits voll ist, gefüllt mit kleinen Dingen.

Jetzt kannst Du aber auch erst die großen Steine nehmen und in Dein Glas geben. Wenn Du dann denkst, Dein Glas sei voll, irrst Du Dich. Schüttest Du dann nämlich Kies und Sand in Dein Glas, so füllen diese all die Zwischenräume in Deinem Glas, die die großen Steine gelassen haben. Dann erst ist dein Glas wirklich voll. Gefüllt mit großen, bedeutsamen Dingen, wie mit Kleinem. Siehst du, genauso ist das mit der Zeit der Menschen.‹

›Aber die haben doch meist gar keine Zeit!?‹

Gevatter Zeit lachte, dann sagte er: »Wie kommst du denn darauf?‹

»Naja, ich bin heute bei so vielen Menschen gewesen, weil ich sie was fragen wollte, doch immer bekam ich nur zu hören, sie hätten keine Zeit. Hast du ihnen vielleicht zu wenig davon gegeben?‹

›Komm einmal näher, mein Junge!‹ antwortete darauf der Alte. Setze dich zu mir hierher. Gut so. Und nun nimm den Faden hier in deine Hände und lasse ihn durch deine Finger gleiten. Was spürst Du?‹

›Den Faden.‹

›Und wie fühlt er sich an?‹

›Immer gleich.‹

›Ja, genau, immer gleich! Der Faden ist immer gleich dünn oder gleich dick, wie du willst. Das heißt, dass jeder Mensch die gleiche Menge an Zeit bekommt innerhalb seiner ihm zustehenden Lebensmenge an Zeit. So ist eine Sekunde immer eine Sekunde, eine Minute immer eine Minute, eine Stunde immer eine Stunde und ein Tag immer ein Tag und so weiter. Nur die Lebensdauer eines jeden Menschen an sich wird nicht von mir festgelegt. Das macht ein anderer. Aber deshalb hat jeder Mensch immer zur selben Zeit, gleich viel Zeit zur Verfügung.‹

›Wie kommt es dann aber, dass einige immer sagen, sie hätten keine Zeit?‹

›Nun, das wiederum liegt eben daran, was du aus deiner Zeit machst, wie viele große oder kleine Dinge du in dein Glas hineinfüllst und aus welchem Blickwinkel du die Zeit betrachtest.

Die Leute, zum Beispiel, die du gefragt hast, haben alle gerade sehr viel in ihr Zeitglas hineingelegt, da sie den Geburtstag deines

Vaters gut vorbereiten wollten. Sie haben somit schon im Voraus deinem Vater ein großes Geschenk gemacht, nämlich ihre Zeit der Vorbereitung.‹

›Zeit kann man schenken?‹

›Ja, mein kleiner Prinz. Und das ist sogar das kostbarste Geschenk überhaupt! Sieh mal, deine Brüder haben sich zwar auch Gedanken gemacht und in Unkosten gestürzt, damit sie eurem Vater ein großes und teures Geschenk machen können. Aber du, mein kleiner Prinz, hast dir die Zeit genommen, um für deinen Vater etwas selber zu basteln. Da steckt deine Idee drin, deine Mühe, dein Schweiß und deine Zeit. Welches Geschenk könnte größer und wertvoller sein? Und wenn du deinem Vater auch noch die Zeit schenkst, mit ihm gemeinsam deinen Drachen steigen zu lassen, wird euer Glück perfekt sein.

Und mein Sohn, kleiner Prinz, sei nicht traurig, wenn vielleicht dein Vater nicht sofort mit dir seinen Drachen steigen lässt. Bleibe einfach hartnäckig, denn manchmal wissen die Erwachsenen nicht mehr so genau, wo ihre Zeit geblieben ist, weil sie so viel zu tun haben. Und dein Vater regiert immerhin ein ganzes Königreich. Man muss sie dann ab und an erinnern, sonst füllen sie ihr Glas mit zu vielen kleinen Dingen, weil sie glauben, sie seien groß. Also hilf ihnen ein wenig beim Sortieren. Und glaube mir, deine Geduld wird sich auszahlen.

Jetzt geh, mein kleiner Prinz, es wird Zeit!‹ Der alte Mann schmunzelte bei diesen Worten und zwinkerte zum Abschied dem kleinen Prinzen noch einmal zu, bevor er verschwand.

Plötzlich klopfte es an der Tür. Erschrocken sprang der Jüngste hoch. Er war wohl eingeschlafen. Sein kunterbunter Drache lag vor ihm auf dem Fußboden. Er war heruntergefallen. Zum Glück hatte er keinen Schaden genommen. Schnell versteckte er ihn unter seinem Bett, bevor er ›Herein‹ rief.

Es war seine Mutter, die Königin. Liebevoll nahm sie ihren Jüngsten in den Arm und bat ihn zu erzählen, was er denn heute von ihr gewollt hätte. Sie entschuldigte sich bei ihm, dass sie, als er fragte, sich gerade die Zeit nicht hatte für ihn nehmen können. Sie war zu beschäftigt, würde ihm aber jetzt gerne zuhören, um zu erfahren, was ihn bedrückte.

Der kleine Prinz lächelte und meine: ›Ich weiß, Mama, und ich verstehe, dass du keine Zeit hattest für mich. Du brauchtest die Zeit für Vaters Geburtstagsvorbereitungen. Außerdem ist auch schon wieder alles gut. Meine Frage hat sich sozusagen erledigt.‹

Die Königin Anna betrachtete verwundert ihren Jüngsten. Auf einmal erschien er ihr so erwachsen. ›Ist wirklich alles gut bei dir?‹

›Ja Mama, alles Bestens. Mit mir ist nichts, wirklich!‹ Er küsste sie, bevor sie dann beide gemeinsam zum Abendessen gingen.

Nach dem Essen lief der kleine Prinz schnell wieder in sein Zimmer und malte für seinen Vater noch eine Glückwunschkarte. Vorne war ein bunter Drache zu sehen, der im Himmel, nahe der Sonne tanzte. Darunter standen fünf Menschen, die sich gemeinsam freuten und glücklich waren. Auf der Innenseite stand, mit noch etwas wackeligen Buchstaben:

Lieber Vater,

ich schenke Dir die Zeit, mit uns diesen Drachen steigen zu lassen, den ich für Dich ganz allein gebastelt habe. Denn Zeit, die wir gemeinsam verbringen, ist das Wertvollste, was ich Dir schenken kann!

Dein Sohn, der Dich lieber hat, als alles auf der Welt!

Als nun am nächsten Tag der Geburtstag da war, kam der König zum Frühstück runter in den Speisesaal. Natürlich wartete dort schon seine ganze Familie ganz aufgeregt, um ihm zu gratulieren. Jeder überreichte ihm sein Geschenk und es war überwältigend für König Alexander.

Nur sein Jüngster hatte ihm noch nicht gratuliert. Eilig kam er auf seinen Vater zugelaufen, sprang auf seinen Schoß, drückte ihn und überreichte feierlich sein Geschenk.

Wie der König nun die Karte las, purzelten ihm Tränen der Rührung und Freude über die Wangen.

Es wurde ein tolles, lustiges und schönes Geburtstagsfest. Drei Tage und drei Nächte feierten sie. Und als dann endlich die letzten Geburtstagsgäste gegangen waren und sich der Trubel legte, ging König Alexander mit seiner ganzen Familie, den Drachen steigen zu lassen. Das war vielleicht ein Spaß. Er nahm sich sogar einen ganzen Tag frei dafür.

Und selbst die beiden älteren Prinzen klopften danach ihrem jüngeren Bruder bewundernd auf die Schulter und meinten: ›Eine gute Idee, Kleiner! Dein Geschenk war wirklich von allen das Schönste, denn es war für uns alle und hat uns Glück, Freude und Spaß gebracht und die Gewissheit, wie wertvoll doch gemeinsame Zeit ist.‹«

»Das war schön, Oma«, meinte Noah ganz aufgeregt und strahlte wie ein Honigkuchenpferd. »Jetzt weiß ich auch, was ich Mama und Papa schenken werde!«

Und schwuppdiwupp war Noah auf und davon.

Eine andere Perspektive

Katharina Gerlach

Grausamer Schmerz schoss durch Wotans Kopf, als drohte er zu explodieren. Kein Gedanke konnte in diesem Wirbel aus Qual Fuß fassen. Er starrte auf das Auge, das seine verkrampfte Hand nicht loslassen wollte. Warum sollte sie auch? Er konnte sich nicht erinnern, wusste nur, dass er es unbedingt fallen lassen musste. Dann würde etwas Gutes geschehen. Mit letzter Willenskraft zwang er sich, die Finger zu öffnen. Er sah zu, wie das Auge ins Wasser fiel. Süße Kühle berührte seine Lippen, lief durch seine Kehle und ließ ihn die Pein vergessen. Wasser! Wasser von Mimirs Brunnen. Mimirs eigene Hand reichte ihm das Leben spendende Nass. Erinnerung kehrte zurück, und Denken ebenso. Hugin und Munin landeten auf seinen Schultern. Jetzt würde er wahrhaft sehen – mehr, als er je mit beiden Augen gesehen hatte.

Er packte seinen Stab und stützte sich darauf, während Bilder in sein Inneres flossen. Eine Schlacht – eckige Fahne mit gelbem Löwen auf rotem Grund, Männer in eisernen Helmen, ledernen Sandalen und knielangen Kleidern aus eisernen Ringen – das konnten nicht seine Leute sein. Kleine Pfeile sausten aus eckigen Kästen, an denen Bögen befestigt waren, flogen über unglaubliche Distanzen, verletzten und töteten Männer – seine Männer. War das Ragnarök?

Wissen kam, doch er wusste nicht woher. Der Kampf fand zu einer Zeit statt, in der seine Leute ihren Glauben verloren. Von diesem Moment an würden sie sich mehr und mehr von den Asen abwenden. Einige würden bis zum Ende kämpfen, andere mit offenen Armen eine neue Religion annehmen.

Er betrachtete dieses letzte Aufbäumen seiner Gläubigen genauer und sah – eine Frau? Was machte eine Frau auf dem Schlachtfeld? Sie dort zu sehen, mit aufgerissenen Augen und bleich wie der Tod, war schlimmer als die Erkenntnis, dass er seine Leute verlieren würde.

»Holt sie«, sagte er zu Hugin und Munin. »Bringt sie zu mir.«

Die beiden Raben hoben ab. Wotan sah ihnen nach, wie sie der Mutter aller Flüsse folgten, die von Mimirs Brunnen gespeist in die Welt strömte. Sie würden lange brauchen, bis sie Midgard erreichten.

oOo

Freyja betrachtete ein letztes Mal die Bänke um das Feuer, auf denen sie des Nachts schliefen. Jetzt waren sie leer. Sogar das Bettzeug war verstaut. Sie sah sich im restlichen Haus um. Sklaven packten die letzten Besitztümer zusammen. Einer zog glühende Kohlen in den Feuertopf und erstickte das verbliebene Feuer. Das Langhaus wirkte so leer ohne die Dinge des täglichen Lebens und ohne das übliche Durcheinander. Sie hob das Bündel mit den getrockneten Kräutern auf, die ihre Mutter zum Würzen benutzte, und wandte sich zum Gehen. Hoffentlich würden sie bald zurückkehren. Sicherlich kämen die Römer nicht bis hierher, oder?

Draußen trat sie zu dem Karren, auf dem ihr Vater in warme Felle gewickelt lag. Schweiß strömte ihm über das Gesicht, und er stöhnte oft. Freyja half ihm, ein wenig zu trinken, und versuchte, sich ihren Kummer nicht anmerken zu lassen. Die Weise Frau hatte bestätigt, dass der Lebensfaden, den Urd ihm zugemessen hatte, sich seinem Ende näherte.

Er lächelte schwach. »Ich wünschte, ich könnte im Kampf sterben. Dies ist unwürdig für einen Krieger.«

»Thordal wird dich würdig vertreten. Du wirst stolz auf ihn sein.« Der Gedanke an ihren zukünftigen Ehemann machte ihr noch mehr Angst. Warum war er so versessen darauf, mitzukämpfen? Jeder wusste, dass die Römer gefährlich waren, und es war eine ganze Armee im Anmarsch. Der Überfall am Pass würde sie nicht lange aufhalten. In ihrer Fantasie sah sie zahllose Leichen, Germanen und Römer, im Matsch der Passstraße liegen.

»Auf geht's!« Die Frau des Clanführers zog an der Spitze der Kolonne. Alle Einwohner der Siedlung trugen ihre Besitztümer, oder zogen sie in Karren hinter sich her. Niemand bestand darauf zu bleiben. Das Dorf war zu nah am Pass.

Mit gesenktem Kopf schob Freyja den Wagen gen Süden auf dem ihr Vater lag, und ihre jüngeren Brüder zogen. Sie blickte noch einmal über die Schulter, um einen letzten Blick auf Thordal zu erhaschen. Da stand er, stolz und aufrecht, den Bogen über der Schulter und auf den Speer gestützt. Seine honigfarbenen Zöpfe fingen das Sonnenlicht, als er sich in bei den Kämpfern einreihte, die das Dorf in die andere Richtung verließen.

Freyja, Namensschwester, Mutter der Liebe. Bitte lass ihn gesund und unverletzt zurückkehren. Freyja wagte nicht, laut zu beten. Ihre Mutter hätte das nicht gut geheißen. Aber es fiel ihr schwer, den Traum von letzter Nacht zu vergessen. Darin lag Thordal am Boden, von einem metallenen Bolzen an einer Baumwurzel festgenagelt. Blut quoll aus der Wunde in seiner Brust, und sie kniete neben ihm, ohne ihm helfen zu können. Ihre Augen füllten sich mit Tränen, und sie biss sich auf die Unterlippe, um nicht zu weinen. Wenigstens würde der Rest ihrer Familie in Sicherheit sein. Die Römer würden das Tal, in dem sie sich versteckten, nie finden.

Der Wagen schaukelte, als er erneut durch ein Schlagloch rollte. Ihr Vater stöhnte. Sein Atem wurde immer ungleichmäßiger, je länger sie unterwegs waren. Immer wieder bat er um Wasser. Bald war der Vorrat aufgebraucht.

»Freyja, hol Wasser«, rief ihre Mutter von weiter vorn. »Hol uns so schnell du kannst wieder ein.«

Wortlos nahm sie den Wasserkrug. Ein Stück den Berg hinauf gab es eine Quelle, deren Wasser sich in der Nähe ihres Dorfes mit dem Bach vereinte. Sie hatte den Wald kaum betreten, das bunte Laub der Blätter als Sonnenschutz über sich, als zwei Raben vor ihr auf einem umgekippten Baum landeten. Einer legte den Kopf zur Seite und betrachtete sie wissend. Der andere hüpfte den Stamm entlang, flatterte mit den Flügeln und flog auf einen nahen Ast.

Freyja erwartete, sie fliehen zu sehen, aber nichts geschah. Das war merkwürdig, und der Wald um sie herum war mit einem Mal ebenso merkwürdig. Er ähnelte gar nicht mehr dem Wald um ihr Dorf herum. Die Bäume waren viel dicker und Flechten hingen von ihnen herab. Es gab kaum Licht unter ihren starken Ästen, und somit weder Unterholz noch Gras. Wo war der Weg nach Hause?

Der erste Rabe flatterte ebenfalls auf einen Ast und sah mehrfach zu ihr zurück.

»Ich soll euch folgen?« Freyja war von ihrer eigenen Erkenntnis überrascht. Der Rabe krächzte. Sie sah sich ein letztes Mal um, aber so verloren sie hier war, machte es keinen Unterschied ob sie den Raben folgte oder nicht. Sie nahm ihren ganzen Mut zusammen und ging los.

oOo

Wotan sah Urd dabei zu, wie sie die flache Tonschale über Yggdrasils Wurzeln leerte. Aus seiner Perspektive war die Erde, auf der sie ging, über ihm, und der Himmel unten. Die Welt schien unwirklich, wenn man sie so lange falsch herum sah. Sein Kopf pochte, und Dinge, die nah waren, konnte er kaum noch erkennen. Seine Zunge klebte am Gaumen wie ein trockener Lumpen. Der Matsch und das Wasser aus Urds Schale flossen nach oben und füllten ein Loch über einer Wurzel. Wenn er es nur erreichen könnte. Er würde es samt Dreck trinken, doch er hing viel zu weit weg. Die Norne wandte sich dem Brunnen zu, um mehr Wasser zu holen.

»Gib mir was. Bitte.« Seine Stimme klang heiser. Kein Wunder nach all der Zeit.

Urd schüttelte den Kopf. »Ich mische mich nicht in das Schicksal Sterblicher ein, nicht einmal in das eines Gottes. Ich messe nur die Lebenszeit ab. Der Rest ist eure Aufgabe.«

»Aber ich brauche Wasser. Ich sterbe ohne.«

»Du hast dich selbst an meinen Baum gehängt. Möchtest du wieder herunter?«

Wotan schloss sein verbliebenes Auge. Wenn er jetzt aufgab, wäre sein Versuch, dem Weltenbaum Wissen abzuringen, fehlgeschlagen, und Urd wusste das. Sie hatte ihm selbst gesagt, dass es neun Tage dauern würde. Er konnte nichts tun, als dem Klang ihrer Schritte zu lauschen, die sich wie immer leise entfernten, als sie den Weltenbaum genug gegossen hatte. Wotan hätte gern seine Raben gerufen, aber Hugin und Munin hatten ihn seit Wochen nicht mehr besucht. Die Aufgabe, die er ihnen gegeben hatte, war wohl schwerer als gedacht. Und selbst wenn sie kämen, ohne Hände konnten sie ihm kein Wasser holen, oder?

oOo

Der Wald vor Freyja schien sich zu lichten, und sie hörte das Plätschern von Wasser. Wenig später zwängte sie sich durch dichtes Unterholz und stand auf einer weiten Lichtung mit einem einzigen Baum in der Mitte. Aber was für ein Baum!

Der Stamm allein nahm mehr Platz ein als ihr Dorf, und das bestand immerhin aus fünf Häusern. Sie fragte sich, ob sie genügend Leute kannte, um eine Kette um ihn herum zu bilden, so wie sie und ihre Brüder es als Kinder getan hatten. Wahrscheinlich nicht. Ihr Blick wanderte nach oben, höher und höher. Die ersten Äste begannen bereits ziemlich weit unten, schützen die empfindliche Rinde des Stamms vor der Sonne, aber die Krone reichte bis weit in die Wolken. Die massiven Wurzeln wanden sich um einen gemauerten Brunnen am unteren Ende des Stamms. Wasser floss in breitem Strom über den Brunnenrand, und stürzte als Fluss davon. Staunend trat Freyja näher. Sie kannte diesen Baum. Yggdrasil! Natürlich hatte sie ihn noch nie gesehen, aber er rief sie wie eine Mutter ihr verlorenes Kind. Sie trat noch näher. Die Raben schossen auf einen dunklen Fleck am Stamm in der Nähe des Brunnens zu. Ihr Herz drängte sie, ihn wegzuwischen, und so ging sie immer näher. Es dauerte überraschend lange, dem Baum näher zu kommen.

Er schien so entfernt wie eine Bergkette. Wahrscheinlich war er noch breiter, als sie geschätzt hatte. Endlich wuchs sich der Fleck am Stamm langsam zu einem Mann aus, der kopfüber mit geschlossenen Augen an einem niedrigen Ast hing. Der Mann trug ein weißes Leinenhemd und braune Hosen. Ein breitkrempiger Hut, ein Wanderstab und ein Mantel lagen unter ihm auf einer Wurzel. Die beiden Raben saßen zu beiden Seiten des Seils, an dem er hing. Er kam ihr sehr bekannt vor. Ob er den Weg zu ihrer Familie kannte? Sie trat dichter an den unbewegten Körper heran. War er tot? Bevor sie ihn anstupsen konnte, öffnete er die Augen. Eine Augenhöhle war leer.

Wotan!

»Wasser«, krächzte er.

Zum Glück hielt Freyja noch immer den Krug in der Hand. Sie bückte sich, um ihn an Mimirs Brunnen zu füllen.

»Hände weg vom Wasser, sonst verliert deine Haut alle Farbe«, sagte Wotan.

Als ob sie das nicht wüsste. Behutsam fing sie etwas Wasser, trug es zu dem hängenden Gott, und half ihm zu trinken. Seltsamerweise wurden seine Lippen nicht weiß. Wie lang hing er hier schon? Träumte sie etwa? Oder war das eine Vision?

»Es gibt keinen Grund den eigenen Sinnen zu misstrauen.« Wotans Stimme gewann eine Kraft, die zuvor in seiner Heiserkeit verloren gegangen war. Der Blick seines einsamen Auges fixierte ihr Gesicht. »Du bist das Mädchen, das ich in meiner ersten Vision sah. Die aus dem Kampf. Erzähle!«

Freyja setzte sich auf Wotans Mantel, alle Ehrfurcht vergessen. Niemand hatte ihr gesagt, dass Götter auch nur Menschen waren. »Maximinus Trax, der römische Kaiser, ist mit einer Armee von sechzigtausend Mann nach Germanien eingefallen. Er hat zahlreiche Klans besiegt, und nun nähert sich eine seiner Abteilungen unserem Land.« Eine Faust presste Freyjas Herz zusammen. »Mein geliebter Thordal wird gegen sie kämpfen, und tief in mir weiß ich, dass ich ihn verlieren werde.«

»Er wird als Held sterben. Weißt du nicht, dass er von einer Walküre nach Walhalla geholt werden wird?«

»Das ist mir egal. Ich will, dass er lebt!« Freyja sah den Gott flehentlich an. »Ihr seid ein Gott. Können Sie mir nicht etwas geben, das ihn unverwundbar macht?«

»Sieh nach oben.« Wotan zeigte in die Wolken, die zwischen den Blättern sichtbar waren, und Freyjas Blick folgte seinem Finger. Alles war näher als es sein konnte. Ein glitzernder Regenbogen führte zu einem Tor aus Gold und Silber. Der hübscheste Mann, den Freyja je gesehen hatte, bewachte es.

»Heimdal wird ihn begrüßen.« Wotan zeigte auf einen riesigen Mann mit sehr breiten Schultern und einem gigantischen Hammer, der in Begleitung eines weiblich wirkenden Mannes die Mauer inspizierte, die das Heim der Asen umgab. »Thor wird zum Spaß mit ihm kämpfen, und Balder wird an der abendlichen Tafel sein Loblied singen. Alles ist gut, wenn er bei mir ist.« Wotan sah sie an. »Wir brauchen Helden für Ragnarök. Sie sind unsere einzige Chance, die Welt zu verändern.«

Freyja wandte den Blick von dem Wenigen ab, das sie vom Heim der Asen sehen konnte. »Ohne Thordal werde ich nie glücklich sein.«

Wotan streckte eine Hand nach ihr aus. »Bleib bei mir. Du könntest die Walküre sein, die ihn vom Schlachtfeld holt. Ich würde dich selbst ausbilden. «

»Versteht Ihr es nicht? Ich will ihn lebend! Wenn Götter wie Ihr ihn nicht retten können, wozu sind sie dann gut?« Freyja wandte sich ab. Sie hatte keine Lust mehr zu reden, aber ihre Gedanken suchten weiter nach einer Lösung. Wenn Wotan nicht helfen konnte, wer dann? Lebte Urd nicht in der Nähe von Yggdrasil? Und bestimmte sie nicht das Schicksal der Menschen? Vielleicht konnte man mit ihr reden. Es war sicher leichter, bei einer Frau Verständnis zu finden.

oOo

Wotan hörte ihre Gedanken, als hätte sie gesprochen. War das Teil von Yggdrasils Weisheit, die sich in ihm ausbreitete?

»Urd wird dir nicht helfen. Sie mischt sich nirgends ein. Das hat sie mir selbst gesagt.« Es gefiel ihm nicht, sie zu enttäuschen, aber sie akzeptierte die Wahrheit mit Würde. Ein Windstoß schwang ihn herum und schleuderte ihn gegen den Stamm. Schmerz schoss durch seine linke Seite, wo er sich absichtlich mit seinem Speer verletzt hatte. Er zuckte zusammen, zwang sich aber zur Ruhe. Yggdrasil gab ihr Wissen nicht ohne ein passendes Opfer her.

»Kann ich helfen?« Mit sanften Fingern zupfte Freyja sein Hemd nach unten und betrachtete die blutende Wunde. »Vielleicht finde ich Blutmoos zwischen den Wurzeln. Dann kann ich Euch verbinden.«

Ihre Sorge vertrieb den Schmerz besser als es jegliche Medizin hätte tun können. Wotan lächelte. Es war lange her, dass sich ein Mensch um ihn gesorgt hatte, ohne seine Göttlichkeit zu beachten.

»Keine Angst. Siehst du die blauen Blumen dort am Waldrand?« Er zeigte in die Richtung, aus der sie gekommen war. »Wenn meine Zeit um ist, wenn Yggdrasil mir gegeben hat, was ich will, werde ich eine davon essen, und meine Kraft wird zurückkehren. Bis auf mein Auge werde ich wieder gesund und ganz sein wie zuvor.«

Sie glättete ihren Rock und sah ihn nicht an. »Gibt es irgendetwas, das ich für Euch tun kann bevor ich gehe? Ich muss einen Weg nach Hause finden. Mutter wird sicherlich sehr besorgt sein.«

Offensichtlich erwartete sie nicht, dass er es ihr nachfühlen könnte, aber er verstand nur zu gut. Ganz gleich, wie perfekt er Walhalla machte, es war nicht dasselbe wie ein Menschenleben.

»Folge Hugin und Munin«, sagte er. »Sie werden dich zurück bringen.«

Er sah ihr nach, bis sie ein kleiner Fleck in einem Feld aus blauen Blumen war. Dann schloss er die Augen und lauschte wieder dem Murmeln der Blätter.

oOo

Am Rand des seltsamen Waldes pflückte Freyja eine einzige blaue Blüte und schob ihren Stängel durch die Stickerei an ihrem Hemdkragen.

Ihr Herz klopfte wild. Hatte Wotan sie gesehen? Würde er einen seiner Wölfe hinter ihr her schicken, oder einen anderen Gott, um die Blüte zurück zu holen?

Die Raben krächzten, und sie rannte ihnen nach. Sie brauchten sie nicht zu drängeln. Wenig später veränderte sich der Wald, wirkte bekannter. Sie fand sich in der Nähe der Quelle, zu der sie unterwegs gewesen war. Sie füllte ihren Krug mit Wasser für ihren Vater und eilte zu ihrer Familie zurück.

Beim nächsten Halt beugte sie sich über den Sterbenden und hielt ihm den Krug hin. Blaue Blütenblätter rieselten von ihrem Hemd ins Wasser. Bevor sie ihren Vater stoppen konnte, trank er, setzte er sich auf und packte den Krug mit beiden Händen. Er leerte ihn in wenigen Zügen, sprang vom Karren und streckte sich.

»Was immer du da hineingetan hast, Freyja, es wirkt wahre Wunder.« Er küsste ihre Wange. »Nun kann ich wie ein Mann kämpfen, und muss nicht wie ein Neugeborenes herumliegen.« Er warf seinen Mantel über, schnappte sein Schwert, rief nach seiner Lanze und rannte zurück zum Pass, den anderen Kämpfern hinterher. Freyja ignorierte die aufgeregten Rufe ihrer Mutter und folgte ihm, aber er war viel schneller. Als sie den Pass erreichte, raste er bereits den Hügel hinauf zu einer Gruppe Kämpfer unter den Bäumen. Ohne nachzudenken, stürmte Freyja ihm nach. Halb oben stolperte sie und fiel in eine Mulde.

Männer rannten unter Kriegsgeheul den Berg hinab an ihr vorbei. Sie linste über den Rand der Mulde und sah, wie sie sich auf Römer stürzten. Die Feinde waren durch den Pass gebrochen und griffen nun von hinten an. Ihr Vater und Thordal kämpften an vorderster Front. Freyja duckte sich in die Mulde und wagte nicht hinzusehen. Das Scheppern von Metall auf Metall, Kampf- und Schmerzensschreie kamen näher, bis der Kampf über ihr war. Ein Körper prallte auf sie und drückte sie tief in die Mulde. Sie quiekte. Ein zweiter Körper prallte auf und trieb ihr die Luft aus den Lungen. Danach entfernte sich der Kampflärm langsam.

Als alles still war, kroch sie unter den beiden Männern hervor. Ihr Vater lag oben, und starrte mit blicklosen Augen in den Himmel, eine tiefe Wunde in der Brust. Ihre Augen schwammen. Sie versuchte ihn in eine bequemere Position zu ziehen, aber er war zu schwer. Der Mann unter ihm bewegte sich und schob ihn zur Seite. Sie schlug die Hände über den Mund, als sie Thordal erkannte. Er blutete aus zahlreichen, kleinen Wunden. Aber soweit sie sehen konnte war nichts Wesentliches verletzt. Sie wollte seinen Namen rufen, ihn an sich drücken, stattdessen saß sie bewegungslos. Er sah sie und ein Lächeln huschte über sein Gesicht, das von Trauer vertrieben wurde, als sein Blick auf ihren Vater fiel.

»Er hat mein Leben gerettet.« Zärtlich drückte er dem Verstorbenen mit zwei Fingern die Augen zu. »Er starb als Held. Möge er mit Freuden in Walhalla einziehen.«

Freyja presste ihr Gesicht an seine Schulter und weinte, obwohl sie dankbar war, dass ihr Vater den Tod gefunden hatte, den er sich gewünscht hatte. In Wahrheit wusste sie nicht einmal, ob sie aus Glück darüber weinte, dass Thordal noch lebte, oder aus Trauer über den Tod ihres Vaters. Doch ganz gleich aus welchem Grund, dieser Moment war ein neuer Anfang für alle.

oOo

Wotan setzte den Hut auf, warf den Mantel über und nahm seinen Stab. Der Beutel mit Runen hing an seinem Gürtel. Sie waren es wert gewesen. Er erinnerte sich an seine letzte Vision und lächelte. Dem Mädchen war es tatsächlich gelungen, das Schicksal auszutricksen. Sie war etwas Besonderes gewesen, und er hatte es nicht bemerkt. Der Held, den sie geschickt hatte, war viel erfahrener und wertvoller als ihr Liebster. Er wandte sich an die Walküre, die ihm die blaue Blume gebracht und ihm vom Baum geholfen hatte.

»Lass uns gehen«, sagte er. »Es gilt einen Helden zu empfangen. Er wird der erste der letzten meiner Gefolgsleute sein.«

Über die Autorinnen und Autoren

Marie Bastide (Pseudonym) lebt und schreibt in München und Mailand. Ihren ersten Literaturpreis erhielt sie mit 14. Seitdem veröffentlicht sie sozialpolitische Fachliteratur und Belletristik. Der Schwerpunkt ihres literarischen Schaffens liegt inzwischen auf »MiniKrimis« und Kriminalromanen.
Mehr von ihr auf www.mariebastide.blog

Britta Bendixen wurde 1968 in Flensburg geboren und schreibt seit 2012. Inzwischen hat sie mehrere Ostsee-Krimis, Kurzgeschichtenbände und Bücher mit Anekdoten über ihre Heimatstadt veröffentlicht, das meiste davon im Verlag.

2020 gründete sie das Schreibforum *Autorenwiese* (www.autorenwiese.de). Britta Bendixen reist und fotografiert gern und interessiert sich für die Englische Geschichte. Sie lebt mit ihrer Familie in Handewitt bei Flensburg.
Mehr Infos: www.brittabendixen.de

Leo Büchner ist im Jahr 1974 in Rheinland-Pfalz aufgewachsen und lebt seit 1995 im Kölner Raum. Im Jahr 1998 hat er mit dem kreativen Schreiben begonnen, sein erstes Werk sollte ein Erotik-Thriller werden, diesen noch komplett mit Kugelschreiber geschrieben und im Jahr 2000 beendet, jedoch bis heute nicht publiziert.

Als nächstes Genre ist Büchner den Krimi angegangen und hat sich viele Jahre damit beschäftigt, zuletzt hat er im Jahr 2018 einen Kurzkrimi in seiner Webseite veröffentlicht.

Im Rahmen einer neuen Berufsausbildung hat er das Erstellen von Sicherheitskonzepten erlernt und schreibt heute im Rahmen der Prävention über alle Themen, die Menschen zu Straftaten veranlassen.

Carola Christiansen ist in Hamburg geboren und größtenteils aufgewachsen. Bevor ihr Hobby zum Beruf wurde, arbeitete sie für eine Fluggesellschaft. Sie ist viel gereist, hat in Hongkong, Luxemburg, Dänemark und Venedig gelebt, doch es zog sie immer zurück an die Elbe.

Mittlerweile schreibt sie hauptberuflich und hauptsächlich Krimis – gewissenhafte Recherche führt sie allerdings weiter in der Welt herum.

Unter dem Motto: *Spannung made in Altona*, entwickelte sie u.a. ihren Hamburger Hauptkommissar *Siegfried Adam.*

Sie war drei Jahre Präsidentin des Netzwerks »Mörderische Schwestern e.V.«.

Ava Cooper verfasste schon als Grundschülerin Kurzgeschichten; meistens im Bereich Horror. Als 17-Jährige hatte sie die Idee zu einem High Fantasy-Roman und erarbeitete die ersten Kapitel sowie die grobe Story. Nach der Schulzeit geriet das Schreiben in den Hintergrund. Sie absolvierte ein Studium der Wirtschaftswissenschaften und später eine journalistische Ausbildung.

Vor einigen Jahren belebte die Autorin die Idee aus der Teenager-Zeit wieder und sie entwickelte das Manuskript mit professioneller Hilfe weiter. Den ersten Teil der Trilogie *Die Traumkriegerin* hat Ava Cooper 2020 im Selfpublishing veröffentlicht, weitere Bücher folgten.

Website: www.ava-cooper.de

Instagram: ava_cooper_fantasy

Sandra Denkmann wurde 1980 an der ostfriesischen Nordseeküste geboren. Die Liebe zu den Untoten begann mit Rüdiger dem kleinen Vampir und seitdem hat die Welt der Unsterblichen sie nicht mehr losgelassen.

Im Studium entstanden aus einer Laune heraus die ersten und bis dato zahlreichen Fanfiction Erzählungen über Vampire.

Die begeisterte Resonanz war für Sandra dann die Motivation zum eigenen Buch.

Dank der unbezahlbaren Unterstützung meiner Familie und Freunde ist der Traum nun wahr geworden. *Bekehrt – Im Bann der Daima* ist der Auftakt zu einer Serie. Die nächsten Teile sind bereits geschrieben und werden demnächst veröffentlicht.

Eine Handvoll Katze brachte die gelernte Hotelfachfrau **Anna Dorb** zum Schreiben. Dies geschah 2007. Seither kamen nicht nur drei Bände über den Kater *Herr Hämpfel* heraus, sondern auch *Pfeffererdbeeren und andere, ziemlich wahre Kurzgeschichten mit Pep!*, *Gschichtli und Gedichtli – eine gärtnerisch kulinarische Zeitreise*, sowie *Selbst gemachte Nachrichten – weil man einfach nichts mehr glauben kann!* (Satire).

Auch in Gemeinschaftsprojekten ist Anna Dorb zu finden, wobei eine Kurzgeschichte zum Grund wurde, ihren ersten Roman zu schreiben. Die Veröffentlichung kann nicht mehr lange dauern.

Ein Bildband mit Schüttelreimen über die Bergwelt Bad Reichenhalls mit dem Titel *Der Hochstaufen und seine Nachbarn – immer ein Gedicht* ist im Artio Wortkunstverlag erschienen.

Mit stetig wachsender Begeisterung ist sie seit nunmehr elf Jahren beim *Akustischen Weihnachtskalender* dabei.

Dieser ist unter www.erbsenprinz.de anzuhören und einzusehen.

Katharina Gerlach wurde 1968 geboren und wuchs mit drei jüngeren Brüdern mitten in einem Wald im Herzen der Lüneburger Heide auf. Schon früh verschwand sie tagelang in magischen Abenteuern, vergangenen Zeiten oder unheimlichen Märchenwäldern.

Einige Zeit störte die Realität ihre Träume vom Schreiben, aber nach einem abgeschlossenen Forstwissenschaftstudium und einem

Dr. in Naturwissenschaften kehre sie zu ihrer Berufung zurück. Sie schreibt auf Englisch und Deutsch am liebsten Fantasy, Science Fiction und Historische Romane für alle Altersgruppen.

Viele ihrer Werke wurden ausgezeichnet. Besonders stolz ist sie auf ihren *Silver Honorary Mention* des *Writers of the Future Award* (mit einer persönlichen Mitteilung des Autors *Dave Wolverton*), einem Wettbewerb, bei dem jedes Jahr tausende Mansukripte eingehen.

Webseite: de.katharinagerlach.com

Facebook Seite: www.facebook.com/KatharinaGerlach.Autorin

Amazon Seite: www.amazon.de/stores/author/B0057I7EQS/

Carmen Görres wurde 1970 in Karlsruhe geboren und ist dort mit ihrer jüngeren Schwester in einem geschützten Umfeld, ihrer Familie, aufgewachsen. Inzwischen lebt sie in ihrer Wahlheimat in der Südpfalz.

Mit ihrem Ausbildungsberuf als Steuerfachangestellte konnte sie sich nie so richtig anfreunden. Dennoch ist sie dankbar, damit eine Grundlage fürs Leben geschaffen zu haben. Außerdem profitiert sie bei ihrer heutigen Selbstständigkeit sehr von all den Erfahrungen, die sie in ihrem Leben als kaufmännische Angestellte gemacht hat.

Eine Lebenskrise mit knapp über 30 Jahren rüttelte und schüttelte sie und brachte sie dazu, ihr Leben komplett auf den Kopf und sich selbst in Frage zu stellen. Wichtig wurde ihr dabei vor allem die Erkenntnis, dass sie mit dem, was sie da gerade durchmachte, irgendwann anderen helfen wollte, ebenfalls derartige Lebenskrisen zu meistern. So absolvierte sie nebenberuflich, mit ca. 40 Jahren, die Ausbildung als Coachin und arbeitet seit 2017 freiberuflich in diesem Bereich mit diversen Weiterbildungen für ihr Wirken.

Neben ihren vielfältigen Interessen entdeckte sie 2020 auch wieder ihre Leidenschaft fürs Schreiben und eine Geschichte jagte die nächste – so durfte das Buch *Kurzgeschichten aus dem prallen Leben* entstehen.

2023 lebten alte Erinnerungen in ihr auf. Damit begann unerwartet und plötzlich ihre Reise als Sprecherin für Hörbücher und Voice Over. Diesen neuen Weg geht sie nun mit viel Liebe, Lust und viel Leidenschaft.

www.carmensvoiceforyou.de/ www.coaching-cg.de/

Irina Gruber wurde 1983 in Baden-Württemberg geboren, wo sie noch heute mit ihrer Familie lebt. Schon seit ihrer Kindheit verschlingt sie jedes Buch, das ihr in die Finger kommt, und liebt es, in fremde Welten abzutauchen.

Neben ihrer Arbeit im Kindergarten, schreibt sie Kurzgeschichten und Kinderbücher. Bisher erschienen sind:

Feierabend!, Rhein-Mosel-Verlag (2019), *Hab Mut, kleiner Drache Tarakona*, mvg Verlag (2020), *The D-Files: Die Drachen Akten*, Talawah Verlag (2020), *The M-Files: Die Mumien Akten*, Talawah Verlag (2024)

www.irina-gruber.de

Gottlieb Herdt ist mit Leid und Seele Sprecher für Hörbücher und andere Projekte. Als *Voice of G* hat er viele der Geschichten in diesem Buch vertont. Online findet ihr ihn unter www.stimmreich-gh.de

Alina Jipp wurde 1981 geboren und ist in einem kleinen Ort im Westharz aufgewachsen. Nach einigen Stationen im Norden Deutschlands, wohnt sie nun wieder dort. Sie ist Mutter von drei Kindern und liebt ihre Tiere und die Natur.

Bücher haben schon immer eine große Rolle in ihrem Leben gespielt und seit 2016 veröffentlicht sie ihre Bücher im Selbstverlag. Mehr über Alina gibt es hier:

www.facebook.com/AlinaJippAutorin

www.amazon.de/stores/author/B01EAX266I/

Maike Johnke lebt seit 2016 in Lohmar-Hausen. Sie studierte technische Betriebswirtschaft und arbeitet seit zwei Jahren in der Logistik bei einem Fachbuch-Verlag. In Ihrer Freizeit ist sie sportlich aktiv und verreist gern mit ihrer Familie in den Norden. Als begeisterte Leserin, lag das Schreiben für sie nahe. Seit 2023 ist sie Mitglied bei den *Mörderischen Schwestern.*
Veröffentlichungen: *Kaktus sucht Rose; Neugier bringt den Kater um; Ich seh Dich, Annabelle; Frau Uhu rettet Weihnachten; Spuk im Rathaus*
Homepage: www.agentinuhu.de

Juliane Sophie Kayser wurde 1971 in Washington D.C., USA, geboren, ist verheiratet und dreifache Mutter. Sie ist außerdem Künstlerbotschafterin bei der Menschenrechtsorganisation IJM, die sich gegen moderne Sklaverei einsetzt. Bisher wurden fünf Romane von ihr veröffentlicht. Weitere Texte erscheinen 2024 in drei Anthologien, verschiedenen Literaturzeitschriften und im Freien Radio in Österreich.

Teilhabe bei *Poesie unterwegs* der Unesco City of Literature Heidelberg und bei der Welt-Wanderaustellung *Museum of Broken Relationships* und dem internationalen SHEROES- KATALOG samt Präsentation in Timisoara, Rumänien 2022.

Sie gibt Kindern und Jugendlichen Kurse für Kreatives Schreiben zu Themen wie *Türen zur Fantasie* oder *Fantastische Welten.*
Online findet man sie hier: www.julianekayser.de, www.julifruit.com (Blog), Facebook.com/julianesophiekayser, YouTube @julifruit by juliane sophie kaiser, Instagram @julianesophiekayser

Marina Kienitz arbeitete viele Jahre an einer Berliner Grundschule als Lehrerin. 2012 erfüllte sie sich ihren Traum und zog auf die Insel Fehmarn. Hier hat sie ihre neue Heimat gefunden.

Ihr erstes Weihnachtsfest in Kempten erlebte **Ina May** bereits im zarten Alter von gerade 11 Tagen im Jahre des Herrn 1972. Einen Teil ihrer schönen Kindheit verbrachte sie in Nesselwang, ging dann mit 11 Jahren in die USA, wo sie eine Privatschule in San Antonio (Texas) besuchte, bevor sie die Realschule im Internat in M'Stein abschloss. Später absolvierte sie die Europasprachschule in München mit mehreren Auslandsaufenthalten.

In den Jahren 1991-2001 aß und verdiente sie in New York ihre Brötchen. Dann schrieb sie als freischaffende Autorin für Magazine und Illustrierte und war als einzige deutsche Autorin mit zwei deutschsprachigen Manuskripten beim *11. Internationalen Autorenwettbewerb* in Hollywood unter den Gewinnern. Zurück in Deutschland, schrieb sie Kinderbücher, Gedichtbände, Anthologien und ihren ersten Roman, gefolgt von ihrem ersten Kriminalroman.

2009 veröffentlichte sie, um beim *Ersten* zu bleiben, im Buchstabler Verlag Suhl den ersten Biathlon-Krimi der Welt und begann eine Reihe von englisch-deutsch-sprachigen Jugendbüchern für Langenscheidt.

2010 gewann sie mit dem Manuskript zu ihrem aktuellen Projekt das Krimi-Stipendium *Tatort Töwerland.* 2011 wurde sie Gewinnerin des Wettbewerbes *lesen lassen* bei Erostepost und 2012 wurde ihre Geschichte *Zeugin des Todes* für den *Jaques-Berndorf-Krimipreis* nominiert. Sie ist Mitglied bei den *Mörderischen Schwestern* und im *Syndikat.*

Marie Renninghaus (Pseudonym) wurde in Österreich geboren. Nach ihrer kaufmännischen Ausbildung jobbte sie als freie Journalistin für eine Wochenzeitung.

Seit einigen Jahren schreibt Marie Romane, deren Handlung die Leser*innen in südliche Regionen Europas entführt. Ihr bevorzugtes Genre ist Romance. Inzwischen sind bereits neun Romane erschienen.

Marie ist eine begeisterte Reiterin und arbeitet seit vielen Jahren als selbstständige Natural Horsemanship Trainerin. Ihre Erfahrungen mit Pferden lässt sie gerne in ihre Romane einfließen.
Bisher erschien:

Ein Sommer auf Kreta; Es war Sommer – die Rückkehr, Wiedersehen auf Kreta; Die Geliebte des Sizilianers; Die Rückkehr des Sizilianers – Entscheidung auf Kreta; Roter Sand; Der Andalusier – Juan & Céline; Der Himmel über Kreta – (k)ein Rockstar für Zoë; Liebe unter Zypressen – Küss niemals einen Filmstar; Hochzeit auf andalusisch – Liebe stand nicht im Vertrag; sowie Kurzgeschichten in verschiedenen Anthologien.

Alexandra Richter wohnt in Thüringen. Ihr erstes Buch *Feenella, ein Wintermärchen* (2017) hat sie im Selfpublishing veröffentlicht, 2022 wurde es als Hörbuch (Sprecherin Sylvia Schneider) publiziert.

Des weiteren erschienen ihre Geschichten *Die Nuss, die Billies Welt auf den Kopf stellte* in *The Spell Anthologie* (2020, Weihnachtsgeschichten) und *Die Drachen vom Hühnerhof* in *Wünsch dich ins Märchen-Wunderland, Bd.5* (2023).

Ihr Gedicht *Mondregenbogen* gewann den *Radioplanet Berlin Award 2016.*

Nähere Infos auf Instagram: Alexandra_Richter_sgr

Annette Rosenberger, geboren in Marktheidenfeld am Main in Unterfranken, wohnt jetzt in Fürstenfeldbruck, westlich von München. Sie ist verheiratet, hat zwei Töchter, und ein Golden Retriever gehört auch zur Familie. Ihre Hobbys sind Lesen, Stricken und Schreiben.

Im Jahr 2014 veröffentlichte sie ihr erstes Buch *Sterntaler und Bomboli* und 2016 folgte ihr zweites Werk *Zebras und Co, Reime machen froh*

Andrea Rosenhahn wurde 1982 in Greiz, Thüringen geboren und lebt heute mit ihrer Familie, einer Schildkröte und 9 Goldfischen im Saale-Holzland-Kreis.

Bereits mit 10 Jahren begann sie mit dem Schreiben, bei vielen Geschichten begleiteten Tiere ihre Hauptfiguren. Das zeigt sich auch in ihrer ersten veröffentlichten Vorlesegeschichte *Paul und der Schmetterling*, welche 2020 im Undine Verlag erschien. Darüber hinaus schrieb sie zwei Artikel für den Klett Kita Fachverlag und arbeitet aktuell ehrenamtlich für das lokale Nachrichtenblatt *Schönberg Bote*.

Hauptberuflich ist Andrea Rosenhahn Erzieherin, aktuell im Hort einer Grundschule, möchte jedoch eines Tages Vollzeitautorin sein.

Besuchen Sie sie gerne auf Facebook, Instagram oder TikTok

Annika L. Schüttler (*1998) veröffentlicht seit 2017 Geschichten und Poesie. Fantasy und Dystopien sind dabei ihre liebsten Genres – und das gern düster, melancholisch und blutig. Die Welten, über die sie schreibt, sind nicht selten von Schatten bevölkert, aber auch Lichtfunken und die leise Ahnung von Liebe finden sich zwischen den Buchseiten.

Astrid Schwikardi, geboren 1974, lebt mit ihrem Mann und ihren beiden Töchtern in Schwelm. Hauptberuflich arbeitet sie als Führungskraft in einem Versicherungsunternehmen. Seit vielen Jahren schreibt sie in erster Linie Thriller und Kriminalgeschichten.

Ihr Debütroman, Uterus - Ein Köln Krimi (2019, Frankfurter Verlag Mainbook), war der Auftakt zu einer spannenden Krimi-Reihe um den Kölner Ermittler Mark Birkholz. Für Sommer 2024 plant der Mainbook Verlag bereits die Veröffentlichung des vierten Bandes: *Genius – Ein Köln Krimi*.

Homepage: www.astridschwikardi.de

Regine Seemann wurde am ersten Adventssonntag im Jahr 1968 in Hamburg geboren. Sie ist in dort zur Schule gegangen, hat Deutsch und Biologie auf Lehramt studiert und arbeitet als Schulleiterin einer Grundschule auf der Elbinsel Wilhelmsburg.

Sie lebt am Rande der Fischbeker Heide im südwestlichsten Teil Hamburgs gemeinsam mit Ehemann, Sohn und einem Rudel Katzen. Abends verbringt sie ihre Freizeit entweder vor dem Laptop beim Schreiben von Krimis oder im Offenstall mit ihren beiden Pferden.

Regine Seemanns Regionalkrimis, in denen die Kommissarinnen Stella Brandes und Banu Kurtoglu ermitteln, spielen vor allem im Süden Hamburgs.

Beatrice Sonntag hat zwei große Leidenschaften: das Reisen und das Schreiben. Die 44-Jährige hat in ihrem Leben bereits 142 Länder bereist und ist so oft es geht unterwegs.

Je weiter weg, desto besser. Ob Tempel in Bangladesch, Voodoo-Zeremonien an der Elfenbeinküste, Vulkanbesteigungen im Kongo, Führerkult in Nordkorea oder Ruinenfotografie in Tschernobyl – sie findet überall auf der Welt faszinierende Orte und Geschichten.

Seit 2011 betreibt sie einen Reiseblog (www.beatrice-sonntag.de) und hat neun Bücher mit Reiseerzählungen veröffentlicht.

Seit der Pandemie verfasst Beatrice Sonntag auch fiktionale Geschichten, darunter einige Kurzgeschichten, die in Anthologien veröffentlicht wurden. Im Oktober 2023 erschien ihr erster Roman. *Earthventure in Las Vegas* ist eine rasant-humorvolle Science Fiction Geschichte über eine schrullige Alien-Diva, die in Las Vegas Urlaub macht.

Instagram: www.instagram.com/beatrice_sonntag_/

Brina Stein (Pseudonym) wurde als Sabrina Reulecke in Berlin geboren, ist in Lübeck aufgewachsen und lebt heute mit ihrem Mann im Taunus. Vor über zwanzig Jahren hat sie Kreuzfahrten für sich entdeckt. Auf weit über 50 Kreuzfahrten war sie fasziniert von den Möglichkeiten, in einem Urlaub verschiedene Länder zu entdecken und begann, das Reisen mit dem Schreiben zu verbinden. Ihre Reiseerlebnisse wurden so zur Vorlage ihrer Kreuzfahrtgeschichten.

Seit ihrem Debüt im Jahre 2012 hat sie insgesamt vierzehn Bücher in Verlagen veröffentlicht. Darunter waren auch zwei Anthologien als Herausgeberin mit anderen Autoren. Zu ihrem Kreuzfahrtromanprogramm hat Brina außerdem auch zwei Regionalkrimis veröffentlicht die in Eppstein im Taunus spielen. Mit *Die Familienreederei* bedient die Autorin mit zwei Bänden nicht nur Kreuzfahrtfreunde, sondern auch Leser, die Familienromane mögen. Aktuell schreibt sie an ihrem 15. Buch, was der dritte Eppstein-Krimi werden wird.

Besucht sie auf Facebook: www.facebook.com/brina.stein.5 oder Instagram: @brinastein

Nicole Stranzl wurde am 13. Juli 1994 in Graz geboren und studierte *Journalismus und PR* an der *FH Joanneum Graz*. Schon während des Studiums absolvierte sie mehrere Praktika im Bundeslandressort der *Kleinen Zeitung*.

Nach Abschluss des Bachelorstudiums war sie im Kundenservice und Social Media-Bereich bei einer Pflegeagentur tätig. Nebenberuflich moderierte sie fürs Webradio Rock FM. Seit April 2021 arbeitet sie als Regionalredakteurin bei der *Kleinen Zeitung*.

Ihren Debüt-Roman *Memorex* schrieb sie im Alter von 17 Jahren. Der Thriller erschien 2013 im Knaur eRiginals Verlag. Vielseitigkeit zählt zu ihren Stärken. Besonders fasziniert ist sie von Tabu-Themen. Sie schreibt Thriller, Krimis und Romane.

Sandra-Michelle Strausz ist mittlerweile vierfache Autorin, inspiriert von ihrem Engagement für den #Schreibhypochonder. Neben ihren Büchern hat sie ein passendes Journal als Taschenbuch veröffentlicht, denn das Schreiben befreit und inspiriert sie jeden Tag aufs Neue.

Weitere spannende Projekte sind bereits in Planung, denn für sie sind ihre Geschichten nicht nur eine Quelle von Zauber und Leichtigkeit, sondern machen ihr Leben lebenswert. Wenn sie dann auch noch anderen gefallen und helfen, ist sie überglücklich.

Als gelernte Kindergartenpädagogin, Mama und Pflegemama findet sie in einer Vielfalt an Rollen und Erfahrungen Inspiration für ihre Geschichten. Ihre Werke, die sie mit Herzblut verfasst, verbreiten nicht nur Unterhaltung, sondern auch eine ganz besondere Magie.

In ihrer bisherigen Karriere hat sie bereits vier Bücher veröffentlicht und an drei weiteren Anthologien mitgewirkt. Doch was ihre Werke besonders auszeichnet, ist ihre interaktive Natur. Sie lädt ihre Leser dazu ein, aktiv in die Handlung einzutauchen und sie mitzugestalten.

Ihr erstes Kinderbuch, *Wo ist Mausi?*, entstand in Zusammenarbeit mit der talentierten Illustratorin Laura Lelja Rameis. Ebenso gehören zu ihren Veröffentlichungen zwei fesselnde Kurzromane: *#PerspektivenwechselgefangenimNetz* und der *#derSchreibhypochonder*. Abseits ihrer Tätigkeit als Autorin ist sie eine engagierte Kindergartenpädagogin, liebevolle Pflegemama und engagierte Mutter. Sie steht gerne für Vorträge und Lesungen zur Verfügung, um ihre Begeisterung für Literatur und ihre inspirierenden Geschichten zu teilen. Ihre Worte sind ein Geschenk, das nicht nur Leser, sondern auch Herzen berührt.

Man findet sie online unter @sandramichellestrausz auf Instagram. oder kann sie gerne per E-Mail (strauszbuch@gmail.com) kontaktieren.

Susanne Timm wurde 1968 im thüringischen Bad Salzungen geboren. Sie ist das Jüngste von drei Kindern, die aus der gescheiterten Ehe einer Deutschlehrerin mit einem Arzt hervorgingen. Nach dem überraschenden Tod ihrer über Jahre alleinerziehenden Mutter, 1978, verschlug es sie, gemeinsam mit der *neuen*, nun sechsköpfigen Patchworkfamilie ihres Vaters aus dem Thüringischen nach Mecklenburg – Vorpommern.

Auf ihrem Weg begann sie, nach erfolgreichem Schulabschluss, anfänglich eine Ausbildung in der Tierproduktion. Nach der Wende absolvierte sie 1990 bis 93 eine Ausbildung zur staatlich anerkannten Altenpflegerin, wurde Beraterin im sozialtherapeutischen Dienst und Suchtberatungshelferin.

Nun selber alleinerziehende Mutter zweier Kinder und ideologisch, wie familiär entwurzelt, zog sie einmal quer durchs Land, vom Norden in den tiefsten Süden Bayerns. Dort arbeitete sie erst als Dauernachtwache, später als Stationsleitung und Pflegedienstleiterin.

Sie veröffentlichte 2008 einen kleinen Gedichtband mit dem Namen *Gefühlswelten*, zog nach dreizehn Jahren aus dem Chiemgau wieder zurück in den Norden und arbeitete auch hier weiter im Altenpflegesektor in verschiedenen Positionen. Nebenbei absolvierte sie ein Fernstudium zur Autorin und veröffentlichte, gestrandet in Schleswig-Holstein, 2022 ihren ersten Roman *Wer frei ist von Schuld*.

Patrick Woywod wohnt in Sandhausen in der schönen Kurpfalz. Er liebt es, zu Lesungen zu gehen, wo er den Autor Andreas Gruber traf und auch noch andere Kollegen. Er ist Fan vom SV Sandhausen und sammelt exotische Pflanzen. Er hat eine Ausbildung zum Gartenfachwerker erfolgreich beendet. Da er krank geworden ist arbeitet er zur zeit in einer Werkstatt für Menschen mit Behinderungen.

online: www.facebook.com/partrick.woywod

Yvonne Wundersee ist zweifache Mutter und wohnt mit ihrer Familie und zwei Hunden am Rand der schönen schwäbischen Alb. Dort schreibt sie spannende Fantasygeschichten, die in abenteuerliche Welten entführen.

Mittelpunkt ihrer Geschichten sind meist starke Protagonistinnen, die über sich selbst hinauswachsen. Außerdem sucht sie sehr gern das Gute im vermeintlich Bösen.

Dabei zeigt sich, dass in Fantasywerken alles möglich ist und auch ausweglose Situationen ein gutes Ende nehmen können

www.yvonnewundersee-autorin.com/

www.amazon.de/stores/Yvonne-Wundersee/author/B099QVQ2JD

Printed in France by Amazon
Brétigny-sur-Orge, FR

24385447R10154